《旋转楼梯》的改编电影海报

主编的话：跟随文学人物走进各种各样的命运险境

能参与《奥斯卡经典文库》丛书的编辑工作，我感到特别的荣幸和高兴。说实话，这套丛书的编辑过程不仅给我，也给我们整个编辑团队带来了莫大的兴奋感。

兴奋之一：这是国内首次以大型丛书的形式出版经典电影的文学原著，这无疑是奉献给广大读者的一场阅读盛宴，我们相信无论何种口味的读者，都会从这套丛书里找到自己的最爱，甚至找到陪伴自己一生的精神伴侣。

兴奋之二：我们选择的书目全部是奥斯卡奖得奖或者提名的电影原著。奥斯卡本身就是全球最值得大众信赖的品牌之一，在奥斯卡异常严格的选拔标准下，这一批电影原著小说的艺术质量，还有部分原著是第一次出中文版本，我们之前也并未读过，但读过之后，深为震撼——世界一流的小说确实能带给人直击心灵而又妙不可言的独特感受。

兴奋之三：这套丛书让我们重新认识了文学原著和电影作品之间的互动关系。有的作品我们只看过小说，没有看过电影；而有的作品我们只看过电影，没有看过小说(后一种情况更多一些)。于是在编辑的过程中，我们重新补课，将同一故事的两种艺术形式尽量都补看完整。补完课才发现，文学与电影之间的关系真是太有趣了——电影或者因为时长所限、或者因为视听特性的发扬、或者因为求新求变，通常都要对原来的文学作品做出取舍和改动，电影编剧和导演如何取舍如何改动，背后其实都隐藏着电影创作者的深入思考。而很多文学名著又被不同的电影创作者多次改编，这些不同的电影版本所体现出来的电影创作者的不同趣味、不同表达以及独特个性，每每让我们生发出一种“又发现了一片新大陆”的感觉。我们作为读者和观众，往往会为哪一个电影版本改得更好而争论得面红耳赤——而对于那些两种艺术形式都没看过的朋友来说，我个人的建议，最好先读小说，充分展开自己的想象世界之后，再去看电影，收获绝对不一样。

兴奋之四：比起编剧和导演对文学作品的改编，演员、明星们对文学人物的演绎无疑更能引起大家的好奇和关注，在看完小说之后，带着悠闲而挑剔的眼光，再去评论、比较电影里的明星的表现，甚至去评论、比较不同版本的明星的表现，这给我们带来了数不清的快乐时光。

因为部分原著小说和电影也是我们第一次接触，以上所呈现的，都是我们在编辑过程中非常真实的感受。我们也非常期望我们的工作能带给广大读者同样的兴奋和快乐。《奥斯卡经典文库》为您精心挑选的这些非常优秀的原著小说，完全值得您腾出一点业余时间，全身心投入其中，跟随着那些精彩的文学人物走进各种各样的命运险境，去迎接那些意想不到的感动和震撼。

——北影老师　何亮

导读：最暗暗不过人心

一节旋转楼梯，螺旋向下，通往幽暗之所，直抵灵魂深处，夜幕降临，人性之欲浮现，哥特式的故事情节，扣人心弦的内心独白，是对自我内心的不断叩问，所有种种仅一晚足矣……

故事描写的是20世纪初，年轻的女主人公来到英格兰一个与世隔绝的偏远乡下做工时的奇特经历。情节离奇惊悚，出人意料，结局却并不突兀，反而发人深省。

埃塞尔·琳娜·怀特(1876—1944)，被誉为美国"侦探小说天后"，一生著述六十余部，是当时世界上稿酬最丰厚的作家。

《旋转楼梯》是其处女作，也是代表作，连起了哥特小说与推理小说间的血统关系。它享有美国第一部畅销书的盛名，在当时家喻户晓。巨宅、黑影、弱女、秘密，这些本是"哥特式小说"的造型元素，在20世纪初被作者成功地转为另一个类型的财产，也连起了哥特小说与推理小说间的血统关系……

"这些以女性角色为中心的大众小说，一下子就掌握了这群新读者，创造了日后的'畅销书'模式，小说创作的阅读者，终于来到'大众时代'了。一个象征(旋转楼梯)与一个时代紧紧相连，这是这本小说永垂不朽的理由……"詹宏志如是评论。

作为本书译者，深刻体会到离奇情节的魅力和无处不在的矛盾情绪，就如同那种植园里斑驳暗淡的树影，反映的是人的真实内心，而静下来思考，我们何尝不是如此？这让我想起了黑泽明的著名电影《罗生门》，二者从某些场景描写来说有异曲同工之感，却各有特色。正是在这种矛盾和纠结中，人性的光辉才得以展现，真理才得以昭示，人类本身才得以解放。就如同埃德加·爱伦·坡笔下那大海中的巨大旋涡，在惊涛骇浪中，它像一张吞噬人心的大口，将人心无情地拉向无底的黑暗，从那光滑如镜的漩涡水墙内壁，看到的除了自己乌黑惊恐的瞳孔，同时还有那伸手可及的毛玻璃般的奇特美丽，正如我们常说的："有一千个读者，就有一千个哈姆雷特。"一本真正的好书，是经得起上千遍的阅读的，也经得起上千次的挖掘和再解读，这就是将无限之世界寓于一粒沙石之中……

从翻译的角度来看，文化和思维的迥异更是将故事解读丰富化，在我看来，这是一部严肃的作品，不仅仅是肾上腺素的飙升后所带来的快感，还有在此之后的不断思考。正所谓"余音绕梁，三日不绝"。

小说曾被改变为同名电影，并获得第19届奥斯卡的多项题名。至于故事本身，请读者您自己去品味吧……

目　录

第一章 树

日光渐暗，海伦这才意识到自己已经走得太远了。

环顾四周，包围着她的是乡下那无尽的荒芜。长途跋涉间，未曾遇见一个人影，也没路过一间小屋。河岸的高地遮挡视野，小径蜿蜒其上，比起险峻的泥石流滑坡，此处也好不到哪里。身旁两侧小山突兀，光秃秃如同乌贼之首，细雨淅沥之下更显泥泞污浊。

她浑身都被一种强烈的预感占据着，山谷仿佛在静候着某种灾难的降临，在远处，远到那危险无法涉足之地也隐隐地传来隆隆之声，那是厚重的雷响。

幸好海伦是个立足现实之人，以前总是陷入困顿境地，却并不陷入自怜。论提振精神，这方面她可是有足够的经验，她坚信那些如遍布地狱之上、露骨的坑洼所造成的身体之疲惫，精神之黑暗，可解释为自己的肝脏的问题或周遭气氛的作用。

前行中娇小的她，如一弯惨白羸弱的残月，只有那一丛富有弹性的淡红色头发做着毫无意义的救赎般的挣扎。然而，尽管她外表朴素，但内心却激荡着对生活的热情，传递着对未来的期望，这些使她在每个崭新的一天都受到欢迎，从生活的每个小时、每一分钟里都能获取乐趣。

儿时，她总是缠着陌生人打听时间，不仅仅是百无聊赖地希望得到早或晚的答案，而是出于喜欢用专业般好奇的眼光打量着他们的手表的癖好，这个习惯一直得以保持，直到她不得不为谋求生计而在拥有私人别墅的那些幸运之人的房檐下做工。

有一件事她是比较害怕的，那就是失业。所以，看到沃伦教授乡下别墅招聘家务女佣的广告时，她甚至都能估计到收到回复时可能被录用的分数了。此后，一到萨米特[1]，她就发现恰恰是此处的孤独让她从多次失业的阴影中走了出来。

此地藏于偏远一隅，三县交会之处，地处英格兰和威尔士的边境线上。距离最近的小镇有二十二英里，距离最近的村子也有十二英里，没有哪个女佣愿意待在这么一个被世界遗忘的凄凉的角落里，这里如同一只带着破洞的口袋，滴漏的却都是这个日渐衰微的家庭的家务劳力们的血汗。

奥兹女士和丈夫一道，代行其夫的职责，按照约定于赫里福特车站的女士候车厅会面，一见面就对海伦说了大体的情况。

“我跟沃伦小姐说过，她也得找名女佣。要不然这日子没法过。”

妇女在人才市场上吃不开，海伦同意这个观点。虽然“挨饿”这个词语在一位女士的字典里是找不到的，但无奈地忍受了数月的无所事事以及几周低迷拮据的生活，对于能有一个安稳的归宿，她着实心存感激，除了所处之地存在着不

① 指海伦所要去工作的别墅名。——译者注

可避免的孤独感之外，这还算是一个相当不错的职位，不仅吃得好住得好，而且还能和这一大家子人一起用餐。

她很敏感地揣摩主人家的心思，此事在她心里很重要，最终她确定，主人家很在乎她的感受。她很幸运地融入到了他们的生活，此前很少有人在照相时给她留位子，现在想不从生活的原料中提取快乐都难。

沃伦家族的人，身上都拥有戏剧元素。教授丧偶，他的妹妹兼女管家沃伦小姐是一位中老年的妇女。海伦对他们分类明确：学院型、冷淡型、有教养型，但从另一方面说，这些人又缺乏必要的人情味儿。

尽管他们的继母老沃伦夫人是蓝厅中的病人，但看起来更加有富贵范儿。她是鲜血和泥泞的混合体，伴随着一天三次的恶脾气，二者在她全身得以搅拌混合。就在昨天，她刚把一盆稀粥打飞到了护士头上。

她更喜欢半熟牛排，但又嚼不动，这便成为她对牛排的代替物——稀饭自然而又贤淑高贵的抗议方式。由于不偏不倚刚好打中，这也达到了预期的效果。那天早上，奥兹[①]女士驱车将辞职的护士送到镇上，当天黄昏，在回来的途中就带上了新人。

海伦在没有与这位老妇人接触之前还是心存敬意的。全家人都等着她咽气，但她仍发号施令、说话算数。每天早上死神都温婉地敲着蓝厅的大门，但沃伦夫人都能以惯有的方式对此嗤之以鼻，敬而远之。

除了这些滑稽事情可以聊以自慰之外，海伦还对教授的儿子、儿媳，以及为进驻印度文官机构而受到教授栽培、居

---

① 奥兹女士是萨米特的女佣头儿，她丈夫即奥兹先生，是萨米特的男佣。

于此处的毛头小子的三角关系产生了怀疑。教授之子牛顿，一个头脑聪明、其貌不扬的年轻人，暴戾而又强势地爱着自己的妻子西蒙尼，而西蒙尼却是个不失魅力而又非同寻常的女人，存有私房钱，而且身上透着些许或明或暗的不安分。

说得委婉些，对待男人，她也只是试水的态度。最近，她正试图光明正大地和那个毛头小子玩暧昧，这个年轻人叫斯蒂芬·赖斯，一个长相俊俏的小年青，不久前刚从牛津退学。海伦打心眼儿里本能地喜欢着他，并且希望他能一直拒绝那个有夫之妇①。

虽然海伦心头一直萦绕着对于萨米特和其居民的好奇心，但分内工作却是她主要感兴趣的方面。每当瞥到手表上的时间，她就提醒自己新工作得拉下脸严肃对待。

就如序幕到插曲间灯光的转换，第一片阴影已开始投下，很快就会进入到一片黑暗之中。

在她的双腿和萨米特之间，一条漫长的步履之途绵延开去，远处目光所及，一道屏障横陈，背后是氤氲的山丘，其间空旷的乡野盆地将两处分隔，龇咧状如瞌睡人的嘴，徐徐沉降约一英里之遥后，直抵树丛林立的中空凹地，其后又顺势沿着满是幼林植被的斜坡一应而上。

尽管内心坦然淡定，可一想到又要穿越谷地间那茂密的林丛，海伦的内心就微微一沉，感到沮丧。自从来到萨米特，她就一直被周遭茂密的灌木丛所烦扰。每当透过窗户向外张望，借着黄昏之光，草坪上的常绿灌木丛就如同急先锋般着着实实地冲着墙逼近，好似一场入侵，缓缓而进又令人毛骨悚然。

每当身处人类要塞，愉快地伴着欢声笑语和灯光摇曳，享受着花园的奇幻和房屋的踏实时，身在其中，她感到安全

① 指牛顿之妻西蒙尼。

舒适。但此刻，她身处其外，几乎有两英里之遥。

“真无聊，”她自言自语道，不过又急忙改口，“天色不晚，只是黄昏黯淡而已。”

由于吃不消雇主特权般的嚣张谩骂那一套，她对自己说出想说的话也总算内心平衡了。她小心翼翼地跑着，滑倒在那泥泞弯曲的小路之上，直到车辙间的石头路面足以安全站立时，她才被心中仅有的几个名字唤醒，便挣扎着鼓起了勇气。

她把目光紧锁前方目标，但随着一步步向下越来越低，那目标似乎也一步步沉入地面。就在几乎消失于视野前的时候，一道光线由蓝厅的窗户射出。

这似乎是个信号，召唤着她回去履行那特殊职责。每个傍晚，伴着暮光，她都要巡视她的房屋四周，锁好门、拉起百叶窗。由于防范措施的极度薄弱，她至今都觉着这份工作是多么的可笑。但，此处，这个幽闭阴暗之所却有着一项令人不悦而又重要的职责要承担。

而此事又与厨房的某种紧张而又兴奋的氛围有关，画室里的窃窃私语源自一桩谋杀。

“谋杀”，海伦本能地回避这个词。她的心灵如此健康纯洁，除了小说里的情节，她不知犯罪为何物，车站售出的此类报道的报纸在她这里也只是煽情的读物。此类悲剧会发生在真实的人们身上令她难以置信。

她不得不强迫自己去想其他不闹心的事情。

“如果我赢了爱尔兰清扫大赛①会怎样？”海伦心想。

但是随着小路向下，越走越幽深，两侧的高岸就遮蔽了

---

① 爱尔兰清扫大赛是爱尔兰医院的一项彩票抽奖活动，成立于1930年的爱尔兰自由邦，旨在通过彩票抽奖参与筹募资金作为投资医院医疗设施的基金。

阳光，她这才发现自己对纯粹的、富有的虚无追逐有了另一种心境。就在那时，更吸引她的是简单的快乐，萨米特那厨房里的安全感，与奥兹女士和一只姜黄色的猫咪为伴，吃着吐司面包喝着茶。

她又开始重复那句话。

“如果我赢了爱尔兰清扫大赛会怎样。总有人会赢，世上百万人中的少部分人事先就谋划着要赢得财富，其间的艰难是肯定的。”

“对啊，世上百万人中的少部分人也是事先要被密谋杀掉的。”

她中断了思绪，因为前方就潜伏着凹地，好似一张黝黑的嘴。

午后，当她穿越了此地，她的心思便集中在如何从厚厚的泛着黑黢黢霉菌的腐叶层中辨认出一条相对干燥的小道上了。仅凭初长成的报春花所处之地的印记，她顺着往下标出了可落脚的安全之所。

但报春花的承诺只是个笑话。随着前行的脚步，所到之处似乎都是荒凉腐败的景象，满地都是无边落木。在这个阴郁肃杀的谷底，道路阻塞在季节更替带来的残留垃圾中，声音弱化成一种鬼鬼祟祟的沙沙声，光线消淡在一团模糊阴暗的瘴气里，透过其中，树木都好似幻化成隐约可见的人影。

突然间，谋杀不再是小说场景，它变成了现实，成了恐吓之物、残暴之物。

当回忆起奥兹女士跟她说过的那些谋杀案，海伦再也控制不住自己，不由自主地去想这些事，同伙四人，毫无疑问地干着杀人魔王的勾当，而且受害对象都是女孩。

前两个凶手在镇子里作案，远离萨米特，不被居民所知。

第三个发生在村子里，同样偏远得恰到好处。最后的是有一个女孩被掐死在乡下的一栋房子里，距离沃伦教授居所方圆五英里以内。

想起这些魔鬼因屡屡得手而越来越明目张胆，就令人浑身不自在。凶手每一步的潜入都离受害者的居所更近。

“第一次，那只是一个街头凶案，”海伦心想，“之后，潜伏在花园里。再后来，潜入进了一栋房子，再后来就在楼上——那个你本应感觉到安全的地方。”

虽然决意不向恐慌屈服，转身跑开就行，但她还是停了下来，避开积满水的车辙，专拣路中间走，奈何她还是冒冒失失地陷进了泥泞的地里，鞋底被吸住，发出吧嗒吧嗒的响声。她已经到达种植园林间最浓密之处，这里的树木交织生长，因过度拥挤而生长迟缓。

在她的想象里，此地预示着一股邪恶之气。光秃秃的树干上还挂着残败的树叶，让人不快地联想到绞刑架上晃动着的腐烂尸体上的破布。一条迟滞的溪流被枯叶堵塞。被人遗弃的破靴子、生锈的铁罐之类的垃圾后面冒出一截子船帮和杂草，表明曾有流浪汉露宿于此。

海伦又一次想到了谋杀案。

“就要过来了，离我们越来越近。”

突然，她不知道此时此刻自己是否被人跟踪。当她停下脚步四下聆听，只听到空洞山谷间微弱的声响，好似有人在低语，那是干瘪的树叶在窃窃私语，噼啪作响的细树枝在咒骂，滴答的水滴在发出咯咯的轻蔑之笑。

任何可能之事都能想象得到。虽然她知道如果撒腿就跑，或许她的这些幻想就会疾驰而去，但她还是匆匆穿过那片稀软的地面，鞋子的空隙里随之灌满了稀泥。

对面的小路好似一堵墙横在面前，但随着脚步她逐渐将其甩在身后，她的心脏一直怦怦不停地乱跳。然而那表面的险峻证明是具有欺骗性的，因为在第一个转弯处，路就像打弯胳膊似的拐了两下，从而降低了斜行的坡度。

又一次，海伦先前的那股子勇气回来了，因为手表显示，她赢得了这场与时间的赛跑。她这份宝贵的新工作看来是保住了。虽然迈步时每抬一次，腿都疼得要命，但她还是提醒自己，保持愉快的心情是可以让人百折不挠的。最长的一段小路已经到了拐弯处，每走一步就离家更近一些。现在她到达了凸起之地的顶端，进入到有植被的地方，此处稀稀拉拉长着些冷杉和落叶松，地上如地毯般铺了一层松针。透过种植园林间最浓密之处，萨米特突然映入眼帘。

萨米特的轮廓不再是那么的遥不可及，而是近到足以辨认出蓝厅内窗帘的颜色。菜园沿坡而下，直到院墙为界将其阻拦，青烟袅袅盘旋而上和着愉悦的口哨声表明花园就在另一侧，其间篝火正在生起。

一看到目的地，海伦便放慢了脚步。既然刚才的事情都已经过去了，那她先前的逃跑行为看起来就像是一次冒险，既然这样，她也就懒得回去赶那一成不变的工作。不一会儿，她就开始四处悠然巡视，之后关在房子里足不出户地为宵禁活动做准备。祷告声单调乏味，而自己也都记不得唱了些什么。在空洞的黑暗中，她忽然意识到有件事至关重要——卧室的窗户必须栓上。

渐起的风将脸上的雨水抹去，这加重了自己对于四壁以及屋顶的抗拒感。当走到前门的时候她自言自语，老天正在为这滂沱雨夜而鼓噪起势。

路的尽头，种植园的林木变得稀疏，原本双排的树到最后成了单排，透过它可以看到萨米特入口处的石柱，还有车道边的月桂树。

召唤她回去的是那一如既往的茶香。她正要撒腿跑开，突然间心里咯噔一下。

她确信最远处的那棵树居然移动了。

停下脚步走近观察，最后确定是幻觉愚弄了自己。所看到的和其他毫无生气的物境一样一动不动。然而那东西的形状不大对劲，有点畸形，说是树干吧又不像，含糊不清，令她满心狐疑。

不管是不是逻辑思维出了问题，但有一点很明确，她得绕开那棵奇怪的树。

她踟蹰着，徘徊着，先前在训练中所学到的知识被唤醒。她十四岁就出来谋生计，给富人家养狗。由于那些狗喂得很好，长得比她都壮，通过训练都能经常尝试着掌控应对不同的局面，因此她在之前养成了快速决断的习惯。

正是得益于此，她本能地绘制了一条回家的捷径：在泥淖的沼泽地打个对角斜插过去越过花园的院墙。

在最短的时间内，她几乎毫发无损地实施了这个计划，但却狼狈不堪，完全没有了体面可言。安全地落到满是泥土的白菜地里后，她便迂回到了前门。用弹簧锁钥匙开了门，转身时朝外看了最后一眼，透过大门，种植园里树木清晰可见。

而在此时，她恰好看到最后那一棵树分裂为两株，好似一个人从树干后溜了出来，继而消失在茫茫的黑暗中。

第二章　第一声爆裂

海伦那好奇之心汹涌而至，强烈到战胜了其他情绪。这种好奇迫使她沿着车道奔袭过去企图一探究竟。然而当她到达大门那里时，能看到的只是一排树干，大脑里呈现的是相互交织着的困惑和疑点。

把工作抛之脑后，海伦站在那里凝视着林间的阴暗之处，此时，第一颗星星哆哆嗦嗦地穿出残云。

“那是个男人，”她精神胜利般地这么想，“我的判断是对的，他在躲藏。”

她知道这件事显然可以简单地加以解释，年轻小伙子在等自己的情人嘛。但是又否决了这个假设，一半是因为自己想寻找刺激，一半是因为并不相信此事会和先前的案子扯上关系。

但是，当那个人要站着伪装成树的样子时，不仅要僵直地保持一种姿势，还得彻夜窥探，这一切都意味着需要有顽强的决心和毅力。

这让她想起了全神贯注而有耐心的鳄鱼，潜伏在水中河岸的倒影里，伺机突袭猎物。

“嗯，管他在干什么，很庆幸没从他身边经过。”当扭身回到房子时，她打定心思。

这是一处灰色的石质建筑，属于维多利亚晚期风格，与周边荒蛮的景致不大协调，看起来有点怪异。一段十一级石砌台阶逐级而上，直达前门，窗户宽大，由绿色百叶窗遮护着，是个典型的繁华小镇里的那种住宅。原本由一英亩大小精心打理的花园环绕，坐落于私人道路旁，道路两边矗立着灯柱和邮筒。

尽管如此，它还是提供给了人们一个对抗荒僻的坚实之所。极佳的维护状态表明在预防风雨侵蚀方面人们并没有花什么钱。油画也没有因年深日久而鼓起，排水系统也没有问题。整体而言，在某种程度上，使人不禁想到在紧要关头此处足够提供如装甲车般的安全保护。

电灯发出亮光，奥兹的主要职责就是保证电力设备的正常运作。在这里，现代的文明舒适是通过头顶高处的单向电线连接实现的。

海伦不愿再在外面徘徊了。傍晚的迷雾升腾，使得那些密集分布在草坪上的常绿灌木看起来似乎都要颤抖着活过来似的。透过雾气望过去，它们黝黑冷酷，如葬礼上的默哀者。

“如果我不紧着赶路，他们就会在我和房子间的半路出现，然后杀了我。”海伦自言自语道，此刻，内心仍然把玩着自己最喜欢的虚构故事情节。以这种方式出行，三个小时也并非花在了游山玩水上，因此流浪穿越于泥泞的困境是她唯一的消遣，所以就为自己先前的幼稚行为找到诸多托词，自圆其说。

她急匆匆地跑上台阶，又瞥了一眼自己的鞋子，感到歉疚不已，就把脚靠着刮削器卖力而又有节奏地蹭了起来。弹簧锁钥匙还在锁里插着，保持着她刚才冲下车道前的状态。转身进屋，关上身后的房门，弹簧锁里传来了咔嗒声，把自己锁在房间里，她这才明确地感受到了居所带来的庇护感。

此处居所的房子看起来让人感觉舒适，可靠踏实，如蜂巢之于蜜蜂，遍布着金黄小室，每一间都洋溢着明亮和温暖。其间充满了人间声响，有人相伴并给予庇护。

除了这些感激之情，萨米特内部的现代装饰还是给人以惊骇厌恶的感觉。前厅的地面铺着黑色和姜黄色的瓷砖，其上铺有黑毛皮毯。家具有一把椅子，扶手上有雕刻，一条陶制排水管，是用来放伞的，一件孔雀蓝瓷器立在那里，其内种有小棕榈树。

推开回转弹簧门，海伦来到了门厅，整个地面都铺着孔雀蓝绒头地毯，厚重的桃木家具笼罩在一片黑暗之中。透过厚重的窗帘，能很费力地感应到其后遮着的客厅大门，潮湿的空气中弥漫着盆栽报春花香混合着柑橘香红茶的味道。

虽然海伦的动作已经够谨慎小心了，但还是有个听觉敏锐的人听到了前厅大门的旋转声。那人撩开带着褶皱的天鹅绒门帘，传来一声不悦而又急切的叫喊。

“斯蒂芬，你，哦，原来是你。”

海伦很快觉察到西蒙尼降了语调：“这么说你刚才在为斯蒂芬窃听咯，”她推断道，“我得打扮下，得像模特那样。”

海伦恭敬地看了一眼西蒙尼那黑白相间的茶色绸缎连衣裙，西蒙尼给人的感觉似乎是径直从伦敦饭店回来的，身上仿佛还混合着茶舞会上的乐曲声。她总是紧跟一贯的时尚节奏，刻意的唇妆和眼妆混合叠加在了那原本天然的面部结构之上。丝滑的黑发整洁地打着卷儿披垂脑后，抛光了的指甲涂上了朱红的甲油。

但是尽管身材修长，却身形倾斜，深红色的嘴唇如同小弯弓一般，束缚了它原有的自然之美，比起穴居人也现代不到哪里去。她眼睛里洋溢着原始的炙热火焰，腔调里暗示着热烈奔放的本性。急于自我表现出风头，要么说是个漂亮的原始人，要么说绝对与现代文明不符。

结论就是，什么样风格的女孩就会选择什么样的行为举止。

当她从具有优势的海拔俯视海伦那娇小挺直的身板时，二者的反差巨大。前者没戴帽子，着一件破旧的花呢大衣，毛皮覆盖且浑身湿气。而后者却带回来了外界的气息，靴子上全是泥巴，面颊裹挟着旷野之风，蓬松的头发上泛着闪烁的雨滴。

"你知道赖斯先生在哪吗?"西蒙尼问。

"他出了大门，刚好就在我前面，"海伦答道，作为天生的机会主义者，海伦总是能恰逢其时地出现在重要的出入口，"我听他说了什么期待能再会之类的话。"

一想到那个实习生明天就要回家，西蒙尼就一脸阴云。当她的丈夫越过她的肩膀窥视她时，她猛然间转过身，如同一只好奇的小鸟。西蒙尼的丈夫牛顿个子很高，有着一头波浪式的红发，戴着一副框架眼镜。

"正煮着茶呢，"他嗓音尖锐地说道，"我们不要再等赖斯了。"

"我要等!"西蒙尼说道。

"可是茶点要凉了。"

“我喜欢松饼凉着吃。”

“哦，不愿意跟我倾诉吗？”

“对不起，亲爱的。很多事连我母亲我都从没说过。”

“好吧，知道了，”丈夫牛顿耸耸肩转身离去，“我希望你那高贵的赖斯会对你所做出的牺牲抱有感激之情。”

西蒙尼假装没听到，继而跟同样装聋作哑的海伦搭腔。

“见到赖斯先生时，告诉他我们在等他喝茶。”

当正准备着迎接来自西蒙尼的报复时，海伦就意识到闹剧已经结束了，更确切地说，那是一副被无情终结的场景。

海伦相当不情愿地上了楼，到第一个楼梯平台时，她停顿了一下，站在蓝厅外聆听。这总是能挑起她的好奇心，因为那个令人畏惧的年老病人就躺在里面，看不到，但时不时听得到，就好似一个传奇人物。

当她听到老沃伦女士嘟嘟囔囔地说着自己的养女正担当代理护士一职时，就决定溜进她的房间，为晚上的活动做一番准备。

萨米特是一幢四层建筑，两段楼梯，一间半地下室。每层都有一个浴室，但是干旱时不供应水。一家人包括老沃伦女士、教授，还有睡在二楼的沃伦小姐，而备用房间都在三楼。顶层阁楼住着佣人，那些人无论何时，特别是最近一段时间仅供奥兹夫妇差遣。

牛顿目前算是来访者，因为他和他的妻子已经有了一间宽大的红房子，而在三楼，他的老房间与沃伦小姐和教授的卧室相连，现在已经改为护士们的起居室。

海伦打开沃伦女士的房间时，发生了一段小插曲，这对于后来发生的事情起着关键作用。当旋转门的把手打滑时，为了开门，她就在球形把手上加了把力。

“有个螺丝松了，”她想道，“正好还有时间，我得用螺丝刀把它矫正上紧。”

认识海伦的人都知道她的性格，纵然是不得不推迟一些正事，她也总是挤出闲暇时间去做一些不熟悉的工作。

沃伦小姐的房间昏暗而空荡，棕色的壁纸，棕色的窗帘，棕色的布帘。一张古金色的垫子呈现了唯一不同的色彩。基本上来说算是学生式的卧室，因为架子上和箱子里的书满满当当，都溢了出来，而桌子上也散落着纸张。

海伦相当惊奇地发现百叶窗已经被绑起来固定住了，而衣柜上那个小小的绿罩台灯泛着幽光，如同猫眼。

回到楼梯转角平台时，沃伦小姐从蓝厅出来了。她个子高挑，长相威严，像她哥哥那样，除此之外别的都不怎么像。对于海伦来说，她生来就养尊处优，高人一等，身上有着若隐若现的阴郁特征，双眸闪烁着雨水般的色调。

她与教授一样冷漠，所不同的是她看起来似乎很厌恶陌生人的凝视，认为那是对她隐私的侵犯，因此遇到这事她总是怒气冲冲。然而，曾经就是这么远远地一瞥却让海伦不得不长途跋涉，吃尽苦头。教授每次就当自己的妹妹不存在。

“你迟到了，卡博尔①小姐。”她说话单调而无生气。

“对不起，”海伦紧张不已，因为她不知道自己的这份工作是否还保得住，“我明白，可是奥兹女士说我五点前都可以自由活动的。自我来了以后，这是我的第一个下午休息时间。”

“我不是那个意思，当然，我也不打算追究你的责任，但你这么徒步回来，也太晚了。”

---

① 卡博尔（Capel）：海伦的姓氏。

“哦，谢谢你，沃伦小姐。我也没想到自己会走那么远。回来还剩一英里的时候，天还没黑呢。”

沃伦小姐看着海伦，这让后者感觉自己似乎曾溜出去有千里之遥。

“离家一英里可是不近，”她说道，“即便是大白天，走远了也不是什么明智之举。对啊，房子周边的工作让你锻炼得还不够吗？既然这样，为什么不去花园里呼吸些新鲜空气？”

“哦，沃伦小姐……”海伦争辩道，“那可不是一次愉快的远足，对吧？”

“我理解你的心情，”沃伦小姐淡淡一笑，“但我想让你明白我的意思，换位思考一下。毕竟你一个年轻姑娘家的，而且我得对你的安全负责。”

即使当沃伦小姐嘴边挂着这些话的时候，那些警告之语在海伦听来都怪诞不已，她为那些不可捉摸的危险而兴奋战栗。似乎这种危险到处都是，不仅飘在空中，躲在屋里，而且隐于外边的黑暗中、藏在树影斑驳的山谷里。

“布兰奇。①”

一个低沉的嗓音响起，像是一个男人，又像一个老妇，隆隆般微微地从蓝厅发出。顷刻间，沃伦小姐就从毫无生气的威严女士变成了一个匆忙听取女主人召唤的小女生。

“是，母亲，”她回应道，“我这就过来。”

她大步流星，笨拙而不雅地穿过楼梯转角平台，随手关上身后蓝厅的门，这一连串动作让海伦大跌眼镜：“这些人的诸多类型，在我的内心形成了奇怪的反差。”她上到另一个楼梯转角平台时不禁想道。“牛顿夫人热情，沃伦小姐冷淡，对

---

① 沃伦小姐的名字。

人时冷时热，或交替出现。我不知道这些不一样的性格碰撞在一起会发生些什么事?”

她喜欢杜撰些新词，就如同在与两位学士和一个寡妇的日常接触时反思式地描述，她享受这种文字带来的乐趣，如此一来倒是振兴了曾经式微的一门学科。那些可笑的维多利亚式的女人总是把遇到的每个男人视为潜在的夫君，毫无疑问地会从那些无聊类型的对象身上找到那么一点兴趣以排解无聊。

然而，她虽然对于教授的才智充满敬意并真诚地希望能够拜访这位年轻的威尔士博士①，但是为了自己的老年生活，她还是决定继续积攒积蓄。因为她相信的是上帝，而不是《简·爱》里的情节。

海伦刚要进房间，却透过那位大学生的房间的顶窗注意到里面有灯光闪耀。就如同被一块磁铁般吸引着，她来到了他的门前。

“你在里面吗，赖斯先生?”她叫道。

“何不进来自己亲眼看看?”那个学生邀请道。

“我只是想知道是不是灯没关，那样浪费电。”

“哦，不是的，我在，进来吧。”

海伦接受了他的邀请。她对男人们的这两种行为方式已经习惯了。要么对她集体无礼般地忽视，要么私底下高度关注。

在这两者之中选择，她宁愿接受被人无礼漠视。当各种类型的个人经历对她进行洗礼时，站在承受方的她总可以用同样的方式回敬他们。

---

① 即沃伦教授。

她喜欢斯蒂芬·赖斯，因为他对待她和其他女孩一样随性、坦率、一视同仁。抽着烟，他把衣服扔进了打开的行李箱，对自己不着外衣的样子没任何抱歉之语，就好像内衣裤就挺符合自己的体面标准的要求。海伦喜欢那种透过脸庞就可窥探心灵智慧的男人，虽然面前的这个人不具有什么吸引力，但基于常规对于容貌的评定判断，他还是属于那种普遍可以接受的英俊不凡的类型，他有着浓密的波浪发，微微盖过眉毛。

“喜欢狗吗?”他一边问一边把一团领带抖开。

“让我来……”海伦一边说，一边热心地把那领带从他手里夺了过来。

“我当然喜欢狗，我曾养过一些。”海伦说。

“这么说，我对你可是有不良印象了。我讨厌对狗发号施令的女人。把它们当成炫耀之物在公园里遛来遛去，就像个可怜的队长被呼来唤去。因为狗被驯养得太过温顺，连自己的本能都不会了，所以我总想咬死那些人。”

“是的，我理解。”想到这些事情发生的可能性，海伦点点头原则上表示同意。

“但是我的狗过去常常对我发号施令。对于所有不同方向的拉拽它们很快就领会了。然后奇迹发生了，那就是我不再是那海星似的路痴了。”

斯蒂芬哈哈大笑。

“它们真不错。想不想看些特别的东西?是条狗狗，我今天才从一个农夫手里买的。”

海伦在凌乱的房间里四下打探。

“它在哪?”海伦问道，“床底下吗?”

“你就睡在那儿吗?在床里边吧，你个小布谷。”

“哦，它身上要是有跳蚤该怎么办?”

“那要是没有呢？过来，奥托[①]。”

斯蒂芬把鸭绒被的一角提了起来，一只阿尔萨斯犬露了出来。

“它有点害羞，”斯蒂芬解释道，“我说，要沃伦小姐看到它时会害怕成什么样？她不会允许一条狗出现在房子里的。”

“为什么?”海伦问道。

“她害怕狗狗之类的东西。”

“哦，不，才不会。恰恰相反。人们都怕她，她太可怕了。”

“那只是因为她就是那样的人。外强中干。给她点儿厉害尝尝，她就蔫巴了。”

“海伦因为牛顿这个粗暴的绅士，开始紧张不安起来了。顺便问一句，你怕沃伦小姐吗?”

“当然不，”海伦笑着说，“也许一个人的时候可能会有一点儿，不过房子里都是人的话再怎么也不会紧张的。”

“我不同意你的这种说法。这要看人了。她那人总是能找到破绽的。沃伦小姐就是这种类型。她会让你大跌眼镜的。”

“但是人多势众，”海伦坚持道，“她不敢来这里的。你要我帮你把东西缝好吗?”

“不用，谢谢你，亲爱的。尊敬的奥兹女士已经帮我缝好了。从多重意义的角度上讲，我顺便说一下。如果你现在愿意，有一个人你倒是可以信赖的，前提是在她没喝酒的情况下。”

“为什么？她还喝酒?”

---

① 狗的名字。

斯蒂芬只是笑笑没回答。

“听着，现在你最好还是出去吧，”他以忠告的口吻说道，“趁沃伦小姐大吵大闹以前。你要知道这可是单身汉的房间。”

“我又不是女士，我只是个雇员，”海伦愤怒地辩解道，“而且他们还等着你喝茶呢。”

“你是说，西蒙尼在等我，牛顿在狼吞虎咽地吃着茶点，对吧？”

斯蒂芬披上大衣。“我要带这只小狗一起过去。把它介绍给那家人，我俩二对一。她请人喝茶吃松饼，哼，不怀好意。”

“真的，别再叫那个庞然大物小狗了。”海伦叫道，随后那只阿尔萨斯犬跟着主人进了浴室。

“它还小着呢，真的，”斯蒂芬声调明显温柔了些，“我喜欢狗，讨厌女人，就这理由。别忘了提醒我给你讲我生活里的故事。”

当他的口哨声在远处消失时，海伦又感到了些许的孤独。她知道自己会想念这个年轻人的。但是再一次环视这个凌乱的房间时，这才提醒自己，她人不在就意味着少点活儿干，所以还是决定离开，把这一烂摊子留给西蒙尼。

茶香召唤着她下楼去到厨房。一路也没停下来清扫垃圾什么的，匆匆忙忙就去了自己的房间，脱下了外套和鞋子。因为吩咐说要关的百叶窗只包括地下室、一楼和二楼的，她自己房子的窗户就冲风开着，砰砰直响。

尽管匆匆忙忙，她还是无法抗拒那徘徊彼处带来的享受，向外越过山谷极目远望，就为了欣赏那反差所带来的感觉。她只看到了连绵的黑暗。微风的气息吹来之前，那黑暗似乎都在搅动着、潜行着。稀疏的村舍里没有一个窗户射出亮光。

“从对面看着的萨米特，我不知道刚才自己是站在了哪里。”她心里想知道答案。

“刚才这距离看起来够远的。现在呢，待在里面，安安全全。”

自她返回来之后，对那些毫无征兆的警告浑然不知，这些警告是某些琐碎的事件，是她所处要塞墙体里的第一声爆裂。一旦开始，就没有什么能阻挡它土崩瓦解。后来发生的每一件事情都如同楔子般楔进了裂缝，导致它变成日益扩大的缺口，留给了黑夜潜入。

第三章　火炉边的故事

海伦下楼来到厨房，回来的路上，一段旋转的楼梯台阶在楼层间断为数节，通过一扇小小的楼梯平台把主楼梯和一扇小门相连。上面覆盖着最初的油毛毡和老式风格的瓷片，油毛毡呈现出饼干的淡褐色，瓷片有着细小的图案，但是保护情况都很好。

对于海伦来说，这段昏暗的下楼通道体现了浪漫主义的精髓。这是一条精美的丝线，成为连接她和那魅力过往的线索，唤起了那广阔而悠闲的往日记忆。

拾阶而上，她被带到了一个小小的平顶公寓，其间没有地方可以容纳一个女仆、一个帽盒或是一只猫。手推车被放在盥洗室里，储藏柜被考虑周全地安装在唯一空出的凹处，恰巧紧挨着旁边的壁炉。

当海伦走进地下室大厅时，透过门上的毛玻璃板，她能听到瓷器碰撞发出的嗒嗒声，可以看见厨房里的炉火发出的亮光。那是奥兹女士正一边给自己做着另一片吐司面包，一边从茶托上端起茶杯喝茶。

她个子很高，身材健硕，双肩宽阔而且结实有力，下颚突出，整张脸不算好看。她没穿工作服，一条红黑色相间的威尔士法兰绒围裙兜住了她下午时间才穿的裙子。

“我听见你顺着陡峭楼梯跑下去了，”她说道，“前面那段楼梯你可以自由出入使用。”

“是的，我知道，”海伦应道，“但是后面的厨房楼梯让我想起了我奶奶的房子，那里从不允许仆人和小孩由前面上来，因为那样会磨破地毯。”

“继续。”奥兹女士客气地说。

“对啊，的确，果酱什么的也因为这个原因。都是瓶瓶罐罐的，但是里面的草莓酱和覆盆子酱都只给老年人用。所有小孩只得吃大黄①或者姜和西葫芦。那时候，这些大人也太残忍了吧。”

“你还不是一样，你得说那些大人们。”

“他们那些大人。”海伦谦卑地重复道，同意这种修正。“因为你丈夫不在，我就不请自来地过来喝茶。”

“自然欢迎咯。”奥兹女士起身去那个威尔士餐柜里把洁净的瓷具取了下来，“我明白你是如何知道那诀窍的。你想用一个褐色的罐子把叶子中的味道萃取出来。我要给你做个待客用的那种蛋糕。”

“店里买来的那种蛋糕？不行啊。我想要厨房用生面做出来的那种。你不知道我有多喜欢这个，奥兹女士。一小时前在另一个地方，我就开始一直不停地想它了。”

---

① 一种蓼科植物的根茎。

于是，海伦用感激的眼神望着奥兹女士。厨房很大，地面却不平，墙角聚集着阴影。房子里没有白色搪瓷，没有玻璃前脸的橱柜，没有电冰箱。然而光亮所及的范围内，壁炉前那破旧的地毯和破旧的柳条椅子看起来却是如家里一样，朴素而又舒适。

“这地方真大，”海伦说，“你和你的丈夫一定费了不少劲儿吧？”

“哦，这倒难不倒他。”奥兹女士话语间流露着些许苦楚。

“多数地方被他搞得一团糟，我就得跟在后边清理打扫。”

“看起来不错。沃伦小姐也一样的，如果看到没关百叶窗，她会大发脾气的。”

正说着话，海伦下意识地瞥了一眼那些嵌在高墙上的小窗户。它们和后花园平齐，透过泥点斑驳的玻璃，她可以看到随着窗外灌木丛随风摇晃，黑暗正在蠢蠢欲动。

“天刚刚变黑，”奥兹女士说道，“我喝完茶之前，他们都会等的。”

“你不紧张不害怕吗？一个人在这里？”

“你是说他，之前的传言中的那人？”奥兹女士用轻蔑的口吻说道，“不，小姐，我已经见过太多无所事事的男人，这都已经吓不到我了。如果谁在我这里不守规矩，我就照他下巴给他一下。”

“但是有谋杀者啊！”海伦提醒她。

“不大可能打扰到我们的，就跟爱尔兰清扫大赛的彩票概率一样；有人会赢，但绝轮不到你，也轮不到我。”

奥兹女士一边翻着吱吱作响的面包片，一边说着慰藉的话语，这让海伦心里感到了些许的安宁和舒适。老爷钟愉悦地滴答着，那只姜黄色的猫在地毯最舒适的一角打着呼噜。

突然她感受到了一阵战栗的情绪。

“我希望你跟我讲讲那个凶犯的事情。”她说。

奥兹女士惊奇地盯着她。

“为什么，报纸上都报道过了，”她答道，“你没看吗?”

“我一直紧跟重要的时事报道，”海伦解释，“但我对犯罪的事倒一直不太感兴趣。只不过，现在这个是本地罪犯，看来自己似乎懈怠到对此一无所知了。”

“你说得对。”奥兹女士赞成地说道，她放松了下，准备打开话匣子。“那个，第一个女孩被杀死在镇上。她是跳旋转舞的，死的时候身上没穿衣服，而且是在一个大厅里，但那时她还没有工作。在晚上的一个公共场所，喝得酩酊大醉。出事之前还有人看见她走出酒吧。当其他人出来时，就发现她躺在水沟里，死了，脸上乌黑乌黑的。”

海伦听得哆哆嗦嗦。

“第二个凶杀案也是发生在镇子上，对吧?”她问。

“是的。她是个女佣，可怜啊。她是傍晚时外出的，当主人出门进入花园的时候发现了她。是在去的路上被人掐死的，跟其他几宗案件手法相同。尽管发生地距离客厅窗户相当近，但谁也没有听到动静。所以她有可能被人突然袭击了。”

“我知道，”海伦点点头，“草坪上的灌木丛看起来像人影。突然间，就有一棵扑向了她。”

奥兹女士凝视着她，然后掰着指头开始数数。

“我讲到哪了？我看看，一，二，三。哦对，第三个是在一个酒馆，这一次让所有人都惊恐不已，因为这次他出城潜入了乡下。酒吧里的那个年轻女孩匆匆进了厨房，刚在水龙头下接了几杯水喝，两分钟后，人们就发现了她，已经被人用茶几抹布勒死了。那人也是从酒吧里来的。但是好像也没有人觉察到声响。一定是从后面潜入进来，从背后扑了过来。”

海伦有一种不真实的感觉。她告诉自己那些事没有发生过。然而山谷里的那潮湿阴暗的色调跟这些场景不就是一个效果吗？在那里，树会慢慢爬上窗户，直至她都能想象到有一张模糊的脸向厨房里窥探。突然间她感到已经受够了这个二手惊恐故事。

“别再给我讲了。”她恳求道。

但是奥兹女士兴奋地停不下来。

“最后一个……”她说，“离这里直线距离只有五英里。一个清纯的年轻女孩，跟你年纪相仿。在一个大家族做保育员，但她当时正在家休假，准备去参加一个舞会。当所有分内工作完成之后，她就上楼进了卧室，从头上开始套穿那件漂亮的晚礼服，那件可爱的绸缎礼服整个缠在了她的脖子上，刚好吃紧绞索在喉咙之上，把整个脸都包住了，自此她再也没有看到另一个凡间活物，镜中看到自己的最后一眼都是死前的最终影像，那些个漂亮女孩一个赛一个般地出事，而这景象表明，此类事情离你也不远了。”

海伦尽量拣故事中平淡的情节去想，内心极力遏制着汹涌而至的恐怖画面。

“如果镜子中看到她自己的话，也应该看到那个人了，应该有所察觉到的。如果裙子缠到头上，她怎么能看到镜中的自己？再说了她的胳膊也可以护住自己的喉咙。”

即使这么想，海伦仍觉得没用，她还是忍不住在大脑中去绘制那副场景。由于自己几乎没什么财产，纵使有人付租金的话，有着强烈财产意识的她也总会行使房屋所有权的。

海伦想象着被谋杀的女孩也拥有和她在萨米特一样的卧

室，采光良好，家具齐备。闺房杂乱地放着少女的珍爱之物，象征性的十字架、稚气的纪念品和女人味十足的奖品、餐馆的纪念品、曲棍球棍与具有未来气息的长身形的玩偶交织在一起，学院社团的集体照片还有旁边新转来的男生的照片。粉底、雪花膏，还有地毯上那扭曲变形的绸子。

“他怎么进去的?”海伦问道，她极度渴望求证这个恐怖故事的不真实性。

“很简单，”奥兹女士回答道，“他爬上了房子的前檐儿，就在卧室窗户下边。”

“但他又怎么知道对方会独自一人?”

“啊，但他就是个疯子，她们的一切他都知道。他跟踪女孩，信不信由你，不管什么女孩在哪里出现，他总能嗅出踪迹。”

海伦担心地瞥了一眼窗户。她能勉强辨别出细树枝泛着光在幽暗的低矮灌木丛里抖动。

“你锁后门了吗?”她问道。

“一小时前都锁了。我总是在我先生不在的时候做这事儿。”

“天色已经很晚了，奥兹先生不回来吗?”

“没必要这么激动，不是什么大不了的事情，”奥兹女士看了一眼那一贯不准时的钟表，“大雨会让小路到处都是稀泥，车子太旧了，奥兹说他得出去，带着这破钟上山。”

“也会带着新来的护士，是吗?”

然而，奥兹女士却厌烦海伦尝试着八卦这些小道消息。

“我倒不担心他，”她不失体面地答道，“我相信奥兹一个人可以到达那高地的顶端。”

“我相信你也可以，”海伦再一次瞥了一眼窗外那一片灰白，“要不然把百叶窗拉起来让气氛愉快一些？”

“锁上又没有坏处，”奥兹女士嘴里一边嘟囔着，一边不情愿地起身，“他要真想来，总会想着办法过来的。尽管如此，还得这么做。”但是海伦喜欢给窗户上拴。这让她对入侵的黑夜抱有一种胜利者的姿态。随着短小的红色窗帘拉下来盖住窗格，厨房里顿时呈现出一种家的愉悦感。

“碗碟存放室还有另一扇窗户。”打开厨房另一头的那个门时，奥兹女士说道。

在厨房另一端隐约可见煤炭的黑色光泽。之后奥兹女士找到了开关，吧嗒一声打开了电灯，此时展现出的是一个空旷干净的房间，石磨蓝的墙壁，一架损毁的铜制餐具架。

“幸亏这地下室接有电线。”海伦说道。

“这里大多数地方像情人小径一样黑，”奥兹女士跟她说道，“只有走廊里有盏灯，开关还是在储藏室和餐具室里面。奥兹确实说过他妥当地完成了这项工作的，那是他所遇到的最远的灯。他只有我这个妻子为他做家务，够可怜的。”

“这里真是个迷宫。”海伦不禁叫道，随后她打开了洗碗房的门，凝视着狭长的走廊，一盏白炽灯发着昏黄的光，悬挂于天花板下，半截子电线垂了下来。在灯光的映衬下，一截石质地板隐约可见。

两边房门紧闭，深棕色的油漆斑驳不已。它们的这副样子，让海伦想到了阴冷幽闭的陵寝。

“你是不是总感觉一扇关着的门有点神秘？”她问海伦，“你想知道门的另一边有些什么东西吗？”

“让我猜猜，”奥兹女士自顾自地说，“一大片腌猪肉，还有一串西班牙洋葱，你要是打开贮藏室的门，你就会发现我说的八九不离十。走，一起过去看看。都在那儿放着呢。”

“不，”海伦表明态度，“你跟我讲了这么精彩的睡前故事，除非打开所有门并且确信没有人藏在里面，否则我睡不踏实。”

“瞧你跟个可怜的小虾米似的，如果找到凶手你又能怎样？”

“在我打定主意前，你先去找他吧。人一旦愤怒就不会感觉害怕了。”

尽管奥兹女士哈哈大笑，海伦还是坚持去洗碗房取一根蜡烛去打探下地下室的情况。当她全程搜索各个地方时，奥兹女士就跟在她后面，餐具室、贮藏室、食品储藏室、鞋柜后门以及其他房间。

到了走廊尽头，她拐进了一个阴暗的小胡同，这里是煤窖和柴房的所在地。她把烛光往这两处晃了晃，弓腰猫过头顶满是灰尘的布袋子，钻进了角落里。

“你要找些什么？”奥兹女士问道，“一位帅哥吗？”

然而，当海伦把脚步停在一个紧锁的门前时，她笑着咧开的嘴慢慢合上了。

“有个地方，包括你在内都没有人进去过，”她冷冷地说道，“要是那个疯子进去了，我只能祝他好运了。”

“为什么？”海伦忙问道，“这是什么地方？”

“酒窖，钥匙在教授手里。目前这是离那个禁忌之地最近的距离了。”

出于环境的影响，海伦这个纯粹的禁酒者意识到，自她来到萨米特，还没有见过吃饭的时候会提供酒水的。

“这儿的人都喝酒吗？”海伦问。

“还没有什么能阻碍教授端起酒杯的，”奥兹女士答道，“由于看到钥匙在他手里，奥兹和其他年轻人也就只能去公牛酒馆喝酒，喝得酩酊大醉。而赖斯先生是唯一一个曾问我要不要喝两杯的人。”

“繁重的活儿做完了，也不让你喝喝啤酒，多可惜。”海伦以同情的口吻说道。

“我有啤酒钱，”奥兹女士承认，“沃伦小姐对于禁止在室内提供酒水这方面比较执着。但沃伦小姐跟教授有点像，只要你别打搅她读书就没事。她也不是说吝啬啊什么的，只是说不允许你做一件不值得做的事情。她就是那种人。”

“这恰恰就是沃伦小姐打击海伦的方式，一种不明不白的蓄意性否决。”

在转身离开前，奥兹女士对着酒窖的门发泄式地踢了几脚。

“有件事我对自己发了誓，”她郑重其事地说，“是这样，要让我碰到了这酒窖的钥匙，里面非得少一瓶不可。”

“我猜，那肯定是仙女喝了它对不?”海伦问，“过来到炉火跟前，我还有惊悚的事情讲给你听。”

然而，当她们回到厨房时，奥兹女士开始咯咯地窃笑。

“你要讲一些故事给我听，那，我也有些东西给你看。过来，你看看这些东西。”

她打开了碗柜里其中的一个橱柜，指着一溜儿空瓶子。

“赖斯先生把这些叫‘死人’，这里有许多他从公牛酒馆带回来的杜松子酒瓶或者烈性啤酒瓶。”

“他人很好，”海伦承认，“是有些关于他的传言。可惜他就是个无赖。”

“他不像你描述的那么坏。”奥兹女士说道。

“他被学校送到牛津就是为了泡妞鬼混的。但是有一天晚上他跟我说，他遭报复太深，他并不是一个特别爱跟女孩子厮混的人。”

“但他跟牛顿夫人调情啊。”

“那只是为了好玩。她让他往东，他偏往西，仅此而已。”

看着火炉里炙热的炭火芯，海伦笑出声来。这座城堡要塞的墙壁里新的爆裂已经开始形成。对此，她毫无察觉。那只姜黄色的猫，随着轻抚发出惊心的嘟噜声，她最近的经历似乎已经很遥远了。

“我答应你给你讲故事的，”她说道，“嗯，信不信由你，当我穿越种植园树丛的时候，我遇见了那个掐人脖子的凶手。”

很明显她自己并不相信这个故事，因为情节有点夸张，仅仅是为了吸引奥兹女士注意。这主题也就是个粗略的构思，一个男的躲在树后面，连进一步揭示黑暗中不良动机的续集都没有。

她并不是唯一怀疑此故事的人。在山的一侧半山腰的小木屋内，一个黑眼睛的女孩正盯着镜子里的自己，满身湿气地被人发现。潮湿的山间空气滋润着她玫瑰色的脸庞，面部表情渴望而又叛逆。

现在呈现在面前的是一个张开双臂拥抱生活的人。她戴着一顶手工编织的红色贝雷帽，角度夸张地斜倚在她那黑色短发之上。双颊施粉，红润的嘴唇画蛇添足般涂着唇膏，哼唱着小曲，好似给自己的动作在伴奏。

她环顾着这间小房子。白泥抹的低矮房顶鼓起褶皱，墙体开裂，百叶窗前是那柔软的平纹棉布做的窗帘，欲望正在膨胀，她告诉自己那是因为自己厌倦了长期幽闭于此，也受够了室内如霉干酪般的气味。她就一直这么待着，一夜又一夜，直到受够了，甘愿冒着撞见任何犯罪分子的危险外出。

她渴望着公牛酒馆的愉悦，一两个年轻后生，一杯苹果酒，还有那不受约束的魔力。

她系上了红色皮衣的纽扣，穿上了惠灵顿长筒靴，之后便蹑手蹑脚地走下吱呀作响的楼梯。当她溜过别墅门口的时候心脏越跳越快，只是因为刺激兴奋的缘故。沿着早已习惯于狭窄而倾斜的陡峭小径之势一路向下便把人带到了峡谷地带，就如同伦敦人对皮卡迪利大街那般轻车熟路，就如同对极度紧张带来的侵袭之感产生免疫力一样，这种熟悉的孤独感早已将内心所有的恐惧吞没。没了恐惧和不祥之兆，她便急匆匆地沿着凸石遍布的山腰步履矫健地向下走去。

当她到达种植园时，感觉自己几乎就要到达目的地了。在她和公牛酒馆之间相隔的是一英里裸露的平坦地面。萨米特呈现出的文明气息如此近在眼前，以至于都能听到广播里杰克·希尔顿①乐队的声音。

如同大多数威尔士女孩一般，她拥有灵敏的听力和天生的丽嗓。她被这旋律感染，随着歌词跟唱着，在饱含激情、扬扬自得的歌声中充满着对再度复活般的赞美。

“爱情之物最甜蜜，小鸟离不开羽翼。”

雨水透过半掩着的落叶松打在了脸上，一股股水流斜着流了下来，尽管地面上铺着如地毯般的一层松针，但脚下硬实的地面还是开始变得稀软。迫不及待地想要遇见自己的幸福，此时的她是幸福的、健康的、不顾一切的。天气因素带来的影响已经被她抛之脑后，唱着歌在林间开路，此刻的她正值年轻气盛。

她的视力如此出色，很轻易就辨别出单行树林间的小径，

---

① 杰克·希尔顿（Jack Hylton）：英国著名乐队。

在此处，植被渐渐稀疏直到其尽头。她在内心想象方面不如海伦敏锐，以至于并没有注意到其中的一棵树明显没有树根，因为它已经挪到了旁边几棵树树冠的后边。

要不是注意到这个，她怎么也不会相信自己的眼睛。常识告诉她，树是不会自己挪位的。因此她继续加快了脚步，拉高了唱歌的嗓门。

“我只祈祷着生活带给你甜蜜的爱情故事……”

当她经过最后一棵树的时候，树突然间变成了一个男人。树枝就是那一簇一簇的胳臂，但她还是不相信。

因为她知道这些事是不可能发生的。

第四章　远古的灯光

“树动弹了一下，”海伦宣称似地说，在这安逸的厨房里，故事就以这种方式结束了，“这事也……让我恐惧……我也看见了，的确是个男的。就等在那儿，就像只伺机而动的老虎随时扑向它的猎物。”

“继续，继续，”奥兹女士毫不掩饰地揶揄道，“我已经亲眼见识过那树。我老见他在那儿等赛立德温①，她过去常在那里干活。而且同一棵树不可能出现两次。”

“赛立德温?”海伦念叨着这个名字。

“对啊，她住在半山腰的木屋里。一个挺漂亮的女孩，但老是把衣服搞错混放在一起。老沃伦女士就受不了她。因为她说她的脚很臭，每当在她床底掸灰的时候，沃伦夫人就憋着贵妇脾气，起身去取棍子，老是刚好等到她探出头来，就

① 萨米特的女佣。

一棍子下去敲到赛立德温的脑袋上。”

海伦憋不住大笑出来。生活或许不如人意，但她内心还是有意并且心存感激地保持着那份永久的乐观和喜感。

“那老妇人越来越有意思了，”她说道，“我倒希望你能派给我这份工作，让我在她床底下掸灰，然后让她感受一下我的速度有多快。”

“原本赛立德温也是这么想的。她老是趁那老女人不备，激怒她。但到最后还是被逮住。脑袋上着实挨了这么一下子，足以让她父亲过来把她领走。”

“她真下得去手……到底是怎么回事？”

海伦顿了下，四下聆听。声音再次响起，那是一种持续不断叩击窗玻璃的声音。虽然她不确定声音来自何处，但听起来离得并不远。

“有人敲门吗？”她问道。

奥兹女士也侧耳倾听。

“一定是过道窗户，”奥兹女士回答道，“窗户搭扣松了，奥兹说过要修理的。”

“听起来不安全的样子。”海伦反驳道。

“这个时候，小姐，别担心，窗板都支起来了，没人能进来的。”

但是，随着风势渐起，咯咯声和敲打声就继续传来，杂乱无章，时轻时重。这也敲打着海伦的神经，让她无法安心坐下来喝茶。

“今晚是个糟糕之夜，”她说道，“那棵树要是在等赛立德温约会，我才不会羡慕。”

“想必此刻已经逮住她了，”奥兹女士偷笑道，“赛立德温才不管天气如何。”

“别再说它了，随它去吧……你有螺丝刀吗？”

海伦抬头说道，此时此刻她正忙活着一些修理工干的活。

“你听听，奥兹女士，这声音多让人烦躁。”她趁机解释，“稍后会影响到吃午饭的胃口，然后搅得咱们消化不良。我看看能不能给搭扣矫正修好。”

“你倒真会找活儿干，完全不用人教。”奥兹女士一边跟着海伦穿过洗涤室，一边嘴里嘟囔着。

那是走廊尽头靠近洗涤室大门的一扇略小的窗户。随着海伦抽开窗板销子，一股劲风袭来，如同一记重击。雨水斜打在窗玻璃上，一股脑顺势淌了下去。

一个壮实的妇女和一个娇小的女孩，俩人并肩站在那里，透过窗户往花园里窥探，却只能看到一团黑乎乎的灌木丛在狂风中泛着微光。些许树干猛烈晃动着，隐约可见。

“你不觉得这看起来有点毛骨悚然？”海伦搭腔道，“我不晓得自己能否修好这些搭钩。你有小钉子吗？”

“我去找找看，看看能不能找到一些。奥兹不知道把钉子都鼓捣到哪儿去了。”

奥兹女士笨拙地穿过洗涤室，留下海伦一个人出神地盯着窗外湿漉漉的花园。花园靠近窗户的这边没有灌木丛，那些灰暗的灌木丛给人以缓慢爬行逼近房子之感。夜晚似乎业已凝固，格外分明而又凝重的漆黑气息给人以威吓骇人之感。

这反而激起了海伦内心的蔑视和反抗。

“来啊，有胆你就来吧……”她大叫道。

此时随即应声而来的是厨房里声嘶力竭的尖叫。

随着恐惧的侵袭，海伦的心带着哀号跳到了嗓子眼儿。此刻掠过海伦脑海的就一个画面——那癫狂之人正潜伏在隐蔽之所，已经把毫无戒心的奥兹女士引到了他提前设好的陷阱里。

“他已经抓住了她。”海伦暗自思忖，与此同时，她飞快地拉开门栓猛然冲进厨房。

回应她的是奥兹女士的又一声尖叫，虽然她几乎处于歇斯底里的状态，但丝毫没有惊恐的迹象。

“一只老鼠，”她号叫道，“刚从这儿蹿过去。”

海伦盯着她，一脸茫然而又狐疑的表情。

“怎么一只小老鼠都把你吓成这样？这个问题还没解决，老一惊一乍的，不白添乱吗？”

“但这些东西实在让我起鸡皮疙瘩。”奥兹女士哽噎般地说道。

“要是像你刚才说的那种情况的话，我认为凶手肯定会动手了。多可惜啊。过来，小黄，小黄……”

海伦唤着那只猫的名字，但徒劳无果，因为这主儿正矫情地洗着脸完全不予理睬。奥兹女士带着歉意的语气说：“它可是一只文明有礼的猫咪，但它受不了老鼠。因此奥兹会把它扔得远远的。”

“如果照这么来看，我不会把它扔得远远的。可我会把它吓跑。”

对于出现的任何情况，她都反应敏锐，而事情从高潮点急转直下，此刻她俯下身，跪下来，用木条敲着地面，正当剧情似乎朝着紧张的关键时刻发展时，危难总是避开她并且演变为一场闹剧。

直到黑夜结束，顺着发生过的诸多琐碎事件追踪，她才意识到，那如潮水般侵袭整个房间的恐惧退却之后，裸露的事情真相是那么的不足挂齿。

她此刻能看见的对象只是一只在远处上蹿下跳的啮齿动

物，那明显是个老住户了。

“它的洞在哪儿?”她低声说道。

“在那个墙角儿，”奥兹女士喘着粗气，“奥兹确实说过都清理光了的。”

海伦开始在后楼梯的地板上跺脚，希望跺脚声能把那老鼠逼回老巢。

“到底是谁啊”?”她喊叫道。

“不会是他的，”奥兹女士大笑，“他要来了，你是听不到什么动静的。他会潜行，跟赖斯先生差不多。”

正说着，门被推开了，斯蒂芬·赖斯提着行李箱进了厨房。进门一看到跪在地上端庄的卡博尔小姐，他不由得定睛驻足。此时的海伦，头发披散下来盖住了眼睛。

“这是怎么回事?”他问，“是北美红种印第安人①在举行爬行聚会吗? 我也想加入进来。”

“我在赶老鼠。”海伦忙解释道。

“这倒是项好运动，希望我能帮上忙。”

“不必了，我倒没想要抓住它，”海伦起身把那木条放在桌子上，“我觉得它现在已经跑掉了。”

斯蒂芬坐了下来，环顾四周。

“在这里，我总觉得如同在家一样，”他说，“在这座恐怖的宅子里，这是我唯一喜欢的房间。奥兹女士和我总在这里做祷告。”

“你的狗呢?”海伦问。

“在我房子里。很遗憾，沃伦小姐没来喝茶。所以终于不用打嘴仗了。”

---

① 红种印第安人：被认为是野蛮的象征，有时候用作冒犯之语。

“为什么不喝一杯?”海伦问，“你明天就要走了，我更希望沃伦小姐不知道这事。”

“不，”斯蒂芬仰着他那突出的下巴，“我宁愿出来在空地上闲逛。当我知道我们的英雄牛顿无论如何都要冲我摆黑脸的时候，我才不会跌份儿去见他们。”

“他不会说出事实真相来?”海伦难以置信地叫道。

“他会吗? 奥托也不是什么相当耀眼的成功人士。可怜的小家伙不习惯喝下午茶。跟他的主人一样，更喜欢待在快乐的厨房里。”

“但牛顿夫人一定是爱上他了。”海伦坚持地说道，仍旧用“爱屋及乌”之类那熟悉的台词争辩着。

“如果她真那样，她早控制住自己的激情之欲了，”斯蒂芬打开自己的空行李箱然后转向奥兹女士，“那些空瓶子在哪里?”他问，“我觉得现在得把这些瓶子带走，今晚得拖着它们去公牛酒馆，去救你那可怜而高贵的丈夫。”

“我觉着你是否得去那边，跟你那年轻的女士说声再见?”奥兹女士冲海伦眨了下眼，受到了先前的话题的启发，海伦才明白，奥兹女士说的是公牛酒馆老板的女儿，她拥有酒馆的继承权。表面上看，这位年轻女士不仅仅是这个酒馆的主要赞助人，而且像个磁石一样吸引着这个男性人口稀疏地区的男人们在此聚集。

奥兹凭着自己在萨米特的特殊地位问了一个颇为私人的问题。

“那么，如果你最后一个夜晚在其他地方度过，你的另一位女士会怎么说?”

“我另一个……什么?”斯蒂芬要求再说一遍。

“牛顿夫人。”

"牛顿·沃伦夫人是个令人尊敬的已婚女士，她当然会在自己法定丈夫的陪伴下度过美好的傍晚，一起研究解决数学问题。"

"你们茶喝得还愉快吗?"

海伦没听到这个问话，因为此刻她忽然想起了一个令人激动的可能性。

"沃伦小姐是在卧室喝的茶吗?"她问。

"我想应该是的。"斯蒂芬回答道。

"那么，之后，她在上面待了很长一段时间，我想如果可以的话，我去试着把她叫出来。"

"如果你可以的话，"斯蒂芬建议，"务必在她换垫子的空档，除非躲开她，当然了，躲避方面你在行的。"

"她不会老往人身上扔东西吧?"海伦难以置信地问道。

"她就会用这个方法展示自己的脾气。"

"哦，那好吧，没关系。我觉得作为老妇人，她那声音听起来生动多了。这一点我倒很欣赏。"

"你醒醒吧，"斯蒂芬预言般地说道，"她可是个坏脾气的老家伙，手段恐怖。当我有一次出现在她面前表达敬意的时候，她正在吃橘子，居然把所有橘子核冲我吐了一地，让我印象深刻。"

他顿了顿大笑起来，重起话头。

"一样道理，"他说，"我倒是有幸看到她是怎么把满是馅饼的盆子扔到了护士头上的。"

"但是，那显然只是个意外。她也想不到能打中护士。"

奥兹女士扬起脸，剥洋葱熏得她眼泪直流。

"哦，不，小姐，"他说，"沃伦夫人从不会打偏的，年轻的时候，她总是外出踏青打猎，打兔子和鸟。据说睡觉都抱着枪。”

“这么说她在这里已经待了很长时间了?”海伦问道。

她知道自己的好奇心又要换来一顿饭了，这是奥兹女士的常用方法来暗示些八卦话题。

斯蒂芬卷了一支烟，那只猫在地毯上打着呼噜，老鼠在安全的洞里洗着脸。房子里是明亮炉火和安逸的宁静，而外面，却酝酿着暴风雨……

一股狂风叩击着房屋一角，裹挟着余怒，将雨水泼溅在了过道窗户前一个没有拴起来的窗户挡板上。慢慢地，这风就像一只无形的手打开窗扉，冲着花园朝外摇晃着。房子对漆黑的夜晚敞开了怀抱。

黑夜向内窥探着，沿着缝隙，穿过漆黑的过道。向着深远处的阴暗里延伸。

厨房里，奥兹女士的演讲让听众为之兴奋。

“他们确实都这么说，”她带着戏剧一般的口吻说道，“老沃伦夫人开枪杀了自己的丈夫。”

“不!”斯蒂芬和海伦同时倒吸一口凉气。

“是的，”奥兹女士明确道，“这就是现在这个老年妻子的故事，但都是听我妈妈讲的。老罗杰先生①是这么一位教授，不多话，缄口不语著书立说。靠他的发明赚了很多钱。是他建造了萨米特，就为了单门独户。可沃伦夫人受不了这份清静，总是冲他抱怨，之后在他的书房里有了一次严重的争吵。有人偶然听到她威胁说要像碾死只臭虫一样干掉他。几分钟之后，有人发现罗杰先生被枪杀了，用的是她那把来复枪。”

“听起来真糟糕。”斯蒂芬嘴里嘟囔着。

---

① 萨米特的缔造者。

“是的，所有人都认为她将会站在法庭被告席上。”奥兹女士同意地说。

“验尸的时候，验尸官问了一些令人不快的问题。她辩称说那如何如何是个意外，精明的辩护律师也帮她逃脱罪责。但这个事情让人心里五味杂陈，以至于最后她不得已去了国外。尽管她已经离开，但无论如何她还是很憎恶这座宅子。”

“后来，对这件事情人们都保持缄默了吗？”海伦问。

“没有，教授后来离开了牛津大学，来了这里，他就一直像他父亲先前那样，总待在房子里，从不外出抛头露面。老沃伦女士也只是声称自己病了的时候，才回来。”

“她怎么了？”海伦问。

奥兹女士噘起嘴唇，而后摇了摇头。

“性情大变。”她坚定地说道。

“哦，但是奥兹女士，她一定是哪里病了，又是安排护士又是请医生的，终日里躺在床上。”

“教授认为沃伦夫人待在病房里，麻烦会少些。但是沃伦夫人却觉得只要她待在病房里自己就会制造出更多麻烦。她觉得把护士一个个逼走是个挺公平的游戏，换来新人继续欺负。”

“但沃伦小姐告诉我说教授担心她的心脏。”

“啊，一个男人怎么都不会忘了自己的母亲，这事让他懊恼不已。”奥兹女士澄清着，随即就陷入了自己的情绪之中。

“但是，沃伦夫人是他继母，”斯蒂芬辩驳道，“她没有子嗣。”

但仍然有人盼望她死，因为贪婪的欲望开始在她周围聚集。西蒙尼告诉我说这老妇人有个遗愿，就是要把钱捐给慈善机构。她有个反常的喜好，就是，她很明显地喜欢牛顿。

总之，给他津贴，直到自己死去。这就是为什么他住楼下。

“他父亲派他过去的。”奥兹女士解释道。

海伦想起了教授那冷冰冰的眼神和沃伦小姐那冷漠的处事态度。很难想象这里面财产的考量是主导因素

“哈啰，”斯蒂芬突然开口打断，一边摇晃着身子蹭上桌子，“这是什么？”

他从身下抽出一根木条，海伦劈手夺了回去，看起来相当羞愧。

“不好意思，”她说。“那是走廊窗户上的。很高兴你提醒这件事。我得尝试着把窗户修好。”

听到这些，海伦内心热切地想要把修理工作完成，然后尽快上楼去蓝厅。她用绳子和栓头把所有工具草草一绑，然后急匆匆返身去了厨房。

让她惊奇的是，斯蒂芬居然很听话地和奥兹女士一起剥开洋葱了。

“她老是让我不得闲，”斯蒂芬抱怨道，“奥兹每次一回来，这就成了她对厨房里合格男人定义的解释。我是说，他回来得还不够晚吗？我跟你赌五英镑，他已经跟那新来的漂亮女护士私奔了。”

奥兹女士鼻子里发出轻蔑的语气。

“要是她喜欢最后这道菜，那她得捏紧鼻子了，让他去亲吻她吧。小姐，准备好跟沃伦女士坐在一起了吗？”

“我一会儿问问她可不可以。”海伦答道。

“那，听我一句警告，你得留心注意了。有必要提一句，我坚信她可不是众人想象的那么孱弱无力。我确定她可以走路，跟我一样。而且袖子里藏着东西。除此之外，你们听到她的声音了吗？什么时候她健忘过？”海伦突然回想起那病房

里传出的低沉的咒骂声。带着想要切入到事情的关键部分的急切心情，促使他几乎冲着门跑了过去。

“我已经修整好了窗户，”她说道，“现在，我们已经可以安全地把自己锁在里面度过夜晚了。”

第五章　蓝厅

当海伦沿着楼梯拾阶而上到达蓝厅的时候，一股奇特的期盼之情搅动着她的内心。这感觉把她带回到了儿时，那时对玩具的置之不理都是源于对自己那无形的玩伴——普克先生[①]的喜爱之情。

虽然她可以独自在休息室角落里玩耍数小时之久，但要说起从不沉溺于一个人的游戏，这情况父母也司空见惯。可以说做任何事她都要和别人搭伙。

暮色之中，当升腾摇曳的火光把所有高大的阴影投射到墙上的时候，她就和自己的英雄[②]开始了漫长的交流谈话。

起先，她妈妈并不喜欢小女儿臆造的这个古怪离奇的社

---

① 普克先生（Mr. Poke）是海伦在孤独的儿时想象杜撰出来的玩伴。

② 是指普克先生。

交圈子所带来的气氛。但当意识到海伦由此发现了最要好和忠厚实在的玩伴的时候（当然这只是个人想象出来的），她便接受了所谓的友好的普克先生，并且常常问她普克先生的长处，答案自然是天马行空。

楼梯处被一个悬空的球灯照亮，球灯悬吊在跨越中井的一节横梁之下。二楼恰好介于此处灯光和门厅灯光交会处，这就显得楼梯转角平台有点暗。这节楼梯正对着一面十英尺高的巨大镜子，镜子嵌在锈迹斑斑的镀金雕镂镜框里，底下有一面大理石台做支撑。

随着一步步迈近，镜子里自己的影子也相对而出，一张娇小惨白的脸庞从镜中的暗淡幽深之处渐渐升起，如同湖中深水里的尸体，泡了七天之后才浮现。

这惊悚战栗之感如同一种征兆般渗透在了她全身的血液里。应敲门声，沃伦小姐过来开门。呈现在面前的，是她那数小时与继母囚禁一处所带来的麻木涣散和毫无生气的惨白面庞。

“新护士到了吗？”她问。

“没有，”海伦禁不住内心欢呼般地答道，“我们可不想为她一等数小时。奥兹女士说，雨天山路泥泞，车开起来比较困难。”

“相当困难，”沃伦小姐同意道，显得疲惫无比，“她人一来就请直接告知我。安排她吃了东西后，就过来换我的班。”

这恰恰是海伦的机会，而且还真就被海伦逮住了。

“我能坐在沃伦夫人旁边吗？”她问。

沃伦小姐犹豫了一下，她知道把母亲托付给一个未经受过训练的年轻女孩子有违沃伦夫人本人意愿。但这个女孩看起来可靠负责。

“那谢谢你了，卡博尔小姐，”她答道，“那太好了，沃伦夫人睡着了，所以你只需要安静地坐在那里看着她就行。”

沃伦小姐穿过楼梯转角去了自己的房间，之后又转身给了另一个建议。

“要是她醒了要什么东西，你要是找不到了，或者其他什么做不了的话，马上过来找我。”

海伦应允，即便当她意识到沃伦小姐是唯一也是最终的一个信息来源的时候，她也还是想要自发地处理任何应急情况，并且希望类似的情况和需要会再次出现。

她那如潮般的好奇之情在胸中强烈地激荡着，这情况持续了好一会儿之后，她才进了蓝厅。这厅室可以用巨大来形容，大方端庄的公寓，其间陈列许多大气的桃木家具套装，墙壁、地毯和窗帘那时兴的蓝色让大厅沉浸在一片阴郁色调之中。透过壁炉的钢制格栅，闪耀的是暗红色的炉火光。虽然薰衣草香水稀释了其间压抑幽闭的气息，但这空气中还是散发着一股微弱的腐烂苹果的味道。老沃伦夫人躺在一张大床之上。她穿着一件紫色丝绸短打夹袄，头在枕头上高高垫起。双眼紧闭，呼吸粗重。这第一眼印象就验证了斯蒂芬的描述。由于卧床不起，脸上也看不出有什么性格鲜明之类的迹象。那遍布着的深深的皱纹，好似一幅古老的地图，清晰地勾画出她的恶脾气和乖张自负的性格特征。银灰色的短发凌乱地盘成粗粗的一束，红红的鼻头透露着一丝怀疑的气息。

蹑手蹑脚地穿过房间，海伦便在火炉旁的一把矮椅子上坐了下来。她注意到煤筐里的煤块都用薄纸包了起来，乍一看好似一筐雪球。意识到这是为了在换煤的时候能够保持安静，海伦也就心领神会，此刻的她，安静地好似一副家具。

老沃伦夫人呼吸的节奏沉重而匀称，就像一台蒸汽机在运作。此刻海伦的内心充满怀疑，这是不是故意令他人信以为真的表演。

“她肯定没睡着，”她内心犯嘀咕，“她在使诈。”

呼吸声仍在持续着，但是什么事都没发生。然而海伦能够感觉得到自己的脉动，这脉动预示着普克先生的临近。

有人在看着她。

为了看到床这边的情况，她不得不扭头。每当这么做的时候，沃伦夫人眼睑都是紧闭的。此时此刻，内心想要找乐子的海伦想到一个新花招，这得趁对方睡着了什么都不知道的时候才能施行。

佯装和试探几次，均无果，这才证明她的速度要比沃伦夫人快。此时，正侦察间，沃伦夫人却意想不到地抬头看着她。她那眼睑缝隙打开，两只眼睛如同两轮新月似的透着离奇的亮光，眼睛出神地凝视着她。

病人意识到继续装下去已经没多大意思，忽而睁开的眼睛随即又立刻闭上了。

“过来。”她说，嗓音微微颤抖。

回想起奥兹女士的警告，海伦便小心翼翼地移步靠近。海伦看起来是那么的娇小和不起眼，苍白无力，身着无领连衣裙，甚至平庸到跟身后背景渐渐融入一起了。

“走近点。”沃伦夫人命令道。

海伦听从吩咐，眼神却游走在床头柜上的物件上。因为她不知道病人选择扔到自己脑袋上的将会是桌上哪一个，然而海伦还是伸手去拿最大的那个药瓶。

“把它放下。”老沃伦夫人贵妇般的声音微弱而含糊不清，“那是我的东西。”

“哦。对不起，”海伦忙说道，“我也是这样的人，讨厌别人碰我的东西。”

意识到她们两人之间的千丝万缕的联系，她大胆地站在她的床头，低头微笑地看着病人。

“你看起来真小。”老沃伦夫人说道，最终打破了宁静。

“一点范儿都没有，令人毫无印象。我想我的孙子在选择妻子方面应该眼光更独到些。”

听到这里，海伦才意识到尽管牛顿催促西蒙尼过来，但她还是拒绝走进蓝厅。

“她品味不凡，”海伦说，“他的妻子棒极了，我自叹弗如。”

“那么，你是谁?”沃伦夫人问。

“助手，卡博尔。”

听到这里，老妇人的脸上被强烈的情绪激起一层涟漪，那黑色新月般的眼睛凝固了，嘴唇开启。

“她看起来很害怕，”海伦心想，“但是她怕什么啊？一定……一定是我。”

然而，沃伦夫人的第二句话，这令人兴奋不已的可能性却像个谎言被揭穿了。她提高了声音。

“走开。”她喊道，嗓音如男人般厚重。

这变故惊到了海伦，她转身跑着离开了病人，一秒也不敢耽搁，似乎已经感到瓶子在脑袋上开花的声音。但是，还没跑到门边，又一声号叫把她叫了回去。

“你个小傻瓜，回来。”

这新的变故又让她浑身打战，海伦又回到了床边。老妇人开始用孱弱而又哀求的语气说着什么，声音几乎听不清。

“滚出我的房间。这么多树。”

“树?”海伦重复道，她的意识被拉回到树林里最后一次见到的那棵树。

“树，”沃伦夫人再次念叨着，“他们伸开树杈，敲着窗户。它们想要进来，天一黑他们就活过来，爬上我的房子，都滚开！”

听到这里，海伦觉得，她跟这老妇人似乎有着某种千丝万缕的联系。很奇怪，她也曾在暮光下站在窗口，看着雾气弥漫的树丛侵袭着宅子。当然这都是想象。单这一个事实却不禁让人想起了“普克先生”。

不管怎样，她想把树这个话题作为媒介，拉近自己和沃伦夫人的距离。虽然她喜欢以自己的方式获得成功，但能跟沃伦夫人交流，也算自己诸多小小失败中的一件，海伦仍然更热衷于做别人不易做成的事情。她打算继续尝试着去赢得沃伦夫人的好感。

“太奇怪了，”她说，“我有着和你一模一样的感受。”

只可惜，沃伦夫人厌恶地打断了她的话。

“我才不要听你的感受，”沃伦夫人抱怨地说道，“别胡乱揣摩别人的心思，我已经没救了。你叫什么？”

“海伦·卡博尔。”海伦沮丧地回答道。

“你几岁了？”

“二十三。”

“说谎，明明十九。”

虽然雇主们总是承认她的官方年龄，但这老妇人的敏锐洞察力，着实令海伦吃惊。

“也说不上是个谎，”她忙解释道，“我觉得我够格在年龄上多报几岁，因为我经历挺丰富的。十四岁的时候就出来谋生了。”

沃伦夫人对此无动于衷。

“为什么?”她问，“你不是个被人宠爱的孩子吗?”

“当然不是，”海伦愤怒地答道，“我父母在教堂结了婚。但无力抚养我，很不幸。”

“死了吗?”

“是的。”

“这么说来，确实挺不幸。”

尽管是身份低微，当有人冒犯自己的人生信条的重要原则的时候，她总是鼓起勇气予以反击。

“不，”海伦抗议道，“生活是美好的。我时刻保持清醒，庆幸自己活得好好的。”

沃伦夫人在继续她那老调子之前，嘴里嘟囔了一下。

“喝一杯?”她问。

“不用。”

“有男人了吗?”

“还没机会，运气不好。”海伦笑着说。

沃伦夫人没有一起跟着笑。眼睛直直地盯着海伦，以至于眼睑间裂开的黑色缝隙似乎都已经凝固。一些计划在她那蛛网般的大脑中回路中浮现、成形。

钟表的滴答声驱走了沉寂，炉火的中部塌陷，喷出了一股火焰。

“我要不要加一些煤?”海伦问道，渴望借此打破沉默。

“不用，把我的牙拿来。”

这要求让海伦吓得几乎跳了起来。但下一秒，又意识到沃伦夫人要的是床头柜上搪瓷杯子里的假牙。

当这令人敬畏的病人用手指捏着假牙在消毒液里涤荡的时候，还机警地四处张望，随后用手调整了一下，安在了牙床上。

“海伦，”她低声说道，声音好似鸽子的咕咕声，“我想今晚让你在这里陪我。”

海伦看着她，一脸吃惊，她这瞬间变化也太诡异恐怖了。嘴唇被牙托撑着，好似被迫人为地微微分开，又好似露齿而笑，这给人以毫无生气的陈年蜡像之感。

“没有牙，你是不是怕我，”沃伦夫人说，“但你现在不必害怕，今晚我会照顾你的。”

海伦紧张地咂着嘴唇。

“但是，夫人……”海伦说道，“今晚新到的护士会跟你睡在这里。”

“我都忘记新护士这档子事儿了。又一个贱人。好吧，我会等她的。但你还得跟我睡一起。你看，亲爱的，你此刻不安全。”

沃伦夫人笑的时候，海伦分明看到的是露齿而笑的鳄鱼。

“我不能和她单独待一晚上。”海伦心里想，即便清醒地意识到自己内心的恐惧仅仅是想多了的产物而已。连一个卧病不起的老妇都心存恐惧，这显然太荒唐了。

“恐怕没有沃伦小姐的命令我是不能这么做的。”她说。

“我那愚蠢的养女，她才不知道这间房子里会发生些什么。那些树总是要进来。过来，海伦。”当海伦靠近趴在床上的时候，她感到自己的手被有力地攥住了。

“你替我拿些东西，”沃伦夫人耳语道，“衣橱顶上那个碗柜里，搬把椅子上去找。”

享受着这少有的冒险，海伦决定要逗一下她。

她搬来一把笨重的椅子，踮着脚尖站在了上面想要打开碗柜的门。

当她把手伸进黑糊糊的橱柜摸索的时候，内心对这项任务仍存着一丝狐疑。很明显，沃伦夫人只是利用她探取那未知的禁果。她心里正想着她那发炎红肿的鼻子时，摸到了疑似藏起来的白兰地酒瓶子。

“摸到什么东西了?”她叫道。

“一个硬硬的小物件儿，绸子包着。”海伦松了一口气，回答道。

正说着，海伦的手紧握住了口中描述的东西。

“是这个吗?”她问，一猫身跳回地面。

“对，”沃伦夫人声音急切道，“拿给我。”

到床边就几步路，然而就在这当口儿，海伦突然对手里紧握的东西产生了恐惧。即便是无声无息之物，但那形状却很明显。那是一把左轮手枪。这让她想起了在沃伦夫人枪下毙命的兔子，还有沃伦夫人那被意外射杀的丈夫。

“我不知道枪膛里是否有子弹，”她胆怯地想到，“我甚至都不知道这危险的结果会是怎样。我一定不能让她拿到这个。奥兹女士曾经警告过我的。”

“拿过来给我。”沃伦夫人命令道。

沃伦夫人没能掩饰住自己的激动之情。当她伸出手去接的时候，手指由于渴望之情而颤抖着。

海伦假装没有听见。在到达床铺附近之前，故意粗心大意地将那把枪放在了一张小桌子上，这桌子与病人间有一段安全的距离。

“现在，您千万别生气，”她安慰道，“对您心脏不好。”

幸好海伦的话语转移了沃伦夫人的注意力。

“关于我，医生说了些什么?”她问。

“他说你很有活力。”海伦应道。

“这么说来，他就是个傻瓜。我是个要死之人。但在我准备死之前我不会死的。”

她眼睑紧闭，两只眼睛紧眯成一条缝，以至于呈现出黑色缝隙般的轮廓。她的脸皱得的好像一件穿破了的衣服，说话时嗓音高而尖细，好似物品因烧焦的压力带来的吱吱声。

“我有一项任务得延后进行。恕我内心不够强大，吃不准。但这项工作没人喜欢，对吧？”

海伦立马猜到对方说的是立遗嘱的问题。

“不，”她答道，“每个人都会延后搁置这事。”

之后，由于无法抗拒对他人的事情的好奇，她便给了点建议。

“但我们得去执行，必须得完成。”

但是沃伦夫人没在听。她那眼睛里如月食般的暗淡之光迅速逝去，因为在瞟向桌上那一捆小物件的时候，眼神就变得警惕起来了。

“拿来给我。”她说。

“不，”海伦回答道，“我最好还是别给你。”

“傻瓜，你怕什么？这只是我的眼镜盒。”

“我知道那是什么。很对不起了，我的夫人，但我只是一架机器。我得听沃伦小姐的吩咐。因为她跟我说过我需要坐着看护好你就行。”

很显然，沃伦夫人不惯于反驳。但此时的她，眼神如火焰般灼烧，手指蜷成鹰钩状，抓着自己的喉咙。

“快去，”她喘着粗气说道，“叫沃伦小姐过来。”

海伦冲出了房间，由于左轮手枪的事得以推后处理，海伦几乎对沃伦夫人突然间的发作心存喜悦。

几秒钟之后，病人仰起了脑袋。铺盖旋作一团，鸭绒被里露出了穿着床用短袜的双脚，此时的沃伦夫人轻巧地溜身下床……

第六章　幻觉

迅猛的心跳混合着方才解脱般的愉悦和畏惧之心，海伦便急匆匆来到了沃伦小姐的房间。生平第一次面临着某些未知的可能。与她工作过的其他宅邸不同，萨米特这个地方有着自己的规则。

奥兹夫人的的确确已经将那最后一棵树的秘密无情地从密林间扒拉出来，所以海伦只得被迫接受这个事实，如同一个美丽的乡下少女被迫接受一个粗野的乡巴佬做恋人一样。然而留待展开的令人毛骨悚然的剧本，却隐藏在这荒蛮含混的乡间景色，和不断向外延伸的谋杀阴影之中。

这老妇人，也随之演奏着自己的序曲，并展现着隐约闪现的虚假微笑，带来了一丝丝触手可及的真实恐怖。或许她只不过是一个卧病不起的病人，但贸然地将自己的丈夫送入天堂或地狱的事实却让她难逃嫌疑。

她给人的刺痛或许已经拔除，但她的欲望仍旧具有杀伤力。在左轮手枪这个事件上，海伦已经得到了佐证。

然而，她的思绪又退回到了现实的物件之上，当她旋动沃伦小姐房间的门把手的时候，紧握的手再一次打滑了。

“一有机会真的是要把握住啊。”她下定决心自己给自己打气。

沃伦小姐坐在自己的桌前，笼罩在绿色的台灯灯光下，双眼紧盯着自己的书本。

“怎么?”海伦一进门她就倦怠地问道。

“抱歉打扰您，但是沃伦夫人………”

不等海伦一句话说完，沃伦小姐就起身离开了椅子，之后迈着不算优雅的长颈鹿般的大步穿过了卧室。

自然地，海伦也跟着来到了蓝厅。沃伦夫人如先前般那样躺在床上，双眼紧闭，嘴唇噗噗地出着气息。那只左轮手枪，用丝绸手绢包着，仍旧放在远离床铺的那张小桌上。

但是有一些变化仍逃不过海伦那机警的眼睛，再次审视的时候，她一眼便看了出来。沿着蛛丝马迹，事情还是露出了马脚。刚才过去叫沃伦小姐的时候，床上的铺盖乱糟糟的。可是此刻，床单子抻了出来盖住了鸭绒被褥，整洁得好似经过了医院的护士的整理。

“卡博尔小姐，”沃伦小姐说道，此时的她膜拜般地弯着身体靠近她的继母，“去把氧气瓶拿来。”

此时的海伦，随时都准备着去尝试着使用各种不熟悉的东西，匆忙间便把氧气瓶拖了过来拉到床边。小心翼翼地拧开顶部螺栓，一小股气流喷出，好似山间的微风，之后便交给了沃伦小姐。

随后，沃伦夫人在两个人的共同照料下恢复了过来。但潜意识里海伦还是觉得疑惑，这只是精心设计的一次表演，变化的喘息声，还有那故意呻吟和颤抖嘴唇是提前已经算计好的。

眼睛一睁开，沃伦夫人就直瞪着海伦。

“让她走。”她虚弱地说着。

沃伦小姐与海伦目光对视了一下。

“请离开一下吧，卡博尔小姐，对不起。”

不顾自己的形象，沃伦夫人就开始斥责自己的养女，就如同对待某些粗俗女人一样。

“白痴。今晚上让她卷铺盖走人。”

随即又闭上眼睛，嘴里嘟囔着：“医生，我要医生过来。”

“他马上就过来。”沃伦小姐保证道。

“他怎么总是迟到?”病人抱怨。

“因为最终他会过来看你的病情的。”沃伦小姐语无伦次地解释。

“那是因为他就是个懒蛋，”夫人鼻子里哼了一句，“我必须换医生。布兰奇和西蒙尼怎么不过来看我，她不是牛顿的妻子吗?”

“你身体太虚弱了不能见那么多人。”

“才不是，我知道的，她怕我。”

这么个想法似乎让沃伦夫人感到愉悦，因为她褶皱的脸上堆起了一丝微笑。海伦在一边远远地看着，内心确定无疑，这病人就是个十足的恶魔。此刻，她几乎已经确信那古老故事里谋杀亲夫的事。

她的目光落在了护士那张小小的单人床上。

“我不要当那个护士，就算全世界的钱都给我，我也不要。”此时的她浑身战栗。

突然间，沃伦小姐意识到了退到房间一角的海伦。

“我自己可以料理的，卡博尔小姐。”

她的语气是如此冰冷，以至于海伦都要为自己辩护了。

“我希望您别以为是我惹恼了她。她变得太快了。实际上，她确实挺喜欢我来着。不管怎么说，刚才还不断地请求我今晚陪她睡在这里的。”

虽然言辞上还是礼貌的，但沃伦小姐脸上却流露出不信任的表情。

“我知道你人心好，而且还很机灵。”

她朝门口一瞥，示意要人离开，海伦便转身离去。但脑子里嗡嗡作响，混合着莫名的困惑和狐疑，想要反抗争辩。生活的经验告诉她，虽然冲突之后往往伴随着愤恨，但是她还是觉得必须提醒沃伦小姐。

“我觉得有些事情得让你知道，”她压低声音说，“沃伦夫人让我从衣柜上面那个碗柜里拿了一些什么东西。”

“你怎么对这个事情看得那么重？”沃伦小姐问。

“因为那是一把左轮手枪。”

海伦的话起了作用。沃伦小姐直直地看着她，面露震惊的表情。

“现在在哪里放着？”

“在那个小桌子上。”

沃伦小姐猛扑向那小包裹，如同带着狩猎热望而俯冲的猛禽。她用那又白又长的手指解开了丝绸包裹，随后拿出来好让海伦看清楚。

出人意料，那是一个大盒子。

海伦看到此处，那各种可能性带来的如潮般的兴奋之情被事实拍了下去。

“刚才不是这个形状的，”她解释说，“我感觉是其他东西来着。形状有点突出的。”

“你到底想要暗示什么？”

“我想起来了，当我去叫你的时候，沃伦夫人把左轮枪藏了起来，换了这个东西放在这。”

“你没看见我母亲有心脏病吗？几个月都没下过床了。”

看着沃伦小姐怀疑的表情，海伦心中希望能证实事情另有蹊跷，但这个希望破灭了，胸中涌动的台词被这冷若冰霜的表情冻结。

“对不起，要是做错什么的话……”她支支吾吾，“我只是觉得不应该有所隐瞒。”

“我知道你是想要试着帮上什么忙的，”沃伦小姐答道，“但那只是对一些不可能发生之事的无聊想象的心理暗示。”随后，她带着冷冰冰的微笑又加了一句，“我觉得，跟其他女孩一样，你活在自己想象的画面之中。”

这种情况下，她的责备几乎就是令人痛苦的讽刺挖苦。看起来她跟海伦的隔阂不仅仅是空间地位上的，而且还是时间上的。“她还活在史前时代。”她不禁想到，走出蓝厅的时候，她那原本瘦小的身躯越发显得蜷缩不堪。

除了应得的知情权被剥夺之外，对于沃伦小姐在左轮手枪事件中的容忍态度，海伦也不是很满意。

“顾客总是没有过错的，”走下楼梯时，她提醒自己，“但有件事令我得到些许宽慰。既然沃伦夫人讨厌我，以后也就再不会跟我说什么在她房间睡觉之类的话了。

海伦尽管有点受挫，但责任心仍在。奥兹女士还没来，她就决定先接手工作，替她摆摆餐桌。

脚步声响起，画室的门随即被人打开，西蒙尼朝外张望了一下，眼神中流露着焦灼的渴望。随即，她丈夫的脑袋从后方绕着她的肩膀上倚了过来，那样子像极了一条毒蛇。

西蒙尼没有表露出任何慌乱的迹象，只是耸耸肩微微笑了笑。

“挺守信的嘛。”关门的时候西蒙尼嘴里嘟囔着。

由于瞥见这人间的激情一刻，海伦就进了餐厅。海伦生平第一次在某种程度上对西蒙尼产生了同情。

“要是我像刚才那样到哪都被人跟着，那我会神经紧张的。”她心里想。

随着斯蒂芬的离开，牛顿的醋意很明显地逐渐明朗化，或许会再次正常起来，同时，他也很明显地不想给自己妻子机去见到那个大学生最后一面。

在海伦看来，牛顿对西蒙尼的痴迷几乎到了狂热的地步，而西蒙尼对牛顿的迟钝回应就如同斯蒂芬对西蒙尼的拒绝一样冷漠。西蒙尼倒不是在逃避对方的追求，而仅仅是把对方撇除在外。即使彼时彼刻，他也会在厨房给奥兹女士帮厨。对方抛出绣球，而他宁愿选择呛人的洋葱。

餐厅是萨米特最棒的地方，深色木雕的精美天花板、巨大的壁炉和壁炉上的饰架相得益彰。

巨大的窗户由厚厚的深红色窗帘掩映，而墙上贴着红色的壁纸。

海伦穿过餐厅，来到一个胡桃木餐具柜旁，柜子里放着些酒杯和银质餐具。她从其中的一个抽屉里拿了一块餐桌布。

经年累月的实践练习，使得海伦闭上眼睛都能把餐桌摆好。当她机械地摆着勺子和叉子的时候，脑子都忙于思索，尽管与雇主的辩解权被否决，她仍旧乐观积极，因为沃伦小姐不在场的情况下，她已经在蓝厅里耍一些花招了。

“我确信，奥兹女士说的没错，”她心里想，“沃伦夫人压根就没有卧病不起。她还起了床，之后还整理床铺以遮盖痕迹。嗯，是的，她做得过于明显了些。我得把这事跟帕里医生说说。”

帕里医生是个聪明人，年轻而且不墨守成规。第一次见到海伦，就对她所接受医疗福利方面表现出直接的兴趣。他问了海伦一些私人的问题，并对周遭环境给这个年轻心灵带来的不良影响充满了担忧。

最吸引他的是她关于病人那些外行评述所引发的八卦话题。

“她的心脏仍处于令人吃惊的状态，”他跟她说，“诚然，心脏属于运动器官，她也许上一次攀登完斯诺登峰[①]之后完全没有大碍，下一次一个喷嚏就可以要了老命。但，这还是不禁让我猜测，有时候我不知道她是不是真的孤苦无助。据我看来，这个老妇真是让人不可思议。”

在餐桌和胡桃木餐具柜间来回小跑着忙活的时候，她想起了医生的这句话。每当回想起沃伦小姐那讽刺的话语和腔调，她的耳朵仍感到像是被灼烧了似的。

“那，我反正已经警告过她的，”她心里想，“听不听那就是她的问题了。但我还是想知道那把左轮手枪在哪里放着。我要有办法，就再不会让她在那房子里抓住我的。”

尽管试着想要听到汽车的动静，但狂怒的暴风雨淹没了引擎的轰鸣，直到奥兹女士迎接自己的丈夫归来，海伦才意识到新的护士到了。

她匆忙穿过房间打开房门，但天色太晚看不到对方的脸，因为来人紧跟在引路人身后来到厨房的楼梯处。然而，从背

---

① 斯诺登峰（Snowdonia）：位于英国威尔士西北部。

影来看，新护士让人印象深刻，因为个子出奇的高。

海伦瞬间觉得信心满满。

“不管怎么说，沃伦夫人可不是个软柿子，”她判定道，“她可是个很难对付的棘手客户。”

在大厅徘徊的时候，她想起了沃伦小姐房门上那松动的门把手。她见过奥兹存放那几把工具的地方，顺着这条线索，她找到了大厅，在靴子存放柜的一角发现了塞在那里的工具箱。

由于这事不能光明正大地干，她就蹑手蹑脚地爬上二楼到了落地门那里，在门前跪了下来。一个小的声响传过来她就得四处查看，几乎没办法开始查探那个松动的门把手了。

做这些事的时候，受害者的假象随之袭来。她确信穿过落地门之后，那头都是一顺的后侧楼梯，门再一次开合之间，却让她瞥见了一张陌生人的脸。

那幻象即刻就过去了，尽管已经接受了这充满了邪恶元素的场景，然而梦魇逐渐消融之后，却将恐怖留在了脑海。

就在她惊恐迷惑地凝视之际，她才意识到有扇门确实被打开了，那是教授进来了，正朝她走来，

“那一定是教授，”她心想，“一定是，我相信，长得也像。只是那些光影恶作剧般地改变了他的表情，这里的光线确实太暗了。”

即使当她坚持用这个老生常谈的说法去解释时，理智还是把这一套给推翻了。在潜意识里还是闪现出了一幅画面——后侧的旋转楼梯。萨米特的这两段楼梯，还是给意欲藏匿之人提供了特别的机会。

她自己想起来了，大白天没有谁可以进到那里的。此外，房子里到处都是人，谁想要逃离的话是不可能不引起注意的。

闯入者必须要知道所有居民的生活习惯和作息规律才行。

突然间，她想起了奥兹女士曾对那异常而又狡猾的癫狂罪犯所做出的那一番评论。

那疯子罪犯肯定会知道的。

一股寒意顺着脊梁骨蹿了上来，让她哆嗦不已，因为她也不知道该不该跟教授说这件事情。如果有人未经批准就擅自藏匿在房间，她就有责任处理这些事。刚想张口，但是一想到不久前与沃伦小姐的遭遇，这使得她害怕自己被别人误解为多管闲事。

尽管教授的眼神似乎让她觉得自己如空气般自然平常而又重要，但一看到那就餐服的传统风格就知道这些礼节性的东西是就餐的主要基调。他的衣服前衬光鲜亮眼，黑色的领结正式得体，银灰色的头发从他那充满智慧的的眉毛处齐刷刷梳到脑后。

虽然相对于他的严格刻板，他的妹妹却显得灵动多变些，但他的样子还是在海伦内心激起了一丝相同的无情之感。

突然意识到那可疑之人有可能透过卧室的锁眼儿窥探，她就伺机在中间插话，讲述了房门把手有缺陷的事。

“请跟奥兹说一下去处理处理。”教授说着，心不在焉地点点头。

受先前之事的渲染，海伦决定下到楼梯考验下自己的勇气。当她打开落地门时，看到了一个暗井，螺旋状向下，直抵无尽的黑暗之处。直到看到最后一段楼梯的那一刻，一直与她相伴的勇气就已经丧失殆尽，此时的她几乎惊得一跃而起，伴随着突如其来的记忆，一张枯萎变形的脸随即浮现。

第七章　新来的护士

当海伦进到厨房的时候，飞来迎接她的是爆溅的肥肉沫。桌子上塞满了预备给晚餐不同时段使用的食材，奥兹女士一边掂着平底煎锅炸着鱼，一边把奥兹的湿衣服之类的东西放在锅炉顶上烘干。尽管看起来混乱不堪，她却能抽空把这些事情从容归置好，一点也不忙乱，也不会焦躁发火。

奥兹身穿灰色开襟羊毛衫，正在妻子清理好的房间一角吃着大餐。他可是个好脾气，有着职业拳击家的身材。

一看到他那诚实正直且不算大的眼睛，海伦心里就跃起了欢迎之情。和他的妻子一样，他总是给她以铁塔般的力量感。

“很高兴你能回来，”她跟他说道，“在料理家务方面，你可是一个顶仨。”

奥兹不好意思地微笑着，试图找些什么话回敬对方的称赞。

“谢谢你帮我摆桌子，小姐。”他说。

“雨还是下得那么大吗?”海伦继续问着。

“离雨停早着呢。”奥兹女士沮丧地插了一句，“回来时，奥兹几乎把外面的雨都夹带进了屋子。”

奥兹给鱼涂抹上了伍斯特沙司①，然后换了个话题。

“等一会儿给你看看我都带回来些什么。”他咯咯地笑着。

“你是说……新来的护士?”海伦问。

“是啊，那人是我在疗养院找到的。看她那样子，跟一个男人差不多。”

“人怎么样?”

“就那个样，不过这回，却是我遇到的最令人讨厌的工作。她跟人说话的时候嘴里嚼着梅子，然后就那么把我一个人扔在那。那个，她要是位女士，我就是葛丽泰·嘉宝②”

“她人呢?”海伦好奇地询问道。

“我在起居室给她备好了饭菜。”奥兹女士回答道。

“我房间?”

奥兹夫妇俩相视一笑。由于个头娇小，海伦的主人翁意识倒成了他们永久的娱乐话题。

“也就今晚啦，”奥兹女士安慰道，“雨天里赶路之后，我想她都不愿意等到正餐饭点那会儿的。”

“我过去欢迎她。”海伦心里打定主意，尽管此时此刻，“刺探”这个词或许更恰当。

她自己的居所是一套半地下室，毗邻厨房的另一侧。原

① 伍斯特沙司（Worcester sauce）：伍斯特郡辣酱油。

② 葛丽泰·嘉宝（Greta Garbo，1905～1990）：原名葛丽泰·洛维萨·格斯塔夫森，好莱坞默片时代的电影皇后。

本是断水期的前几天供仆人做门厅使用的。墙壁和天花板经过冲洗，已经有了一层奶油黄的色调，刻意般地试图调和着房间的阴郁色调，房间里零乱地堆着其他屋子里摆不下的家具。

由于把这个任务派给了海伦，她就紧抓不放似地拼命干活儿。考虑到自己的父亲没在生计方面给自己留下些什么，她也只能面对现实。尽管和这个大家庭一起用餐，但她自己作为一个雇工，也就不得不忍痛割舍自己去客厅休息室放松的特权。

一进客厅，那新来的护士伏在餐盘上的头抬了起来。她是一位个高肩宽的妇女，见客时，仍旧穿着常见的深蓝色室外护士服。海伦注意到对方容貌粗犷，脸色赤红，眉毛浓密而又紧蹙。

饭快吃完了，满嘴还嚼着食物的她却又迫不及待地点起香烟抽了起来。

“你是巴克尔护士吗?”海伦问。

“你好啊，”巴克尔护士一边用粗重的嗓音问候，一边放下手中的香烟，“你是沃伦姐妹中的一个吗?”

“不是，我是助手卡博尔。所有需要的东西都有了吗?”

“对，谢谢!”巴克尔护士又开始吸烟，“但我有个问题，干吗把我带到厨房?”

“这儿不是厨房，”海伦解释道，“这是我的起居室。”

“你也在这里吃饭吗?”

“不。我跟家里其他人一起用餐。”

这位年龄稍长的妇女深陷的眼睛里隐约闪过一丝嫉妒。虽然对遭人嫉妒感到新鲜，但直觉还是告诉海伦，最好还是安抚下巴克尔护士不平的情绪。

“护士有自己独立的起居室，在二楼，比地下室好多了，”她说道，“你用餐也在那里，当然，跟我们的是一样的。因为考虑到你一定又冷又累，而且等不及晚餐的时间，所以今晚也就将就一下。”

“应该更好些的，”巴克尔护士语气里透着些许悲催的声调，“我很惊讶，这地儿在地图上都找不到。我从没想过会是这么寂寞的一个地方。”

“你也知道，这是乡下。”

“我满心盼望的可是那种常见的乡间宅子。他们跟我说要照料的病人是沃伦夫人，听起来还不错的。”

海伦也不知道该不该警告一下巴克尔护士可能会遇到的情况。

“恐怕你会发现她是有点固执的，”她说道，“上一个护士都吓跑了。”

巴克尔吞了满满一口烟，很有职业范儿。

“她吓不了我的，”巴克尔护士断然地说道，“她会发现跟我要花招是要付出代价的。我伺候的病人都服服帖帖的。效果显著是当然的了，我相信仁慈，外柔内刚的铁腕政策。”

“我觉得铁腕政策听起来不太合适。”海伦说出了自己的观点。抬头看见奥兹女士进来了，海伦瞬间感觉松了口气。她刚脱下了那油乎乎的厨房工作服，正欣喜地巴望着满足一下自己本能的社交欲望。

“现在就要准备晚餐了，就等着一会儿盛菜，”她宣布，“我就偶尔进来问问护士要不要来点儿梅子布丁，或醋栗馅儿饼。”

“醋栗是灌装的吗?”巴克尔护士问道。

“不，不，十二月才收获的，园子里新鲜采摘的。”

“那就不用了，谢谢。”巴克尔护士说。

“那，一杯香茶?”

“不，谢谢，”巴克尔护士稍稍调整了一下语调，显得稍微有教养了些，随即又问了另一个问题，“有些什么酒精饮料吗?”

奥兹女士的眼睛闪烁了一下，舔了舔嘴唇。

“地下室酒窖里很多，”她说，“但主人拿着钥匙。要是你喜欢，我可以跟她说一声，护士。”

“不，谢谢你，我更愿意自己跟沃伦小姐提这个要求。奇怪，怎么她没有下楼见面，她人呢?”

“以她那尊贵的小姐身份，还不得坐在上面。我一般不急着上去，护士，一旦你在那了，你就得一直在那待着了。”

奥兹女士的建议让护士沉思了一下。

“我知道这事情得一个人去做，但我急匆匆赶来，只是来履行护士职责的。本应该好好休息一晚。”

她转向海伦问道，“你休息充足吗?”

“六点五十就睡了。”海伦扬扬自得，不假思索。

“那好，有那么一晚上睡不好也不打紧的。今晚你得跟沃伦夫人睡。”

海伦感到一阵恐怖感袭来。

“哦，不，”她叫道，“我做不到。”

“怎么不能?”

“我跟你说，听起来是有点荒唐，但我确实怕她。”

巴克尔护士看起来很悦意海伦坦白老实的样子。

“胡说。还怕一个卧病在床的老妇?我从没听过这么奇怪的事情。我要让沃伦小姐给我安排。”

一想到沃伦夫人那做作的露齿一笑，海伦就感到一阵畏惧和反感。她现在是有的笑了。只有她自己知道她把那把左轮手枪藏在哪儿了。

一旦这个护士坚持晚上过去睡的话，她就突然之间不知道结局究竟会是怎样。当海伦用困惑不安的眼神打量着她的时候，突然想到了那位离职的年轻医生。这位护士，如果那医生看得上眼的话，就可以肯定不会令他失望的。

“好吧，我们会看看医生怎么说。”她说。

“医生年轻吗?”巴克尔护士问道。

“蛮年轻的。”海伦答道。

“已婚?”

“没有。”

巴克尔打开包拿出了镜子和口红的时候，奥兹女士就跟海伦使眼色。她给自己的嘴唇上涂抹了一层多脂的深红。

“你懂的，”她一边说一边转向海伦，“我要见见医生。那可是行规，可不能跟他议论病人的事情。”

“可我也没跟他议论过病人。”海伦说。

“之后呢？议论什么?”巴克尔醋溜溜地问。

“哈，有什么不能说的?”奥兹女士插话道。

“那可是些漂亮话，你可以想象具体的情况咯，卡博尔小姐可是绅士杀手哦。”

虽然海伦知道奥兹女士只不过是想揶揄那护士，这种纯粹而又新奇的描述还是让海伦感到精神上的辉煌胜利，感觉就像与她同名的，能够下水开动一艘大航船的大人物卡博尔①一样。

“奥兹女士就是逗你玩的，”她跟那护士说，也就是含糊

---

① 英国著名冒险家。

地警示她，尽量不要树敌，“但那医生确实挺可爱的，我们是朋友，仅此而已。”

巴克尔望着奥兹女士。

“这宅邸好古怪，我原想着能见到一两个仆人。为什么一个都见不到?”

“怪事，”她说，“但是自这栋建筑建成之日起，待在这里的女孩子就一直有那么一个困惑。一方面太寂寞，另一方面，这个地方的名字对于仆人来说是不吉利的。”

“不吉利?”巴克尔重复道，此时的海伦竖起耳朵等着答案揭晓。

“是的，现在说起这些都是陈年旧事了，但是就在罗伯特先生[①]在的那段时间，一个女仆被发现淹死在井里。她的爱人抛弃了她，因此让人们认为她是自己跳下去的。那可也是一口饮用水的井啊。”

“真恶心，弄脏了水。”巴克尔嘟囔着。

“的确。之后，紧接着，就是谋杀。那是个厨房女佣，发现死在了房子里，喉咙被割断了，伤口沿着脖颈从一边耳朵延伸至另一边耳朵。她总是对流浪者比较苛刻的，老是喜欢给对方闭门羹。有人听到其中一个说是要威胁着进来干掉她的。虽然从来没有抓住人，但弄得房子里气味难闻。”

海伦双手攥得老紧。

“奥兹女士，”她问，“那凶手到底在哪?”

“在那幽暗的过道，酒窖所在之处，”对方答道，“眼下，我不会告诉你的，奥兹跟我还那么叫他来着，凶手莱恩

---

① 萨米特前任主人。

(Lane)[1]。”

当听着这些的时候，海伦想起了沃伦夫人闲聊时提及的那些破门而入的树，那都是有切实依据的。当她还年轻的时候，她就被彻彻底底地套在这个潮湿的孤独之所。海伦站在窗前盯着冬日的黄昏，此时的暮霭卷曲成形，树枝扭动好似活物。

其中的一棵树，也就是那流浪者，残暴粗鲁，眼睛赤红，实际上已经潜入。难怪，既然都已经老了，那她就是再生了记忆中的场景。

“什么时候发生的?”她问。

“就在罗伯特先生死之前不久。由于找不到仆人，沃伦夫人就想要放弃这栋房产，以前无论什么时候，可都是仆人成行，直到那场灾难之后。”

“教授的仆人没惹上麻烦吧?”巴克尔打听道。

“到目前还没有，”奥兹女士答道，“因为要安静，雇的都是些中老年仆人。他们一直把家里弄得井井有条，直到那个凶手开始故伎重演。”

巴克尔护士舔舔嘴唇，脸露出沮丧之情。“其中一个是不是离萨米特很近，对不?”她问。

“几英里远。”

护士一边大笑着一边点了一根烟。

“哦，我不需要担心，”她说，“只要她在，我就安全。”

“你是说卡博尔小姐?”奥兹女士问道。

“对啊。”

出于特别的本能，海伦此刻倒不喜欢被人提及。她为自

---

① 此时奥兹女士在套用电影《凶手莱恩》的情节。

己因为有所谓的吸引男士的力量而被置于众人瞩目的中心而感到难过。

“为什么选中我?”她抗议道。

“因为你年轻又漂亮啊。”

海伦大笑道，突然之间有了一种全新的安全感。

“要是这么说,”她说,“我也是安全的啊。没有哪个男人会看我一眼，而教授的儿媳就在附近。她也很年轻，浑身上下都透着性感劲儿。”

巴克尔护士摇摇头，满是隐晦地微微一笑。

“不,”她坚持道,“她也是安全的。”

“为什么?”海伦问。

为了回话，巴克尔护士问了个问题。

“不知道你注意到没有?”

她的暗示隐晦而神秘，这氛围都沉到了海伦的内心深处。

“我希望你有话能公之于众。”她大声说道。

“会的，那么……”巴克尔护士说，“你没发现吗? 凶手总选择那些挣钱养活自己的女孩? 他的情况很有可能是患了炮弹休克症①，那人刚从战场回来，在他那地方发现了个女人。乡下到处都是女人，就好似蛆虫般爬来爬去，把工作都霸占了，男人都得饿死。”

“可我又没干男人的活啊?”海伦抗议道。

---

① 炮弹休克症（shell-shock）：这一怪病首现于第一次世界大战，但其严重伤害至今仍难以解释。早期的医学观点基于常识认为这种伤害是“震荡”的结果，也就是颅内大脑受到严重震荡，于是“炮弹休克”被认为是一种生理伤害，所有被“炮弹休克”的士兵在制服上都能有一条“伤兵带”，他们会被遣散并接受战争受伤赔偿。随着战争深入，越来越多医学观点认为“炮弹休克”属于神经性疾病。

“是的，你霸占了，你做的就是啊。现在男人们也受雇，在房子里做工。这儿就有个男的，她丈夫啊，”巴克尔护士冲奥兹女士点点头示意道，“你出来打工，而不是在家里拿工资。这不也是从别人那拿钱，男人不也这么看么。”

“啊，那你自己呢?”

“对妇女来说，护士的工作总是受尊重的。”

此时奥兹女士从椅子上起身，试图缓和紧张情绪。

“哦，我还是去看看，一个男人做晚餐应该很忙乱吧。说老实话，护士，听了你的话，我觉得你自己还是能男人点来的①。”

“从他们的眼睛就可以看穿。”巴克尔护士说。

然而海伦注意到，奥兹女士的话已经达到了效果，因为巴克尔护士的嘴唇轻微地动了下，好似对这番言语心生愤恨。她的眼睛始终注视着这个女孩，对方在这种无休止的凝望中退缩，败下阵来。直到在奥兹女士的大笑声中她才回过神。

“那么，哪位要想对付我们卡博尔小姐，就得过奥兹和我这关。”

海伦看着奥兹女士那张不算漂亮的脸，还有粗壮结实的胳膊。一想到奥兹那惊人的力气，如果有需要，有着两个护卫在跟前也挺值的。

“我可不怕被优待。”她说。尽管有着离奇般的直觉，巴克尔护士看起来似乎知道幽灵般的恐惧是怎么在心间升腾的。

“无论如何……”此时注意到了问题所在，“你要跟沃伦夫人做伴，今晚你和她睡。”她说。

听到这个，海伦心里泛起一阵已成定局的恐惧之感。沃

---

① 此处为讽刺之语。

伦夫人就知道海伦会回来。她脸上带着鳄鱼般的微笑，好似等着自己从未失手的猎物。

那老妇人终归是在等着她。

第八章　嫉妒之心

此刻海伦一筹莫展，纠结着如何能让医生明白自己对今晚的任务的反感之情，这样，必要时能够利用医生的权威支持一下自己，因为三角关系的情况已经很明朗了。自知道这事的那刻起，她就不会对任何一对夫妇间的摩擦表示关心。人生舞台中，第一次远离舒服的观众席，被人推到了台前。

至于在蓝厅睡觉这事，越想越觉得讨厌。当面临的不仅仅是被解雇而且还要被扣工资时，她要么顺从要么公然反抗。她对沃伦小姐能否站在护士这边持乐观态度，因为作为沃伦夫人的代言人，她的不苟言笑既让人厌恶又感觉不易交流。

以家庭护士身份出现的巴克尔受过专业的训练，地位远比助手高多了。假如医生最终下定论，海伦即便做得再好也难免碰壁。此外，尽管表面上看起来她对医生有意思，可她还是有一丝不安的怀疑，但出于礼节，医生必须要配合护士的工作。

“如果他判我不合格，我只有咬紧牙关努力顺利通过了，”海伦心里想，“但，首先，我得不顾一切地琢磨医生那高人一等的脾性。”

虽然看起来自己内心那令人害怕而又无情的剧情和休息室喝茶时引起的小风波无甚关联，但无关紧要的主题带来的反响却成为自己安全与否的重要因素。

然而休息室和客厅看起来是个相互分离的世界。海伦在磨豆蔻粉的时候，西蒙尼把烟蒂扔进壁炉的火里，起身打了个哈欠。她丈夫即刻从书本的封面后面扬起了脑袋。

“你去哪儿?”他问。

“去梳洗，怎么了?”

“只不过打开话匣子而已。持续的沉默实在是有悖文明。”

西蒙尼那描过的眉毛下目光一闪。

“你除了问问题就是问问题，”她说，“我不习惯被人盘问，不喜欢。另外，我拒绝被人跟来跟去。”

牛顿扔掉自己的香烟时，抿了下嘴唇。

“但你要去的地方就是我要去的地方，亲爱的，”牛顿回了她一句，“我也得洗漱了。”

西蒙尼转身面对着他。

“听着，”她说，“考虑到教授，我不想制造不愉快。但是我最后一次警告你，我受够你了。”

“我也警告你，”他回敬一句，“我也受够了你和赖斯。”

“哦，别傻了，又一次开始动用你中世纪的那一套。在我这儿，你没什么把柄。我喜欢做什么就做什么。如果你再固执，觉得有些事情不可能发生，那叫你走人我做得到，我也会那么做的，我有自己的钱。”

“或许吧，这就是为什么我渴望拴住你，”牛顿说道，“别忘了，这个家族是靠有头脑的人维持的。”

西蒙尼脸上的愤怒退却了，转而看着自己的丈夫，闪现着一丝真实的兴趣感。她摇摆在理智和欲望之间，刻意间压制了自己思维逻辑。为了探索男人在这个领域中的每一个部分，自她相信仅仅需要直觉就够对付男人的那天起，就对聪明女人抱以嗤之以鼻的态度。

由于牛顿说的这方面她并不熟悉，所以对于大脑强悍的人她还是抱有敬意的。看在饱满的前额之后那片未知的区域[①]的份儿上，尽管相貌丑陋，她还是嫁给了牛顿。过分的溺爱已经使得她只在乎高不可攀的东西。

跟那大学生一连串的风流韵事，西蒙尼已经没有印象了，因为过程太容易了。要是牛顿当时摆出冷漠的姿态，他早已拥有西蒙尼了。

不幸的是，对于赖斯那英俊外表的嫉妒之心，把牛顿从自己原有的高贵姿态拉到了斗兽场级别。

俩人也相互厌恶，由于期间一个小插曲，赖斯就从牛津辍学了。也正是由于这个原因，每当她的丈夫在场，赖斯就去讨好西蒙尼，意在让对方恼怒。

在客厅门口，西蒙尼转身跟丈夫说话。

“我自己回楼上了。”

牛顿盯着她，之后满心不高兴地又坐在了椅子上。一分钟之后，他扔掉手中的书，轻手轻脚地上了楼梯，在第一级楼梯平台上站定，然后偷听。

西蒙尼到了三楼，但没有进到那间红色的房子。相反，手指挠着斯蒂芬的门板。

---

① 意指大脑。

“斯蒂芬!”她叫道。

斯蒂芬平躺在床上抽烟，那只阿尔萨斯犬躺在旁边，脑袋搭在自己主人的胸口上。听到第二声敲门，斯蒂芬做了个鬼脸，意思是让它保持安静。

那狗支棱着双耳，眼睛转动着，露出了眼白。西蒙尼敲门声变大了而且恼火地转动着门把手。

“别进来，”斯蒂芬叫道，“我换衣服呢。”

“那快点，我要见你。”

西蒙尼又信步回到自己那宽敞的红色大房间，结果发现自己的丈夫已经在那里了。

“还是不走运?”脱下外套时他随口问道。

“跟你说过的，别跟着我。”她说。

“我又没跟着你。我只不过到这里了，遵从自然法则啊。即便我们看不到，冰川还在移动呢。”

“如果你也以那样的速度移动，我自然没什么好抱怨的。”

西蒙尼走到衣橱前拿出自己那套黑色天鹅绒餐礼服，自来到萨米特她就一直穿这身衣服。

由于要穿那天使白的露背装，拿衣服的时候就把它顺势搭在头上。

“在野外穿这套衣服还真是有品位。”牛顿用嘲笑的语气来了一句。

西蒙尼轻蔑地看了他一眼，“我要穿什么，才不会顺着你家里人的想法的。”

牛顿把目光投在她身上，看着她上完每一步妆。

“耳朵后面喷点香水。”他建议。

“谢谢提醒。”

西蒙尼上完卫生间，眼睛里怒气闪现，嘴唇紧闭。出门时故意把门甩开敞着，好让丈夫听见自己去了那大学生的房间。

“斯蒂芬!”她叫道，“我要跟你谈谈。”

“哦，那好吧。”

那小年轻出来了，皱着眉头，脸色阴沉。

“你头发乱了。”西蒙尼说着，伸手去拨对方浓密的波浪发。

“别动我，”他不耐烦地摇摇头，“我不喜欢别人拨弄我的头发。”

“可我喜欢。”

“那你继续吧，亲爱的。”

由于听到对方身后的脚步声，斯蒂芬也就不再抗拒。他故意咧着嘴不怀好意地抬头看着牛顿。

“你倒是顺着这人啊，沃伦。”牛顿开口道。

“你妻子在利用我。”斯蒡芬不甘示弱。

看着妻子裸露的胳膊缠绕在斯蒂芬脖子上，牛顿气得太阳穴青筋暴突。西蒙尼边笑边向后扬起双手，揉弄着斯蒂芬的头发，直到弄得像拖把一样凌乱地竖起。

“好啦，弄好了。”她说道。

看着斯蒂芬的狼狈样子，牛顿突然戏谑般地嘲讽了一句。

“看起来蛮像哈珀①的嘛。”

“只要我不在，我倒希望我妻子把你当玩具模型使唤。”

西蒙尼瞟了一眼丈夫那固执的脑袋。

“那有什么区别?”她问，“斯蒂芬，我的裙子好看吗?”

---

① 即哈珀·马克思（Harpo Max，1888～1964），美国喜剧影星，以一头蓬乱的头发而著称。

虽然没有注意到她的装束，但还是来了一句恭维好让牛顿受用。

“哦，真让我大吃一惊。好看，最暴露的那种，我再不会把你当成修女了。”

牛顿双唇紧闭，镜片下放大了的双眼闪现着丑陋的光芒，西蒙尼转身展现自己那曾被誉为完美的后背的时候，斯蒂芬也自发地迎合照做，说着在牛顿看来言辞恶毒的话。

这幅场景既展现出一幅羊群效应[①]的画面，但同样也透露着复杂和令人沮丧的归属感。而由于人类激情所释放出来的每一道洪流都起到了不同的推波助澜的作用，此后的海伦也不例外地被卷入，好似洪水中的一棵稻草。

牛顿转身走开，做作地耸了耸肩膀。

“恐怕对我妻子的着装，我倒没有你那种新奇之感。”他说。“哦，顺便提一下，赖斯，你那条狗怎么处理的?”

“它在我卧室。”斯蒂芬停下来说道。

“在卧室? 没听错吧，这不仅仅是太过分的事，这对房间女主人也极不公平的。听我劝的话，晚上还是把它放进车库吧。”

“我不会听你的什么劝的。”斯蒂芬回答道。

“我妻子的话也不听? 那太谢谢你了。”

牛顿漫步下楼，漠不关心地吹着口哨，也没回头看一眼。

尽管知道牛顿的态度合乎情理，但斯蒂芬内心还是充斥着自我保护的本能。

---

① “羊群效应”也叫“从众效应”，是个人观念或行为由于受到真实或想象的群体的影响或压力，而向与多数人相一致的方向变化的现象。

“把狗放在那么个又冷又漏风的地方还不如吊死它算了……”他咆哮道，“要么它跟我待在这儿，要么我们一起离开。”

“看在老天的份儿上，别提狗了，”西蒙尼大叫，“告诉我，你是不是真的喜欢我的新裙子。”

“你说什么？”牛顿一走，斯蒂芬就恢复常态，“我支持自己喜欢的拳手时，只对他如何褪下战袍感兴趣，拳击台绳圈以外的光脊背我不关心。”

“你就是个禽兽，”西蒙尼尖叫，“我为你而穿，我希望你能记起这最后一晚。还有我。”

“对不起，亲爱的，”斯蒂芬淡淡地说，“但一吃完饭，我就得去公牛酒馆了。”

西蒙尼的眼睛里突然燃起了怒火。

“你要去见那个黄毛丫头，那个酒吧女招待？”

“你是说惠特尼？是的，但我还有其他事情。啤酒，顶好的啤酒。”

“别去了，还是跟我待在一起吧。之前我还没求过谁，你是我唯一要留下的男人。”

斯蒂芬努着嘴，好似被宠坏的小孩。他需要男子汉气氛的社交场合，在一个乡下酒馆，无拘无束，有美酒和好友相伴。一头淡黄色头发的女孩，是老板女儿，仅仅是给杯子倒酒的时候两人对脾气而已。

他还是想要摆脱西蒙尼。

要早知道这样，做事方面他就能表现得更谦卑一些，或者不断地留意身边的事。

斯蒂芬一跑回房间，就砰的一声关上身后的门，把自己扔在床上。

“女人都是魔鬼，”他跟那只阿尔萨斯犬说着，“千万别结婚，小伙子。”

带着邪魔般的脾气，西蒙尼急速下楼。在楼梯平台处看见奥兹女士带着巴克尔护士来认病人的房间。看到这一脸怒容的女人，从表情上就能知道个大概，由于嫉妒之心，她有可能将自己的盛怒带着怨气发给任何有魅力的护士。

“这是年轻的西蒙尼小姐。”敲着蓝厅大门，奥兹女士对巴克尔护士耳语道。

由于认出了对方是怎样类型的女人，护士嘴里就咕囔着：“花痴！”

“不，不，她挺正常的，”奥兹女士更正道，“就是有点轻浮。”

沃伦小姐开了门，苍白的眼神里浮现一层淡淡的欢迎之色。

“很高兴你过来了，护士。”她说。

“是的，我也期望着您能将工作交给我，”巴克尔护士打量着对方，“我能见见病人吗？”

跟在沃伦小姐身后说着话就进了蓝厅，站在床边，看到沃伦夫人躺在皱成一堆的铺盖上，土灰色的眼睑紧闭。“真希望她能喜欢你。”海伦小姐紧张地暗示道。

“哦，很快就会成朋友的，”巴克尔护士满怀信心，“在对待老年人方面，我有一套，他们需要可靠和善良，从另一种角度看，他们就像小孩儿。”

沃伦夫人突然睁开了那双绝对称不上孩子般的的眼睛，要么就是一双小孩的眼睛但闪出的是无尽的恶光。

“这就是新护士？”她问。

“是的母亲。”沃伦小姐回答。

“送她走！”此时沃伦小姐无助地望着那护士。

“哦，天哪，”她嘟囔着，“恐怕她又开始厌恶新人了。”

“这没什么，”巴克尔护士说，“她就是有点淘气，仅此而已，我很快会让她适应的。”

“把她送走！”沃伦夫人重复道，“我要那个女孩。”

巴克尔护士逮住了机会，弥补自己不受欢迎的尴尬。

“今晚就过来陪你。”她保证道。

之后她把沃伦小姐支到一边。

“房间里有白兰地吗？”她问，“从医生角度，我得要求自己喝点酒提提神。”

沃伦小姐神情不安。

“我以为你应该很清楚这屋子是禁酒的，”沃伦小姐解释道，“你也知道，你工资不低的。”

“病房里没有白兰地会让人心里不踏实的。”巴克尔护士坚持道。

“我母亲得靠氧气维持，”沃伦小姐忙解释道，“那是她的生活方式，既然如此，或许，我可以跟教授说下。”

慑于面前巴克尔高大的身躯，沃伦小姐悻悻地飘过楼梯平台而去，好似东风卷起的一片枯萎树叶。

听到妹妹的敲门声，教授出现在自己卧室。出于礼节，他冷冰冰地跟护士打了招呼，然后聆听了对方的要求。

“如果你需要白兰地的话，自然是可以的，”他说，“我这就去地下室酒窖，给你卧室送上去一瓶。”

此时，海伦正在厨房帮忙，当教授问她要蜡烛的时候，她好奇地扫了一眼奥兹女士。

“我想让你帮我举一下，”他说，“我去酒窖！”

尽管这个要求类似于精神上的折磨，但奥兹女士还是赶快照做了。吊灯仅仅照亮了过道拐弯处前面的地方，拐角处还是相当漆黑。走在教授身前领路，到达酒窖门口站定，蜡烛举过头顶的她好似去麦加①路上的朝圣者。

转动钥匙，门打开了，奥兹女士和教授进入了这所圣地。主人从箱子里取出一瓶酒的时候，这女士眼睛里漾起一丝贪婪之色。

当她渴望地凝视着那酒的时候，教授瞥了一眼墙上的温度计。

“温度不对，”说着话，他顺势把瓶子塞进奥兹女士手里，“拿着这个，我稍后拿到采光好点的地方去。”

很快，他从过道返了回来锁上了酒窖的门。这一次由他领路去了厨房，奥兹女士则恭恭敬敬地跟在后面。经过洗碗房的时候，她在水槽边弯腰停了几秒钟。

教授将那瓶白兰地放在厨房桌子上然后跟海伦搭腔。

“奥兹女士把瓶塞拔下来之后，马上拿上去送到蓝厅。”

当屋里就剩两人的时候海伦对奥兹女士流露出了些许同情。

“太可惜了，你干吗不自己留一大汤匙？为沃伦夫人的健康干杯嘛。”

“我可不敢，”奥兹女士说，“要让那护士知道了，还不得把我给出卖了。此外，这么好的美酒要是兑水了那简直就是亵渎。”

看着眼前的这个女人把瓶子塞到了自己手里，海伦着实

---

① 麦加是伊斯兰教的第一圣地。它坐落在沙特阿拉伯西部赛拉特山区一条狭窄的山谷里，面积不到 760 平方公里，人口约 179 万 。四周群山环绕，层峦起伏，景色壮丽。

钦佩这个女人的坚韧。

“快过去，快。”她说，“千万别洒出来了。”

一旦必须独自面对时，奥兹女士那勇气中不为人知的那部分就显露出来了。缓慢地进了洗碗间，在水槽底下摸索着先前藏在那的什么东西。

机不可失，失不再来，奥兹女士迅速地做完了这一切。一回到厨房，她就像个被宠坏的小孩子，脸上挂着因伟大胜利而带来的微笑，之后就把那物件藏进了碗柜的空格里。

那是另外一瓶白兰地。

第九章　老妇的回忆

海伦拿着白兰地走到蓝厅，听到敲门声，护士便开了门。

“谢谢你，”她说，“这东西有助于我的睡眠。要是一个人应付这事，我就必须要睡一晚好觉。”

她的眼神中闪现出一丝阴险的光芒，同时又强调道：“我已经安排你今晚睡在这里。沃伦小姐也在，她也清楚具体安排，那老太婆……沃伦夫人，”她随即更正道，“也没反对。”海伦觉得还是让专职的人出面提出抗议比较明智一些。

“是的，护士。”她说。但我得赶紧换好衣服。

“哦，你要换就餐服是吧?”

这女人腔调如此牵强附会，让人紧张，眼神一瞥之下又显得那么尖锐刺痛，以至于海伦对于离开此地显得高兴不已。

“她心生嫉妒了，”她心想，“沃伦小姐是个胆小鬼。俩人都那么弱不禁风，我就不明白自己究竟错在哪里。”

像大多数人一样，她总是对自己的过错视而不见，尽管奥兹女士已经知道了某些灾祸的事情起因，但还是竭尽全力地抗拒着人们在此类事情的好奇心。

一进自己的房间，海伦就看到了一个黑影在自己的窗子前摇晃，她惊恐万分，几乎要从房间里退了出来。

她蹑手蹑脚地走到开关附近，啪的一声打开灯，她看到自己原来是被一棵高大的松树的树枝给误导了，那树枝在大风中来回抽打着。尽管看起来如此之近，但树和窗子的距离太远了，即便是运动员也不可能从那上面跳进自己房间的。但每被劲风扫过一次，大树枝就从窗口开阔处掠过，好似用这种方式不怀好意地暗示着什么。

“那棵树看起来好像要强行挤进来似的，”海伦心想，“我得把窗户关上。”

关上窗扉的时候，她注意到了雨水顺着玻璃流下来的样子，好似一处喷水孔。庭院尽收眼底，浸泡在这肆虐的恶劣天气之下那饱经折磨的景致间的阴郁和黑暗之中。

她倒是乐意拉下窗帘，沾沾自喜地享受着与自己房间截然不同的那份华丽的舒适感。房子里摆着第一夫人沃伦卧室的所有家具。当她交换过来居住在大家庭的厅堂穹顶之下时，仍觉得全新而奢华，所以那时，尽管鲜少有人使用此处，但仍不失其豪华富丽的装饰。

沃伦小姐才从剑桥回来，基于自己那刻板而又严格的实用主义，把母亲的所属物品全部撤换到了一间空房。但海伦倒是乐意接受那些满是装饰和色调搭配的陶器和绿松石蓝的器皿，还有那厚厚的、设计新颖的地毯和昂贵的面料。

原房间主人的照片被摆放在了大理石壁炉架的显赫位置上。照片摄于八十年代，是一个和蔼可亲的妇人，有着卷曲的刘海，额头过于贫瘠，下巴却过于饱满。

其上是一面镜子。基座绘制了大量的灯芯草、睡莲和鹳鸟。一想到威胁过自己的那些痛苦经历，她就满心希望罗伯特先生能对逝者报以敬畏之心。

“要是还活着，她一定是一位可敬的老夫人，”她心里想，“尽管如此，我还是自讨苦吃。你休想让我腾出那个房子。”

想要把帕里医生争取过来的要求变得如此急迫，以至于她都采用了西蒙尼的策略。通常，就餐时她都穿白色的无袖女装。但今晚，决定第一次穿上自己那唯一的一件晚礼服。那是件廉价的小长裙，在牛津大街降价打折时买的。或许平凡无奇，不过依旧透着文艺清新范儿，一头红发映衬着灰绿色小长裙的搭配，让她在那面宽大的试衣镜前对着自己的样子微笑。

“得去叫他了。”她自言自语，随即带着惶恐的心情急匆匆下了楼，唯恐医生在她不在场的时候已经到达。

在制造与他独单独见面的机会方面，她依旧面临着难题。因为不可避免地应家庭日常事务的需求，需要灵活地处理好职责和自己性情之间的关系。一涉及工作，就会很好地伪装自己。自己一时的被人置若罔闻，也只有承受，没有什么救命稻草可抓。

“去大厅，”海伦打定主意，“得脱下湿衣服，把手上的灰土擦干净。”

到达二楼楼梯转角平台时，蓝厅的门缝开了一英寸，露出了巴克尔护士那苍白而又闪闪发光的眼睛。一看到有人偷窥，那女人就又一次把门关上了。

这秘密的查探带来的鬼鬼祟祟之感让海伦心里不安。

“她在等我，”她心想，“那女人有点怪异。我可不愿意跟她在房子里独处。她会让我心情不悦的。”

由于自己那永恒的探求未知的本能，她转身去了蓝厅的方向。发现自己的偷窥动作被人洞悉，巴克尔护士随后又打开了房门。

“你想干吗?”她没教养地质问道。

“我想过来提醒你。”海伦回答。

海伦说了一半停了下来，突然意识到巴克尔护士正用那饥渴而又贪婪的眼睛盯着自己的脖颈。

“你皮肤好白啊。”她说。

“那是因为头发是红的。”海伦解释道。

一般说来，提出的话题没被关注，心里会感到有些难过。可是此刻，海伦有生以来第一次由于被羡慕而妥协。

“你刚才说要提醒我?”巴克尔护士问。

“是的，”海伦压低声音，“可别低估沃伦夫人。”

“什么意思?”

“她藏有东西。”

“什么?”

“你要跟她一样聪明的话，你就能找到。”海伦回答道，转身就要离开。

“回来，”巴克尔护士请求般说道，“你话没说完，也不具体。”

海伦摇摇头微微一笑。

“问问沃伦小姐，”她建议，“我跟她说了，自己煞费苦心，结果美美地被奚落了一顿，但我觉得得让你提高警惕。”

蓝厅里那老妇人开始用那低沉而粗重的嗓音说话。

“是那丫头吗?”

“是的，夫人，”巴克尔护士答道，“你要见她吗?”

“对。”

“对不起，”海伦赶忙搭腔，“我现在忙得顾不过来。得过去帮厨了。”

巴克尔护士眼里闪着些权力的意味。

“你那么怕她做什么？”她冷笑道。

“要是你知道的和我一样多，你也会怕的。”海伦暗示。

巴克尔护士一把抓住了她，鼻孔因激动而微微颤动。

“晚餐可以再等一会儿，”她说，“沃伦小姐指示说沃伦夫人的要求必须满足，你给我进来。”

海伦心情郁闷地进了蓝厅。沃伦夫人仰躺在床上，枕着枕头。穿着一件白色的羊毛寝居外套。一束银灰色的头发从中间齐整地分开，扎着粉红色的蝴蝶结。很显然，这是巴克尔护士第一次给病人梳洗打扮，效果却好似献祭的羔羊。海伦知道默不作声地迁就让这个老妇人暂时臣服于对方的无礼举动之下。她正引诱着让护士处于安全的错觉之中，仅仅是为了让最终幻象的破灭显得更加残忍。

“来这儿，”她用嘶哑的声音低声说道，“我得给你说些事情。”

海伦心惊肉跳地俯下身体，沃伦夫人那炙热的喘息呼在了海伦裸露的脖颈上。

“有个女孩被人害死在这间房子里了。”

“是的，我知道，”海伦用抚慰的语调和着，“为什么还在想这事？已经发生很久了。”

“你怎么知道的？”沃伦夫人厉声道。

“奥兹女士跟我说的。”

“她是不是跟你说过那女孩被人投进了井里？”

海伦记起来了奥兹女士故事的版本，讲的可是更残忍的手法。那口井可以算作自杀事件的一个符号。为了引起海伦对谋杀事件的震撼之感，奥兹女士故意夸大了事实。

“或许是个偶然事件。”她大声说道，试图抚慰她的情绪，沃伦夫人就开始动怒了。

“不，”她吼道，“是个谋杀，我亲眼见的。就在楼上，破窗而入。当时天几乎要黑了，我原以为是花园里的树。之后，那女孩过来了，那东西就四处走动，然后就把她扔进井里。我来的时候，一切都太晚了。我甚至都找不到一截绳子什么的……听……”

海伦的脑袋被她拉得几乎贴近枕头。

“你就是那个女孩。”她私语道。

海伦感觉似乎正在听着对自己命运的预言。但是她捕捉到了巴克尔护士的眼神，那试图通过哄骗来迁就病人时那职业的眼神。

“我吗？”她轻声说，“那，我必须得小心了。”

“你个小傻瓜，”那老妇人喘着粗气，“我正在警告你。那些女孩都在这间房子被谋杀的。而你跟我睡，我会照顾你的。”

海伦突然想到或许可以诱使她透露出藏左轮枪的地方。

“你会怎么做？”她问。

“我会开枪杀了他。”

“那好，你的枪在哪儿？”

沃伦夫人看着海伦，眼睛里射出那鳄鱼般狡黠的光。

“可我没有枪，”她抱怨般说道，“我曾经有一把，但他们把它拿走了。现在我只是个可怜巴巴的老太太。护士，她说我有把枪，我有吗？”

“当然没有了，”巴克尔护士说，“说实话，卡博尔小姐，你无权在这里引起病人不愉快。”

“那好，我这就走，”海伦感激地声明，转身离开前又淡淡地说了一句，“刚才你问过我一个问题，现在已经得到答案了。你也知道了该找什么东西了吧。”

走出门时，海伦又听到沃伦夫人那低沉的嗓音。

“今晚上，你得回来。”

“好，我会的。”她保证。

让自己感到惊讶的是，当她下楼去门厅的时候，自己那神经随着这段小插曲而紧张、颤抖不已。

“我这是怎么了?”她不明白，“我相信要是医生不来救场，我就得陷入愚蠢的境地了。”

她焦虑地看着那座老爷钟。帕里医生住在几英里以外，常常是到了就餐的点儿才最后一次返回来拜访萨米特。一种轻微不祥的预感悄悄地向海伦袭来。

他之前从不这么晚才到的。听着外面暴风雨的狂怒，当沃伦小姐经过时，海伦看起来像一个梦呓中的女人。

“医生还没来，沃伦小姐。”

沃伦小姐看了看钟表。她的晚餐礼服已经穿好，还是往常那蘑菇状的蕾丝花边礼服。

“或许不来了。”她冷漠地说。

海伦沮丧地叹了口气。出于雇主的自负，沃伦小姐从不曾把一个年轻女孩和独立存在的意义联系到一起，她只是把海伦看作整个家族中的一员来看待。

“我母亲的状况没什么变化，”她解释道，“虽然结果不可避免，但帕里医生嘱咐过我们该怎么做，以防突发事故。”

“但，为什么他今晚来不了?”海伦坚持，“他总会来的。”

“因为天气。”沃伦小姐嘟囔着。

一阵劲风袭来击碎了房子一角，时机恰到好处。听到这声音，海伦的心凉了半截。

“他不会来了，”海伦心想，“我只得睡在蓝厅了。”

第十章 电 话

海伦不得不睡在蓝厅。萨米特所有人都要接受这个现状。既然帕里医生确定不过来了，海伦就觉得继续待在门厅就是浪费时间，随后她沮丧地向厨房楼梯走去。

中途撞见牛顿，他正懒散地踱出晨间起居室。

“我听说我祖母喜欢你。”他说。

“祝贺你，怎么做到的？”

牛顿眼中闪烁着的好奇的光芒，一方面鼓舞着海伦，另一方面又让自己对所面临的困境迷茫不已。

“我还不能告诉你。”她答道。

“这么说我倒蛮幸运咯，”牛顿说道，“或许吧，当财务权益方面面临敏感危险境地时，我远不可掉以轻心。我还不能安逸无事。”

迄今为止，海伦对牛顿还是抱有敬畏之心，对方在社交场合也把她完全忽视。她在场时也仅仅是为了完成自己的本职工作，牛顿也是把她同以往的女孩看作一个样，如果干得够久，顶多月底也就走人了。

他少有的关注激起了她的信心。

“你是说遗嘱?”她大胆地问道。

他点点头。

“她会不会留遗嘱?”

“我们谈论过这个事的,”海伦说着，得意于自己在此事中的重要性，“我建议过她，这个事是不宜推后的。”牛顿随即激动地叫了一声，“布兰奇[1]姑妈，过来一下。”

听到自己侄子叫自己的声音，沃伦小姐好似一阵风似地从休息室飘了过来。由于一些数不清道不明的原因，即便是拴不住自己的妻子，这个看起来呆子一般，眼睛近视的年轻人却在一帮子妇女里看起来挺有人缘。

“怎么了?”她问。

“特大新闻,”牛顿跟她说，“卡博尔用了五分钟内迅速搞定了其他人五年都没搞定的事情，她让格兰[2]说了遗嘱的事。”

“不是那回事，事情还不明确,”海伦忙解释道，“但她说过她还不会死的，因为有一件事没做，一件令人不悦的事，每个人都望而却步的事。”

“够不错的了,”牛顿点点头，“好吧，卡博尔小姐，要是今晚她失眠的话，我希望你继续做好你的事。”

看起来事情出现的新苗头甚至让沃伦小姐都折服不已，因为或多或少对方正眼看她了。

---

① 沃伦小姐的名字。

② 格兰是沃伦夫人的名字。

“这还真是不一般，”她讷讷地说，“在她面前你似乎比任何人说话都管用。”

海伦走开了，意识到被自己那哗众取宠的冲动给出卖了。既然整个家族都对她和沃伦夫人的关系高度关注，如果自己对他们来说在蓝厅最终的裁定方面有倚靠作用，那她就只有盼望着别人持反对意见。

即便是第一眼瞥见绞刑架就令她畏缩颤抖，但她继续昂首阔步向前，仿佛在通往断头台前的这条路上会有众人不断给予支持。可是最后一秒，她会是一个人在战斗。

当她到达厨房的时候，立即就注意到奥兹女士无心跟她八卦、开玩笑，而奥兹先生很明显躲得远远的。奥兹女士也不管海伦那身漂亮衣服，就指向桌子上一个热气腾腾的盆子。

“把这些淘一淘，做蜜饯蛋糕要用，”她说，“我来不及吃晚饭了。奥兹一直躲在脚边打转，我都不知道能不能弄完，要么拉倒，要么黑着手忙不迭。”

带着压抑不悦的心情，海伦坐下来小心翼翼地把杏仁儿从裹着的皱皱巴巴的褐色外皮里剥出来。已经完全接受了医生不来的事实，以至于地下室大厅门铃响起，她都没听到。

奥兹女士看了一眼指示器。

“有人敲前门，”她冒出了一句，“一定是医生。”

海伦弹了起来，冲向大门。

“我叫他进来。”她叫道。

“谢谢你，小姐，”奥兹先生感激地说，“我可没穿长裤。”

“这太不雅了。”海伦笑着说，此时她知道奥兹说的是要穿上最好的长裤和亚麻外套，以便自己晚餐上菜的时候显得体面一些。

心里的希望再次升腾，海伦飞奔上楼梯，打开前门，倾盆大雨透了进来，医生在狂风的裹挟下，进来了。

这人孔武有力，身形健壮敦实，胡须剃得干干净净，简洁干练。海伦发出欢迎之辞，而对方看着她欣然接受回礼。

“今晚有什么特别要庆祝的吗?”他问。

他的凝视非但没有引起卡博尔护士的不悦，反而让对方对自己身上的崭新晚礼服欣喜不已。海伦那白皙的皮肤并没有吸引对方，帕里医生倒是更关注她脖颈上的那块凹瘢。

“很奇怪，既然所有家务都由你来做，你的状况就应该更好一些啊。”医生皱眉说道。

“我最近几乎没做什么。”海伦解释道。

“明白了。”帕里医生喃喃低语，就如同一个日渐消瘦的病人对他不具吸引力一样，尽管结果都一样，但他不明白，干吗还有人自愿挨饿。

“喜欢喝牛奶吗?”他问，“不过，很明显，你不喜欢的。”

“是吗？我要是在奶牛场工作，还不得成祸害啊。”

“你得喝大量牛奶。我得跟奥兹女士说一下。”

医生脱掉身上的驾驶皮衣顺手挂在了椅子上。

“鬼天气，”他说，“害得我迟到，路都变成稀泥汤了，沃伦夫人今晚怎样?”

“老样子，她要我陪她睡。”

“哦，我要对你的情况了如指掌，就会让你享受这项工作，”医生咧着嘴笑了笑，“全新的体验嘛。”

“但我现在紧张害怕，”海伦哀号，“我一直等着你就是想让你告诉他们，我胜任不了。”

“紧张害怕？这房子也吓到你了？是不是也发现此处太过孤寂?”

“哦，不，不仅仅是神经紧张的问题。恐怕是另有原因的。”

与先前的经历不同，当一说起左轮手枪的事，海伦的话就引起了医生的注意。

“那是无稽之谈，”他说，“但我还是相信那让人意想不到的布袋子，我会去看看到底她把它藏在哪了。”

“你也会建议我不要跟她睡一块儿，对吧？”海伦坚持着。

但事情没有那么简单，因为帕里医生摩挲着自己的下巴，表情迟疑。

“这我不能保证，我得先见见护士。她今晚的确需要一切安顿好才对，要是已经就绪，那我最好还是上去一趟。”

医生推开了通往大厅的大门。穿过大厅时，他跟海伦低语着什么。

“打起精神，别像个老太太似的没精打采，不管怎样，都这么多年了，那老妇人眼神不好。”

“她都打中护士了。”海伦提醒他。

“瞎猫碰上死耗子，记着，她不过是个老妇人，别老杞人忧天。”

“别，我还是正式地给护士介绍一下你吧。”海伦执拗道，此时的海伦并不忧心于违反行规的东西。

此时听到敲门声，巴克尔护士过来开门，一看到护士那瞪视的眼神，就知道自己大错特错了。

“我把帕里医生带过来了。”海伦说。

巴克尔向前微倾，庄重地鞠躬行礼。

“过来多久了，医生？”她问。

“哦，五分钟左右。”他答道。

“医生，以后，您能否直接来我的房间？”护士说，“因为你迟到，沃伦夫人有点担心。”

“当然可以，护士，那就这么着吧。”医生说。

海伦心里一沉，转身离开。由于护士穿着白色工装，恰巧又好似一座高塔般地站在医生面前，给人在气势上似乎占了上风的错觉。

西蒙尼一阵风似地经过，穿着亮丽的礼服，显得无限荣光。即便尚处在自己的问题之中，海伦还是注意到西蒙尼看起来委实沉浸在了情感之中。双眼泪花闪动，双唇颤抖，双手紧握。

受欲望控制，在受挫之后她俨然成了一场愤怒风暴的中心。她对牛顿愤怒无比，因为他成了自己的绊脚石。对斯蒂芬愤怒无比，因为他对她冷若冰霜。对自己愤怒无比，因为自己无法控制自己的感情。

这诸多复杂情感渐渐汇聚在了一个人的身上，她相信这种情况下，那个女人就是这个事件里的第三者。她满脑子的想法就是：斯蒂芬之所以拒绝她，就是因为公牛酒馆的那个淡黄色头发的酒吧女招待。

作为助手的海伦尽管穿着那身新的连衣裙，可还是被人当作没看见，因为当她经过西蒙尼的时候，都没引起对方的一丁点儿注意。当海伦到达厨房的时候，迎接她的也是奥兹女士那忧郁般的沉默。

看起来萨米特给人的心理氛围都凝结着一层尖酸之气。

“晚餐不需要拖那么久了，”海伦说着，期望能让奥兹女士振作起来，“医生马上就要走了。”

“不是那事。”奥兹女士澄清道，显得闷闷不乐。

“那，到底怎么了？”

“奥兹的事。”

“奥兹怎么了？”

“没事，但他老在这里待着，没白天没黑夜的，一个女人连独处的时间都没有。你还没结婚，哪里知道。”

海伦凝视着她，欣赏对方身上的好品性，奥兹女士大度地包容了丈夫的懒散，而且坚持不懈。尽管对方老是做不好自己的分内事，但她也总是一笑而过，然而正是这种不加修饰而又纯真的感情让他们变成了生活中的好伴侣。

“是更好，还是更糟?”海伦机智地说，“我理解为什么奥兹先生缠着你了。因为他可以看到你身上越来越多‘更好’的一面。目前我还看不到要娶巴克尔护士那个男人到底什么样。我不知道她要是喝醉了会是什么样。”

“嗯?”奥兹女士心不在焉地问。

“哦,”海伦耸耸肩，“即使沃伦小姐已经强调过沃伦夫人离不了新鲜氧气，她还是很有可能坚持要喝白兰地。”

奥兹女士盯着海伦，眉毛皱作一团，就好像被一道复杂运算的分数题套牢了似的。然而，不久她就完成了计算，然后自己一人喜笑颜开。

“好吧，你们不太经常见我身体不适，对吧?”她问，“另外，说说丈夫，最好的，也就意味着最难对付，但我已经遇到了自己最好的那位。现在，亲爱的，请聆听医生的话，医生一走，我就想直接去楼上给护士带点布丁。”

一想到背叛行为发生在自己身上时，对这件事她隐约地感觉到厌恶。

“把她那份蜜饯夹层蛋糕拿过去，还有她的白兰地。”她建议。

“现在，有人陪她,”奥兹女士笑着说，“但是她晚上熬夜不仅仅有点心陪伴。她那人看似臭鱼一般，但作为护士来说，生活却很艰苦。”

在厨房楼梯处这个窥听之所等候的时候，海伦对自己的怨恨情绪感到羞愧。她仍然对奥兹女士情绪上的变化摸不着头脑，因为对方在本质上不是那种喜怒无常的人。

由于没有理由可以用来解释，她也就来回摆动，好似一个风向标。到底这股吹向她的神秘之风源自何处？

“今晚这宅子是会出点问题的。”海伦确定道。

由于远远就听到了帕里医生的说话声，她就呼唤奥兹女士，然后疾步上了大厅。帕里医生一看见她就径直过来了。他脸色憋得通红，须发直竖，难掩压抑的怒气。

“卡博尔小姐，”他说，用一种正式而令人陌生的语气说道，“今晚，若是在与沃伦夫人同睡的事情上有任何问题，在此表示理解，并且我也不会批准的。”

海伦立刻意识到这都是目空一切的巴克尔在此事上手伸得过长造成的结果。虽然一听到这如释重负的消息，内心就开始放歌一般，但是经验已经揭示给她这样一个好处，那就是要把自己的要求诉诸给最权威的人士。

“好的，医生，”她顺从地回答道，“但要是巴克尔护士去照料沃伦夫人，可能会是独断专行的做事方式。”

“要是那样的话，”他说，“那我就直接去见教授。还没有哪个女人能戏弄得了我。要是对我的命令有何异议，其他医生就会接管此事。我只是坚持原则，因为我的母亲，我至亲的人，也是在说话方面嘴不饶人，不留情面。看在她的份儿上，我权当顺着老话儿说的，无愧于心，吃点小亏但求福报。”

海伦想起了他们在教授书房时的情景。

“跟我一起进去。”医生说。

尽管对教授心生敬畏，海伦还是赶忙遵从了吩咐。好奇心驱使下她入得任何虎穴，即将看到自己雇主的私密空间，这让她的内心感到惴惴不安。

房间与沃伦小姐如此相似，让海伦惊讶不已。如同她的房间，家具里只不过附带一些书籍和论文纸张，辅着教授自己的东西，大量参考书存放在文档和书架里。这里寻不到一个男人的小屋通常特有的那种舒适迹象，没有大学宿舍那样的破椅子，没有旧拖鞋，没有烟灰缸。

教授坐在那张美式的拉盖书桌前，指尖抵在鬓角，抬起头时，脸色显得苍白而僵硬。

“是头痛犯了？”医生问道。

“马马虎虎还行吧。”对方答道。

刚想问对方要不要阿司匹林，考虑到医生的建议更易被优先采纳，海伦就咬住舌头保持缄默。

“要不，吃点药？”帕里医生问。

“好的。”

“很好。那新来的护士想要卡博尔今晚过去值夜班，我制止了。沃伦夫人的心脏状况不佳，让一个未经专业训练的女孩子过去掌管此事，太危险了，恐有不妥。您意下如何？”

听到这里，教授手指紧按双眼。

“当然了。”他同意道。

出门时，海伦冲着医生，眼睛里透着感激。

“你或许不知道这事情对我意味着什么。”她说。

“对你……？”

听到刺耳的电话铃声，她不得不中断了谈话。因为电话机在大厅里，她不得不匆匆赶过去接听。

“请您稍等下，别挂断，”她说着，冲帕里医生点头示意，“您的电话，有人从公牛酒馆打来，问你在不在这里。”

对他人事务的无限好奇使得她试图通过倾听帕里医生这边的结束语来还原对话中听不到的部分。

“威廉姆斯吗？”他问道，“什么事情啊？”

听电话的时候，他平淡随意的语调慢慢变得迟缓而又疑虑重重，之后又陡然显得惊骇不已。

“什么？……不可能的……这太可怕了。我马上到。”

挂了电话，医生脸上的表情证实了电话里传达的是令人震惊的事实。海伦等着对方说话时，沃伦小姐应声赶了过来。

“是刚才那个电话铃响了吗？”她含糊不清地问了一句。

“是的，”帕里医生答道，“还记得那个女孩赛立德温·欧文吗？就原来老在这儿工作的那个。唉，她死了。尸体刚刚在花园被发现。”

第十一章　信　条

海伦一听到这个名字，就记起了厨房里的那些传闻。赛立德温是一个行为不端的漂亮女人，过去常常在沃伦夫人床底下掸灰打扫卫生，而她的情人却在外面等着她，以一棵一动不动的树所拥有的那般耐心在等着她。她确信自己在林子里见到过其中的一个，彻夜不眠地观察还被证实是徒劳无功的呢。

“真古怪，”帕里医生说道，“威廉姆斯说比恩船长当时正从市场回到家，擦亮一根火柴照钥匙孔的时候才偶然发现了那女孩蜷曲在花园角落里。他就立刻飞快地返到公牛酒馆，让威廉姆斯给我房间打了个电话。我的管家让他拨到萨米特。”

“确实太可怕了，”沃伦小姐应声说道，“我觉得应该是癫痫发作，因为身上的颜色异乎寻常地发红。”

“我很快会找出答案的，”帕里医生声称，“有件事情确实让我困惑。船长的房子位于种植园的另一侧。为什么不直接来这边，干吗跑到将近一英里以外的公牛酒馆?”

“他跟我哥哥吵架了。教授在他的一篇文章里指出了其在科学性方面的纰漏。我也坚信奥兹女士也不大待见他，对他的态度也有点过火。”

帕里医生点点头表示完全理解。比恩船长为人孤僻而又性急，对于爱因斯坦的理论以及他人中肯的反对意见持恼火般的反对态度。他守着一处家畜农场，在小屋舍里做着自己的营生，在世界上一个人迹罕至的角落里写着关于本国土著部落风俗和信仰的文章。

帕里医生深知那孤岛般的生活使得他看问题的思维倾向缺乏应有的视角，些许的不平就会扩大为长期分歧。他推测这人宁可奔走于倾盆大雨之中也不愿意跟邻居借个电话。

“我会从种植园林子里抄近路,”他说，“那样快一点，我会回来取自行车的。”

晚饭的摇铃声催促他赶紧离去，但转身离去之后却在身后留下了一丝悲剧色彩。在就餐室，一大家族的人聚集在餐桌旁，上汤的时候赛立德温事件成了主题。

牛顿和他的妻子对家庭内部成员的死亡毫不关心，但斯蒂芬仍然记得她。

“她是不是那个有着勾引人的乌溜溜小眼珠并且双唇红润的姑娘？沃伦夫人曾用短棍打的那个。”

“问这个做什么……觉得可怜还是……?”牛顿挑衅般地问道，“我们所有人都应该感到羡慕，她终于脱离尘世。”

“一个没教养的”，海伦小姐说道，随后又敷衍地来了一句“可怜丫头。”

“为什么，可怜吗?”牛顿挑衅般地问道。“我们都得羡慕她，她已通向了毁灭之路。”

“生之伤痛终抚平，她将长眠安息①。”她的姑妈沃伦小姐适时地嘟囔着引用这句名言。

“不，”牛顿叫嚣，“并非长眠，这主题形式太过贴标签。一个人还可能会醒过来。不管哪方诸神，我都宁愿怀着感激之情，因为不可能长生不老，因为人死也不能复生，因为最蜿蜒逶迤的河流……”

“哦，也会干涸，是吧，”斯蒂芬插话，“在太阳底下，即使一条河流也会如此，是吧。”

“但，可惜，我还没醉呢，”牛顿说，“这宅子里也没有人会醉。”

“那就是常去的公牛酒馆咯。”斯蒂芬提醒他。

“还有那极具杀伤力的酒吧女招待。”西蒙尼说，语调里充满了意味。

“哦，牛顿对惠特尼②了如指掌，”斯蒂芬咧嘴一笑，“我可是已经把他拎出来了哦。我不是老这么做，对不对，沃伦？”

尽管听起来不和谐，海伦倒是乐意他这么插科打诨。浑身细胞都透着对自己生活的欣喜之情的海伦一直以来不喜欢听对信仰的消极言语。曾经伤及自己最多的事也就是在灵魂层面给予否决般的暗示。

沉浸在当家女主人意识里面的沃伦小姐如梦初醒。西蒙尼一脸怒容地斜着看了看牛顿那阴郁的表情，尽管斯蒂芬挑

---

① 语出长篇史诗《里昂尼斯的崔斯特瑞姆》，作者是阿尔杰农·查尔斯·史文朋（Algernon Charles Swinburne，1837～1909），维多利亚时期的一位著名诗人。

② 即赛立德温。

衅般地咧着嘴笑，她还是从潜台词里感受到了中毒般的伤害。看了一眼教授，她赶忙换了话题，而对方坐在那里手捂着眼睛。

“又犯头痛了，塞巴斯蒂安?[①]”沃伦小姐问道。

“昨晚几乎一夜没睡”他说。

“昨晚服用了什么东西了吗，父亲大人?”牛顿询问道。

“镇静剂。”

“奇怪了，最好注意一下剂量。”

教授干裂的嘴角浮现出一丝嘲讽的微笑。

“我亲爱的牛顿，”他说，“自婴孩儿起你就一直不停地跟我嚷着说为了我的工作，夜里我得服用镇静剂。你已经活这么大了，时至今日，事实已经证明，我不需要自己孩子的忠告了。”

付出这么个被呛的代价，斯蒂芬憋不住大笑出来，牛顿的脸唰地一下憋得通红。

“没什么可谢的，父亲大人，”他咕哝道，“比起我的事情，希望您把自己的事情弄得更好些。”

环顾餐桌，海伦咬了咬嘴唇。她提醒自己，从社会伦理方面讲，这些人都是自己的上司。比自己更有修养，受过更良好的教育，有钱有闲。沃伦一家又有智慧又有文化，而西蒙尼周游世界，了解不少相关知识。

尽管道义上需要鼓起勇气参与到普通的谈话当中，但就餐的时候她始终都坐在桌子边，一言不发。而沃伦小姐在讲话时，也常常有意将这位助手囊括其中。

“最近欣赏到什么好的影片了吗?”她问道，并选择了在一

---

① 即教授的名字。

个从不阅读泰晤士报的女孩看来有吸引力的话题。

“仅仅是一些大众娱乐类型的影片。”海伦答道，最近她去了趟影院，那里仅限于放映澳大利亚剧院里的免费影片。

“在离开牛津前我看了《罗宫春色》,①”西蒙尼插话道，“我极喜爱尼禄②。”

教授此刻显出几分兴致。

“《罗宫春色》?”他重复道，“他们接受了那垃圾了吗？对那迷信般的象征性的符号，那些个无产阶级仍然沉湎于那种热情狂欢之中吗?”

“毫无疑问,”西蒙尼回答道，“掌声太荒唐了。”

“有意思。我记得看过那场戏，威尔逊·巴雷特和莫德·杰弗里斯，还有一个在校大学生是主要戏份。这些年轻人热衷于赛马，完全不信教。但他还是在十字架的故事中展现出了运动热情。对他而言好似一个胜者，在最终胜利的所在地，咆哮着鼓掌，脸上的热泪伴随着激情而滑落。”

这一大片笑声超出了海伦的忍受极限。突然，她连自己也感到惊讶无比，清晰地听见自己的声音。“我认为这么说，那……实在是太可怕了。”她颤抖地说。

所有人都惊讶地看着她。她小脸通红，发脾气般的声音，好似要哭出声来。

“诚然一个具有现代意识的女孩子不会把贞操美德归因于仅仅是象征性的符号，对吧?”教授问道。

在教授那凝视的目光下海伦手足无措，但并无妥协之意。

“我会的,”她说道，“离开比利时的修道院的时候，那里

---

① 《罗宫春色》是一部1932年的影片，又译作《十字圣号》等。

② 尼禄是古罗马有名的暴君。

的修女给了我一个十字架。我一直挂在床边，无论如何也会一直珍藏的。”

“为什么不丢掉?”牛顿问。

“因为它代表了太多东西。”海伦支吾道。

“具体怎么讲?”

对方两眼灼灼放光，海伦感到舌头打结。

“代表着一切,”她含糊其辞，“它保佑了我。”

“陈词滥调。”教授咕哝着说，而他的儿子也继续说教。

“它从哪些方面保佑你了?”他问。

“保佑我远离魔鬼。”

“一挂到床头，我想你就可以放心大胆地敞开大门面对凶手了?”斯蒂芬大笑说道。

“那当然不是。”海伦澄清道，因为她可是不惧那大学生的。

“十字架在我生命中赐予力量。它给予我在生命中照顾自己的才能。”

“为什么这么问她？她也是相信上帝的。”西蒙尼说。

“她还会告诉我们她相信圣诞老人。”

海伦环顾桌面四周，自己被步步紧逼，无语去解释。看起来她似乎被一群瞪着发光眼睛、咧着嘴、龇着牙的人围着嘲笑。

“我只知道这些,”她用颤抖的嗓音澄清道，“我要是像你们那样，我就没有活下去的愿望了。”

令她惊诧的是，支持的声音来自一个不曾想到的角落，斯蒂芬突然间鼓掌称赞。“说得好,”他说，“卡博尔的勇气比在座各位加起来的总和都要大。她勇于承担，一人单挑五人，而且她只是蝇量级别的。岂有此理，我们应该感到羞愧才对。”

“这不是勇气的问题，”教授插话，“而是头脑昏聩的想法和混乱的价值取向，而且很明显是有害的。你，卡博尔小姐，假设是一个神授学说的信徒，而现实生活中，却完全是欲望和本能在支配，任何人都可以主导自己的命运，基于此类知识，答案也相当有趣。神的指引之类的事情实属无稽之谈。”

牛顿猛然朝前点点头，镜片后的那双眼睛闪闪发光。

“相当有意思，父亲大人，”他说，“基于所说的这些，我倒想试着去拍一些犯罪的片子。没有简陋的滑动嵌板，没有伸缩相机手臂。让一个角色做一些事情，其他人物设置成可以活动起来的模式，这样的话，各方都可以自然而又明显地做着各自的事情。”

“你在有意无意之间和我的想法达成一致了。”教授赞许般地说道，“人都是一身臭皮囊，由自己的本能欲望支配着活着。”

突然之间海伦忘记了自己属下的身份，忘记了保住自己的饭碗。猛地弹了起来，向后一把推开自己的椅子，“对不起，失陪了，沃伦小姐，”她说，“但是我再也待不下去了，也听不下去了。”

“哦，卡博尔小姐，”牛顿告诫道，“我们只是就事论事般地争辩，毫无个人成见。”

话还没说完，海伦就走出房屋冲下楼梯。她找到了在洗碗间忙不迭地洗着餐具的奥兹女士。

“哦。奥兹女士，”她恸哭道，“在众人面前我把自己弄得和傻瓜一样。”

“没事的，亲爱的，只要没人捉弄你，”对方安慰道，“我想要奥兹帮着洗完餐具，所以，要是可以的话，你可以帮奥兹冲杯咖啡?”

海伦的勇气随着好奇心一起恢复了。她想要看看自己火山般的爆发过后，在自己的听众里制造了怎样的效果。

“哦，好了，我觉得自己已经恢复过来了。”她叹了口气。但当她端着咖啡托盘来到休息室的时候，她意识到自己先前的那段插曲已经被遗忘殆尽。

年轻人都机械地端着自己的茶杯，此刻正热情高涨地大谈着那些引人入胜的著名影星的话题。沃伦小姐正翻着新一期的科学期刊，教授也返回到自己的书房。

奥兹女士突然出现在门口。

“那护士正在楼下和主人说着什么。”她说。

“不能打扰她的，沃伦小姐吩咐过的呀。”

“但是比较重要的事。关于她那贵妇人的事情。”

每个人都抬着头看着这幕戏。这栋宅子里的人都等着楼上那恐怖的老妇人咽气，等了许久，以至于大家都渐渐觉得她已经死不了了。海伦的思绪飞回到了让人迷乱的遗嘱，在死亡色调的侵袭来临之前那极其重要的签名。

“她生命有衰退迹象吗?”牛顿问。

“还没有，先生，”奥兹女士答道，“但护士说氧气快耗尽了。”

第十二章　第一条裂痕

牛顿打破沉默，所有人为之一惊。

“谁为这可憎的粗心大意负责?”他问道。

沃伦小姐和海伦相互看了一下，眼神中交织着内疚和责难。而在各自的意识里都不甚明了，双方都想把责任推给对方。作为雇主，沃伦小姐获得优先发难权。

“卡博尔小姐，氧气瓶用完后难道没有拧阀门盖子吗?”她问。

“没有，因为你叫我出去了。”

“但是，走之前你确实这么做了，是吧?”

“我怎么拧，因为你拿着氧气瓶啊。”

海伦坚定地说道，因为她确实不清楚这事。还好，沃伦小姐同样被搞糊涂了。

“我有吗?”她自言自语道，“是的，我确信，我是在给沃伦夫人输氧。但是我隐隐约约记得是拧上了盖子。”

“争吵有什么意义?”牛顿插话，“问题是，要尽快在几秒钟之内供氧的。”

“对啊，那才是关键点，”她说，“我要跟教授说话。”

海伦跟着她来到书房，却发现护士已在她们之前抵达。她喋喋不休地跟教授说着话，粗重的嗓音没多少修养可言。

“回到这个事情上，确实不寻常而且如此懈怠。”她说。

“我想知道，是谁的责任。”

说话间，深陷的眼睛瞄向了海伦。

“我负责。”沃伦小姐平静地答道。

跟自己的兄长说话时，对海伦投过来的感激目光抱以故作冷漠之态。

“我想，必须另订一个氧气瓶了。”

“哦，没必要这么赶。”巴克尔护士插话道。

“今晚她会平安渡过的，说起白兰地。她……”

“请容我说句话，护士，”教授抗议般地抬起手，“医生嘱咐过我，沃伦夫人今晚的状况尤为主要。”

“那个乡下生手医生?”巴克尔护士冷笑道，“她状况还不至于那么糟糕。我知道病人会何时不行，我说什么时候那就是什么时候。”

“医生的主张站得住脚的，”教授冷冷地说道，“我得立马打电话另订一个氧气瓶。”

“工厂快关门了。”沃伦小姐反对道。

“这么个暴风雨交加的天气，他们不会给这荒野的乡下送的。”

“要是那样的话，必须得有人去取了。”教授果断说道。

“不允许某些人以嫌麻烦为借口拿沃伦夫人的性命做赌注。”

听到这里，海伦相当内疚，因为她担心帕里医生为了她的缘故而强调了事情的严重性。

“医生是不是说过今晚我不会在夫人房间里睡觉?”她问，急于借教授的权威敲定这件事。

“他也说这话了?”巴克尔护士询问，眼神里透着挑衅。

教授不耐烦地皱了皱眉头，这表情让海伦意识到巴克尔护士那激起的对立情绪正在无意间给她树立了盟友。

“医生预料到了危机，”他解释，“所以说一个受过专门训练的护士自然必须坚守岗位。”

“为什么不请第二个护士?”巴克尔护士问。

“住宿方面没有房间了。”沃伦小姐应声答道。

“不，你们有的。她……”巴克尔护士冲海伦点点头，“她可以睡顶层阁楼。此外，明天那大学生的房间就会空出来。”

海伦盯着这么个洞察力超强而又嗅觉敏锐的天才，在这方面让她自己都感到相形见绌。就在这短暂的时间里，这个护士表面上跟病人寸步不离，却在脑中绘制了房间分布图。

“没那么多活，要两个护士没必要，”沃伦小姐说，“其他的护士都在我这里确证过，沃伦夫人几乎整夜酣睡，因此她们的休息也没有怎么被打扰。女管家没跟你说过工资标准符合你的要求吗?”

巴克尔护士突然间变得温顺了。

“是的，谢谢你，”她说，“我对这里提供的条件相当满意。”

教授转向自己的妹妹。

“我亲自打电话，”他说，随即去了门厅，沃伦小姐随后。房子里只剩下海伦和巴克尔护士，海伦开口打破了沉寂。

“对不起。但是你看，我没受过专业训练。”

“我受过，”巴克尔护士语调尖酸刻薄，“受训就意味着我得是铁打的，得吃残羹冷饭，得干活不睡觉，得干二十四个小时到天亮。”

“我很抱歉，但不是我的错。”

“是你的错，”巴克尔护士猛然迫近。“你先游荡到医生那里，然后暗示他该怎么讲话。哦，你不用觉得好像战胜了我似的。什么事都瞒不过我的眼睛，之后的事怎么样我也知道。这事跟你没完。要是跟我耍手腕，会给你惊喜看的，你今晚还是会在蓝厅睡。”

海伦不仅仅被这护士离奇可怕的洞察力吓到，而且意识到对方也在不断残忍地利用她对沃伦夫人的惧怕心理，就好似不断地拷打着自己那业已紧张的神经。

为了逃离那同伴，她急匆匆去了门厅，教授在那里打电话。他扬起手，示意她噤声。一挂起话机就跟她讲话。

“他们说送的话要到明天了，但他们已经保证今晚可以给我们提供一个氧气瓶，截止到晚上十一点。卡博尔小姐，请通知奥兹先生立即出发。”

海伦并不喜欢派给她这项工作，当到达厨房的时候，发现奥兹先生在炉火前伸懒腰，正享受着干完活的第一斗烟。她尤其欣赏他的自制力，这都是由于海军服役期间遵守纪律所获得的优良品质。

他即刻起身，开始系靴子鞋带。

“刚寻思着在床上美美睡一觉呢，”他说，“但这就是生活。”

“我能不能去问一下，可不可以让赖斯替你去？”

“不，小姐。命令就是命令，主人说的是奥兹，此外，他开车我不放心。除了我，没人知道上山时该怎么让自己的心上人放心。”说着话转向奥兹女士，“不介意的话，在我出车库以后把门锁上。记着，我走之后要加倍小心。”

一想到奥兹先生要离去，海伦就感觉到一阵苦闷。只要看到他那庞大身躯和那和蔼脸庞，她就会感到安全无比。

问题未得到好转，因此她并未意识到在陷入个人的麻烦这件事上自己也有部分责任。

“要是当时咬紧牙关，忍着别跟医生说那些话，奥兹就不会被派过去了，”她心想，“教授说，事是我们做的。但是谁让我做了啊?”

突然间回忆起巴克尔护士利用自己的恐惧心理，想到这里，她浑身微微一颤。

“哦，真希望你别走。”她跟奥兹先生说道。

“我也想的一样啊，小姐，”他答道，“但，你会没事的，有那两个年轻力壮的先生陪着，更别说那个护士了。”

“什么时候回来?”奥兹女士问。

“事情一按要求完成我就回来。”他转向海伦。

“能不能跟主人说一下，我会按喇叭在外面等一会儿，以防他有什么吩咐。”

海伦把信息传达给了已经回到书房的教授。尽管他强压自己的怒火，但海伦还是看得出来先前的阻挠之事，扰得他心烦意乱。

“谢谢你，卡博尔小姐，”他说，“但是奥兹知道该取些什么，去什么地方取。”

尽管没抬头看，但还是感受到了她想要尽快离开，海伦进了大厅，一股带着怒气的穿堂风迎面袭来。大风晃着结实的大门，其效果好似一记记铁拳轰在上面，汩汩作响的水流顺着排水管一股脑儿向下涌出，好似为奥兹感到双倍惋惜。

一听到外面按喇叭的声音，海伦就等不及要跟他说一声再见。但她还记得当开门让医生进来时，大风刮得吊灯摇摇欲坠的样子。

那老爷车的引擎突然迸发出一连串溅射爆裂的声响，随后粗重的声响变成低吼，不久便渐渐消逝于远方。一阵孤独感袭来，海伦便溜进了弹簧门。

恰巧此时见证了一幅活生生的画面，那是沃伦小姐和斯蒂芬·赖斯之间的一场激烈交锋。

“是真的吗?”沃伦小姐询问，“你在卧室里养狗?”

“完全正确。”斯蒂芬不客气地答道。

“立刻拿出来丢到车库。”

“对不起，恕难从命。”

沃伦小姐失去了惯有的镇静。

“赖斯先生，”她说，“请考虑下我的感受，好不。我的房子里不允许养动物的。”

“那好吧，”斯蒂芬跟她保证道，“我今晚离开，我要它陪着我，带它走。”

“你去哪?”牛顿问，此时他手插在口袋里闲逛，坐山观虎斗般欣赏着这幅场景。

“当然是公牛酒馆咯，他们会收留我的，而且，他们也会为有这只幼犬而自豪的。”

西蒙尼大叫一声表示抗议。

“别这么幼稚好吗？斯蒂芬，大下雨天的你不能走的，会淋湿透的。”

火炉旁的斯蒂芬透过敞开的大门看着外面，显得有些动摇了，随即又跳到了休息室壁炉格栅里。

“我的狗留下，我就留下，”他说，“它走，我也走。”

“我要跟教授说一下。”西蒙尼带着哭腔。

牛顿一把抓住她的胳膊。

“别去烦父亲大人，”他说，“他都知道的。”

西蒙尼扭着扯开牛顿，转身跑进了书房。她不像其他家庭成员，西蒙尼并不害怕教授。对她而言，作为自己的公公，对方只不过是一个上了年纪的老绅士，对她来说只是晚辈对长辈的遵从而已。

几分钟之后，她出现在众人面前，脸上洋溢着胜利般的表情通告教授的到来。

“我理解，”他对斯蒂芬说，“在对待狗的问题上确实有点困难。作为我宅子里的女主人，沃伦小姐的意见也视同法律。但考虑到仅仅只是一个晚上，她也会在规则上酌情通融的。”

他转向自己的妹妹。

“你应该理解的吧，布兰奇？”他问。

“是的，塞巴斯蒂安。”对方低声答道。

说完沃伦小姐回到了楼上，而教授也回到了自己的书房。

突然间海伦想起了自己的咖啡。她从不在休息室喝咖啡的，那传统的杯子太小了，自己不喜欢。好似储藏室的一只小老鼠，她总是把壶里剩余的那部分再次煮沸，加点牛奶搞那么一品脱①，然后在自己的卧室喝。

在工作日的最后一天，按照惯例她也就不去打扰奥兹夫妇了，此时的厨房也就成了他们的私有空间，因此她总是用她自己的炖锅和酒精炉。

今晚她的房间好似一处特别的避难居所，因为在底下，看起来地下室阻隔了她与外面糟糕的暴风雨的联系。灯的光

① 品脱：液量单位，1 品脱等于 473 立方厘米或 1/8 加仑。

晕映衬在金色的墙壁和天花板上，好似人造的阳光。在自己那把柳条椅里坐下来之后，她感到自己舒服得都不想动弹了。尽管那鬼鬼祟祟的脚步声，从后门楼梯悄悄滚落，紧随其后的是一连串的沉闷的砰砰声，这一切都激起了她的好奇心，但仅此一次她却都沉浸在自己的慵懒之中。

炉子中的红色火心恰似几张笑脸；它们在炭块间凝视着她，她回望着盯着它们。膝盖感到阵阵愉悦的暖意，此刻的她与整个世界和谐共存。

再一次听到脚步声，她从靠椅上起身，这一次，自己的本能再次得到印证，随着汹涌的好奇心被唤醒。海伦一跃而起，恰逢其时地看见沃伦小姐那蘑菇装礼服的裙尾如扫把般扫过楼梯平台转角处。

听见海伦的敲门声，奥兹女士开门时显得不那么高兴。

"是你?"她说，"我还期望自己看见玛琳·黛德丽①呢。刚脱了鞋，你又把我弄起来，怎么了?"

"我就想知道沃伦小姐在底下做什么?"海伦问。

"就为了这个把我弄醒? 好像离开你，女主人就不能随意穿行在自家厨房似的。"

"可是这是我第一次看见她去了那底下。"海伦执拗地说。

"那我问你，自安妮·多米尼②离开后，你在这里待多久了?"奥兹女士一边问一遍顺手关门。

学乖了的海伦带着情绪回到了自己的卧室，点上了酒精灯想要重煮一遍咖啡。看着壶底褐色的泡泡咕嘟咕嘟地冒上

---

① 玛琳·黛德丽(Marlene Dietrich，1901～1992)：毕业于魏玛音乐学院，是唯一一个可以与葛丽泰·嘉宝分庭抗礼的女演员。

② 即上一个护士。

来，前门铃声响起。旋即灭了火焰，匆忙上楼，希望进来的会是医生。风从四面八方袭来，费了好大劲才打开门。还没来得及把门开大一些，帕里医生就从门缝里挤了进来，一言不发地关起身后的门，拉上销子，搭上门链。

他急匆匆地，一言不发。这一切激起了她些许担心和期许。

“怎么了?”她气喘吁吁地问，“怎么不说话?”

“今晚真是个糟糕之夜。”他一边脱下湿哒哒的外套一边说着，一脸严肃地盯着海伦。

“不，不，”她坚持道，“告诉我……你找到那女孩的死因了吗?”

“是的，”他一脸冰霜，“她是被人谋杀了。”

第十三章 谋 杀

这令人惊骇的消息传来，一阵恐惧的战栗袭遍海伦的全身，此刻这房间似乎也跟着一起在风中震颤。当平稳下来时，她发现整个家族的人都已经聚在了大堂的门厅，紧张地仔细聆听帕里医生讲述情况。

“她是被人掐死的。”他说。

“什么时候?”教授问道。

“是不是一小时之内发生的事情，现在还难说。但可以确定，大体上是在五六点钟的时候发生的。”

“掐死的……”沃伦小姐重复着这个词，“跟先前是不是同一类型的手法?”

“毫无疑问，”医生答道，“这次更加凶残。赛立德温是个强壮的女孩，反抗时激怒了对方。”

“那……”此时沃伦小姐脸上显现出痛苦的表情，“要是在比恩船长的花园里，那这疯子就离我们不远了。”

“不止如此，还要更近些，”医生说，“事实上这起谋杀发生在种植园里。”

沃伦小姐因恐惧而喘息抽泣着，嘴唇打着哆嗦，此时的西蒙尼紧紧地抓着斯蒂芬的胳膊。即便海伦自己陷入激动的情绪之中，却还是留意到牛顿的妻子对斯蒂芬的恋情还是不死心，而此时她的丈夫正用那聚光的小眼睛盯着她。

回忆起近期的种种，海伦的思绪溯流而上，恍然间便溜了出来。她站在那里好似脆弱而搁浅的小船，视线穿过这碗状的空旷乡野，看着萨米特这要塞之地，如此这般，凶手还是与之相伴。无时无刻不在潜行抵近，无影无形，无声无息。她甚至可能曾与之擦肩而过，而对方却隐匿于隘谷那矮林中。

这野兽嗅到她的气息。锁定目标但又欲擒故纵。它知道她会来，便伪装成邪恶的树形，在种植园中的林间等着她。

“逃匿得如此完美。”她心中思忖着。

既然危险业已过去，要不是那棵树让她想到终极掠食者的身份尚未被揭穿，她心中那冒险冲动的狂喜又几乎被鼓动着泛起。一想到可怜的赛立德温，无端地惨遭厄运，海伦就感到一阵昏厥。

当迷雾从眼中散去，海伦如释重负般地注意到教授那张面无表情的脸。听着他那一贯学究气的语调，她感到自己从那黑暗阴郁而又令人颤抖的境地中回过神来，从那透着地狱气息之地的快速一瞥中回到了这舒适的英国家庭内部。

“你是怎么得出凶手是在种植园作案这一事实的？”他问。

“因为死者紧攥着的双手里都是松针，衣服上的痕迹表明有曾被拖着穿过树林的迹象。当然，尝试着沿着满是痛苦紧张冲动的思路去找出蛛丝马迹是白费力气。但是看起来奇怪的是，没必要如此警惕而大费周章。尸体本可以就那么躺在种植园里许多小时都不会被发现的。”

“确实有可能不被发现，”教授强调，“你可以据此推测，表面荒谬的背后隐藏着一些基本思路。”

他的儿子牛顿轻声笑道，公开表明自己对那古怪邻居的厌恶之情。“比恩到家时一定会大吃一惊，”他说，“一具尸体支在门口的台阶上欢迎他回家。”

“他一定会有些心烦沮丧，”帕里医生冷冷地说道，“那么一把年纪了，见到这么个震惊堵心的事情。尤其对于受害人而言，突然死亡实在不是一件适合逗乐的事情。”

他看着这个年轻人那张麻木迟钝的脸，黑亮的眼睛里射出一道愤怒之光，西蒙尼那朱红色的嘴唇急切地开合，仿佛同感被激起，话到嘴边，欲言又止。

“我要说不想警告你们这些人，”他说，“但是，那无异于说谎。我要彻彻底底地警告你们。我想要你们意识到有一个疯子般的罪犯还在逍遥法外，他尝到了血腥味，还会渴求更多。而且就在附近某处，与诸位近在咫尺。”

“他会闯进来吗?”沃伦小姐声音颤抖。

“别给他机会，我认为教授自然会坚决要求每个人尽量都待在房间里。虽然并没有说非得关好每扇门窗，但是不管他以什么荒谬的方式出现，都不得掉以轻心疏于防范。”

“自出了那个家庭教师的事情之后，我已经留意做这些事了。”沃伦小姐跟她说道。

“很好，一个聪慧的女人，就是在她青年早期就培养了危险意识、责任和存在感的。你没什么问题的。必要的时候，奥兹一个人单手就可以抵得住一个小伙子。”

一听到教授说起奥兹的事，又想到他不在跟前，那奇怪的荒芜般的忧伤就再一次袭来。再想到帕里医生也即将离开，她的心里就一阵莫名的沮丧。

海伦那原本立足现实又乐观开朗的品性看起来受此事影响而遭到扼杀而几近丧失殆尽。那是个变态恶魔，但自那以后，防范措施做得比即将来袭的力量强大许多，仅靠普遍适用的自然手段的就足以抵挡。

与其他衣着光鲜的晚礼服而不知自危的绅士们的反差明显，他表现出一种不应景般的笨拙，但是一看到他那眼镜和脸上的微笑，海伦就本能地知道，这个人无论从情感还是信任方面而言都能激发他人向上。

一些不可名状的明亮景象在眼前闪耀，充满了欢乐和希望。她感到自己几乎就要触及一些重大发现。但是还没来得及整理好思绪，医生就已经转身离去了。

“我必须得离开了，”他提振自己的精神，“教授，我知道你懂得，今晚所有男士聚在一起保护这两个女孩的重要性。”

她四下里扫视一番，包括西蒙尼，而此刻那女人却报以诱惑意味的一笑。

“没交代，”西蒙尼说，下巴斜着倾向教授的肩膀，“不跟他喝一杯你是不会让他走的，对吧。”

还没等医生婉言谢绝这不言而喻的邀请，海伦便步入场内。

“我已经在楼下备了些咖啡，”她说，“要不要拿上来？”

“这东西再好不过了，”医生觉察般地附和道，“我可不可以把事情处理完下来喝一些？”

当帕里医生笑着回应的时候，海伦心里还是禁不住升起一种击败西蒙尼的胜利喜悦，之后她随即下了厨房楼梯。西蒙尼的丈夫猗猗狂吠般地议论着，海伦却在众人的目光中离去。

她的起居室看起来更加愉悦安逸，而此时的帕里医生就坐在海伦对面，端着硕大的早餐杯子大口大口地喝着咖啡。

“你意指什么?”他略显唐突地问道。

“我不应该的,”她辩解道，“事情太可怕了，但是，活生生的现实。我几乎帮不上什么忙。”

“你做过什么?”他问。

“家务事，有时候，还带孩子。”

“但还是趾高气扬咯?”

“那当然。事情被推到你跟前的时候你都预料不到。”

帕里医生紧皱眉头。

“你没听过好奇害死猫这句话吗?”他问，“我猜，你要是看到一个冒烟的炸弹，会不会觉得一定要过去检查检查那引信?”

“如果知道是炸弹我就不会那样了,”海伦解释道，“自己没亲自找到答案就不会知道。”

“一定要找出来?”

“你要是我，你一定会的。”

“你赢了,”帕里医生叹叹气，“你要看到我所看到的，如果够聪明的话，你就会意识到那是个披着人皮的狼，就等着下一个猎物入套，步赛立德温的后尘。”

“哦，别说了。”海伦哀号，脸上突然痛苦地皱缩一下。

“但我也不是故意吓你。此类疯子通常表现正常，却下手毒辣。可能和你共处一室，你也习惯于他的存在，就如同你习惯于赖斯或者教授一样。”

听到这里，海伦战栗不已。

“会不会是个女人?”她问。

“不会，除非出奇的强壮。”

“不管怎样，我一定要知道真相。”

“不，这仅仅是分析得出的结论，”医生坚持道，“你就想象一下这幅恐怖画面，看到一张熟悉而友好的脸，比如像我的脸，突然间变成另外一副陌生面孔，眼露凶杀犯的目光，会怎样？”

“你是不是想要告诉我，所有凶案都是宅子里的人干的？”海伦问道，“哦，这里所有人都筛过，除了奥兹。如果翻出果真是他，那就太可怕了。他可是有金刚[①]之力的。”

帕里医生怒气冲冲。

“你在开玩笑吧，”他说，“那要是一个连可怜老妇都害怕的女孩呢？”

海伦一回想这事就颤抖不已。

“谢谢你跟我说这些，”她说，“你身强力壮。可这女孩就不同了。我本人有点反常，但我觉得每个人都应该去干一些他们本不该做的事，之后就会学乖。”

帕里医生一边笑着一边不情愿地从那嘎吱作响的老旧柳条椅上起身。

“这事得叫医生去解决，”他说，“但我猜想你说的是情感的接种。”

“是的，”海伦点点头，“就像接种抗天花疫苗一样。”

“你要不要接种自己的情感？”他问。

“要不，出去喝醉一回？去赏赏雪？去布莱顿[②]度度周末？”

“哦，不，”海伦拒绝道，“当然不要，我不是说我自己，

---

① 电影《金刚》的主人公，一只力大无穷的巨大猩猩。

② 英国南部城市。

我一般置身事外的。”

帕里医生看着海伦，眼中的意味胜过文字。

“我认为，不久之后，你会发现自己会成为众人的焦点。也许是威尔士人比英格兰人更容易冲动。事实上，我敢跟你打赌，在六个月内，您将成为琼斯太太，或休斯太太或者……帕里太太。”

海伦微笑着回望着他，有意把名字顺序颠倒过来。

“建议通过，”海伦说，“如果我不是帕里太太、琼斯太太或者其他谁的太太，我会让你输个精光。”

“就这么定了，”医生说，“你输定了。既然喝光了你的咖啡，那我也该走了。”

“不，等等。”海伦说，突然想起了什么，“我得先跟你说点事。”

寥寥数语，海伦把自己跟树的遭遇大体说了一下。这次没必要渲染细节追求效果。帕里医生的眼神里透着一股狠劲儿，嘴唇紧闭成一条线，想要隐藏自己的关注之情。

“我收回之前那些类似炸弹的话，”他说，“谢天谢地，你还是有那么一点宝贵的危险意识嘛。”

“那么你不会认为我是个脱逃的傻瓜吧？”

“我认为这可能是你一生中做得最明智的事情了。”

海伦此刻陷入沉思。

“可惜没有真正亲眼看见过他，”他说，“我的意思是说，如果最后发现是个男的。因为是静候在种植园里的，你会不会认为他是当地人。”

帕里医生摇摇头。

“不可能。这显然是一系列罪行相连的第五起谋杀案。前两起案件发生在镇上，凶手可能就生活在那里。警察应该多找一些民众了解作案时间，并找出那流苏是否是从那白色丝绸围巾的边缘撕扯下来的。”

“你的意思是有线索可查?”海伦问道。

“是的，我在赛立德温的嘴里就发现了那么一束。一定是双方僵持不下，搏斗时用牙咬下来的。跟我来，让我出去，去看看每一处细节。”

虽然不愿意看见那涌动的黑暗，但海伦还是听从了建议。车道上滴着雨滴的月桂树枝，草坪上修剪了的常绿灌木丛，都在大风的咆哮声中摇晃，好似扯着树根，拉伸到了极限。

她砰的一声打开门，听到了那富有安全感的弹簧锁片的咔嗒声。大厅似乎大风咆哮后的平静水池。灯光宁静而柔和，孔雀蓝绒面地毯舒适温暖。

因为大厅里空无一人，海伦便跑到楼下自己的房间，帕里医生似乎仍逗留于此。但是她刚在炉火前坐定，奥兹女士的脑袋就出现在了门口。

“我提醒你，”她带着沙哑的嗓音跟她窃窃私语，“那新来的护士有些古怪。”

第十四章　安全第一

海伦盯着奥兹女士，茫然而充满疑虑。这女人令人感到陌生，内心想法掩盖了起来，让人无从知晓，她的脸仍旧带着被炙热的炉火映得通红的颜色，粗鲁的外表下仍旧是那善良的本性，以至于海伦对这突如其来的变化困惑不已。

“那护士?”她问道，“她是相当的粗鲁，但是她究竟有什么古怪的事?”

“好几件事情,”奥兹女士神秘地点点头，“我一开始已经注意到这些事情，但是没有留意。之后又发生，我才想要一探究竟。”

“究竟是什么事情?”海伦继续问道。

“一些琐碎的事情,”回答得含糊其辞，“我得跟奥兹说说，他会告诉我。”

随着她的声音慢慢压低，海伦突然找到了古怪的原因。奥兹女士脸上某些东西已经消失，嘴唇松弛，因此她的下巴已经失去强有力的支撑。

海伦感到一种不可名状的不安，其中的一个守护神已经远去，而另一个已经变了。她已经不能乐观地确保奥兹女士能够提供保护。

然而，奥兹女士的话语里释放着一个信息，海伦的注意力也被紧紧套住，全神贯注。

“我想见到奥兹，”那女人说道，“就想问问他在哪里找到的那护士。一个婴孩儿都可以骗取奥兹的信任。如果有人要砍了他的头然后绑上一棵白菜，他都会无动于衷，我想心性善良的你也不会的。”

“但是，我确信他是在养老院找的啊。”海伦提醒。

“是的，关键是怎么找到的？我了解奥兹。”

“他要开车上山，之后，既没有叫我出去也没有叫我去按门铃，他仅仅按了按车喇叭，就那么等着。来人身穿斗篷和头遮面纱，跳进车内，在他看来一切都很好啊。”

“嗯……”海伦陷入沉思，“即便她就是个冒牌货，也不可能作案的，因为谋杀案发的时候她跟奥兹一起在车里。”

“什么谋杀？”奥兹女士问道。

即便在发布重大的悲惨新闻时，海伦也能做到足够人性化，这样不至于触及奥兹女士本人的感受。

但奥兹女士在听到赛立德温的死讯时的反应却让人沮丧。她并非陷入恐惧般地战栗，而好像接受每周计划中的一项安排一样地接受了这个事实。

“你别说了，”她咕哝道，“好吧，你记住我的话。如果我们得以幸免还活得够久，一夜不到就会有另一个谋杀案冒出来。”

“好吧，总之我不相信那个护士。人们传言说，过去的案件涉及的常常是年轻女孩，而那疯子一定有个女人做同伙，为避人耳目，而后突然跳出来作案。”

“你的意思是说，她是个诱饵?”海伦问道，“我向你保证这一点。如果护士邀请我和她今晚在花园里一起去散步一小会儿，我决不会去。”

“但是她不会在这里的，”奥兹女士说，“她是来给他开门的。”

帕里医生的发现接踵而至，想到这里，最是令人感到不悦。海伦的孤独感在受暴风雨所困的房中被重新激活。即使是在地下室，都能听到大风的怒号，好似潮水般撞击着百叶窗。

“我得上楼去看看其他人在做什么，”她说，觉得有必要换换同伴。

大厅里她遇到的第一个人是斯蒂芬·赖斯。他打开了挂外套衣橱的门，又从衣钩上取下了他那复古的博柏利[①]雨衣。

“这暴雨天你出不了门的。”她叫道。

“嘘……我得偷偷去趟公牛酒馆。我要让那帮工人得知这件令人厌恶的事。我甚至可能会喝一杯啤酒。我是那种不顾一切都要把任何事情尝试一遍的人。”

“我确信，有件事你不愿意尝试。”海伦说道，感觉对方在孤注一掷。

“什么意思?”

“和另一个人的妻子跑路。”

斯蒂芬顺着海伦的目光望向休息室。

“你说的话再真切不过了，”他点了点头，“没有合我胃口

---

① 知名雨衣，奢侈品品牌。

的女人，”然后他伸出手，“大姐，能跟你借点钱吗？”

他此时此刻真的在向海伦借钱，要不开口解释的话，这还真令她难以置信。

“我想结清在公牛酒馆欠的账，赎回我那狗儿子，然后两清。”

“狗呢？”海伦问。

“在上面我的卧室里。大姐，借钱的事考虑得怎样了？”

“我还没发工资，”海伦支支吾吾，“直到月底才发呢。”

“运气真背。另一个不遵守黄金法则的国度。抱歉问你要。这没关系的，只能问西蒙尼了。她倒有不少钱。”

正说着，西蒙尼就踱步走过门厅。

“你去哪？”她问道，“首先呢，我打算去你那借些现金，之后去公牛酒馆，把从你那儿借来的钱还给他们。”

西蒙尼皱了皱她那描过的眉毛。

“你没必要编什么理由去公牛酒馆，”她跟他说道，“我知道什么特别吸引着你。”

“惠特尼？”斯蒂芬低声说，“看在上帝的份儿上，别再唠叨她了。她是一个漂亮的小女孩。我们是朋友，仅此而已。”

牛顿走出书房，他突然中断谈话。

“你们能否到书房来一下？”他说，“父亲大人有事宣布。”

教授坐在他的桌子前，低声跟妹妹说话。显出一脸疲惫，海伦一眼就看出来了。

她也注意到，在她的肘部桌子上放着一玻璃杯水和一个装着白色药片的瓶子。

“我有些话要说，”他宣布，“涉及每个人，今晚谁也别离开这栋房子。”

西蒙尼胜利般地望着斯蒂芬，而后者语无伦次。

“哦，但是，先生，我有重要约会。”

“那就取消掉。”教授郑重地说道。

“可我又不是婴儿。”

“那就证明给大家看。如果你是一个成年人，你就会意识到，我们也将面对一个实际而危险的情况，每个男性成员都有义务待在家里。”

斯蒂芬继续表示抗议。

“我会留下来，想一试，如果有任何意义。但这着实是陈词滥调。当然，女人不应该出去。可是他们是安全的，那家伙不会进来的。”

“你忘了那被人害死在花园里的女孩了吗?”沃伦小姐冷冷地插了一句。

“她房间里的窗户大开着。”斯蒂芬解释道。

“医生的话没听到吗?”沃伦小姐坚持道。

“我说的话你也听到了，”教授严厉强调，“我是这栋房子的主人，我不允许这里的任何人由于有人不遵守纪律而陷于危险。”

海伦感到他犹豫般地匆匆一瞥，将目光徘徊在她身上的，内心便泛起感激之情。

“我希望说出另一个防范措施，”教授继续说道，今晚没有人会被允许进入，如果有人敲门或按铃，来人将被拒之门外。无论任何借口我不允许门不上栓的情况发生。”

这回反对意见来自牛顿。

“这也太小题大做了，父亲大人，”他说，“任何人都有可能造访，比如，警察，或者带来重大消息的人。”

教授拿起一张纸，好似已经厌倦了这场讨论。

“那些就是我的命令，”他说，“今晚，我只是担心，这个房檐下所有人的安全。但我警告你。谁要去房子外面，即便只有一分钟，也不准再回来。门会锁上，也不会再次被打开。”

一系列令人不安的可能性掠过海伦的脑海。特别是，一想到帕里医生还在外面的雨地里站着完成一项自己关心的特殊任务。

“但是，如果听出门外声音是谁，要不要开门?”她胆怯地问道。

“当然不行，”教授说，“声音可以模仿。我再说一遍，不论是男的、女的，或者小孩，不管是谁，一律不开门。”

“哦，可是，教授，婴儿都不行?”海伦叫道，“要是听见门外有婴儿啼哭，我是会把她领进来的。”

教授阴郁地一笑。

“你或许会发现那婴孩儿正等着掐你脖子，”他跟她说道，“你肯定在无线电广播里听过那模仿艺人，那模仿不就是很完美的吗?”

“为了达到效果从而对我造成影响，她会尖叫个没完的，”斯蒂芬粗野地说，“就因为家里那意想不到的福事①，我失去了找到自己财富和命运的机会。这一点我也向你保证。我也不会因为任何一个女人的死活而穿过房间的。”

西蒙尼对他投来挑战性的注视，结果被牛顿打断了。他含糊其辞地给了一个嘲骂般的大笑。

“听过莎士比亚吗，赖斯?”他挖苦般地问道，“或者，《那女人申辩得太多了些》②中一句名言？我们听了太多关于你遭

① 指婴孩诞生。

② 莎士比亚的《哈姆雷特》中的台词：“我觉得，那女人申辩得太多了。”

到女人们记恨的事，却几乎没看到具体证据。”

教授轻叩桌面，好似让法庭肃静。

“就这些?”他问，“卡博尔小姐，能否把我的吩咐传达给奥兹女士以及巴克尔护士?”

“好的，教授。”海伦说道。

突然间，新一轮的混乱袭来。

“奥兹怎么办?”他问。

“他会一直在外面待着，”对方无情地回答道，“他可以把车开进车库，待在那里直到天亮。”

“但是沃伦夫人可能需要氧气瓶，怎么办?”

“沃伦夫人必须趁这机会休息。我坚持安全第一的政策。也许我比在座的各位更了解情况。我在印度的时候，那时我正年轻，记得一只老虎在一个牛圈外徘徊觅食。尽管每一个预防措施都做到了，那老虎还是一次又一次冲破栅栏。”她压低自己的嗓音，又加了一句，“有只老虎，正在房子外徘徊。”

正说话间，前门传来一阵响亮的敲门声。

第十五章　秘密情报

敲门声停止了，继而一阵欢快的门铃声传来，海伦本能地起身。

“我去开门。”她说。

她穿过整个房间，还未曾意识到自己这个行为意义重大。所有人都没动。都看着她，脸上的表情因各自的性情而不同，有的消沉，有的愉悦。

教授冲自己的妹妹点点头，眼神里射出一丝冷笑和嘲讽。

“看，这就是我们的薄弱环节。”他提醒道，语气里带着潜在的意味。

这个熟悉的词语让海伦回过神来，随即明白了它的特殊含义，因此就羞愧得满脸通红。

“对不起，”她支吾着，“可是，一听到铃声就去开门成了我的本能反应了。”

“你无意间提供了反面教材，”教授尖刻地说，“我并不希望事情变得如此严重，但你必须记住，这种情况下，健忘和不服从纪律是一并发生的。”

敲门声反复响着，远远地，门铃也持续快速地再次响起。即便众目睽睽之下，自己也带着警戒意识，对海伦来讲无动于衷、袖手旁观地站着还真是一个严酷的考验。

“这就跟眼睁睁看着牛奶煮沸了一样，”她心想，“或者眼睁睁看一个小孩玩火，得有人做点什么。我确定这么做是完全不对的。”

她注意到每听到一声敲门，沃伦小姐脸上的肌肉就要抽搐一下，而自己也因为她那每一下抽搐心生同情。

敲门声第三次响起。此时斯蒂芬意识到气氛过于紧张。

“您听我说，先生，一方面我考虑到尊重您的意见，另一方面这是不是有点太小题大做了？我的意思是这样做无异于切断了与外界的一切联系。可能是邮递员把未盖戳的信件返回给我，里面提及我的堂姐已经过世了，立我为她的继承人的事。”

教授耐心而又沉闷地解释，明示这大学生的无知。“我刚刚下了命令，赖斯。就我个人而言，刚斥责了卡博尔小姐，你又开始跳出来重蹈覆辙，犯相同错误。如果一旦在原本制定好的安全预防措施方面开了特例，它就不再有任何效力和意义了。”

“是，先生，”赖斯似是而非地扮了个鬼脸，敲门声和门铃声更大了，“可这个也太令人恼火了，不知道谁在外面。”

“哦，亲爱的赖斯，你一开始怎么不说这个话？”教授脸上浮现一层微笑随即又消失了，“当然是警察了。”

“警察？”牛顿附和道，“他们为什么来这里？”

“只是一种程序性的访问，因为萨米特处在此事的半径区域内。他们想知道我们能否提供一些有价值的线索。如果他们收到的答案是否定的，那就会走人，规则上我会对他们放宽的。”

“但是你不能把他们拒之门外，塞巴斯蒂安。”沃伦小姐带着哭腔。

“我无意将他们拒之门外。明天他们打电话，会让他们过来的。我是这座房子的主人，今晚浪费了我太多的时间了。”

透过镜片看着桌子上的那张纸令，他的眼睛里闪着渴求。

海伦热切地希望奥兹女士去开门，因为这样似乎可以直接跟警察对话。她脑子里勾勒着笔挺结实、身穿制服的男人们，带来了法律保护。

突然间海伦觉得有可能让教授去开门。

“可我觉得我可以提供给他们一些线索。”她说。

“卡博尔小姐，”教授用慎重的语气说，“你有清晰、简洁、明确地了解到事情的始末吗？从而告知警察一些有用信息。比如，你是否见过犯罪，若如此，你可以描述一下吗？”

“没有。”海伦答道。

“那，你知道任何关于罪犯的信息吗？比如他是谁，藏匿何处？”

“没有。”海伦答道，此刻恨不得钻到地缝里。

“那，你有什么具有价值的参考意见吗？”

“没有，但是我认为他藏在树后面。”

压抑好久的西蒙尼忍不住大笑，甚至连沃伦小姐也加入了。

“你，谢谢你，卡博尔小姐，”教授说道，“我认为警察可以等到明天早上再来接受你的协助，提供信息。”

海伦内心一沉，似乎事情总是等到“明天”才来解决，她总是恐惧夜晚的来临，将自己与黎明分隔的。

然而此时的教授看起来对她的迷惑不解倒心生同情，跟她用考虑周全的雇主语气说话。

“现在，卡博尔小姐，能否把我的决定告知奥兹女士和巴克尔护士?”

“是的，我会的。”海伦保证。

“我料想格兰是不是并不知晓凶杀案的事情?”牛顿问。

“不知道，”沃伦小姐回答，“她和护士都不可能知道的。帕里医生带来这个消息的时候，楼上就我一个人。我自然不想惊动她。”

“万不可告诉她此事。”教授命令般地说。

当海伦通过大厅时，四下里寂静无声。教授此时对警察已经失去耐心，而对方恰巧只是一个人。实地检查完一个暴露在外的喷水孔后，他从一个上了拴的窗户那里得出了结论，决定白天再来造访。显然，对那个疯子的恐惧已经从乡下那小木屋蔓延到了邻近的这座大宅子里来了。

当海伦来到厨房时，让她出乎意料的是房子进不去了。起先，奥兹夫人没有应声开门；而此时，透过门的磨砂玻璃一个巨大扭曲的影子出现了，门锁也响起了钥匙的咔嗒声。

奥兹女士铁塔般矗立在她的面前，脸色通红而茫然，双眼睡意蒙眬。

“一定是当时心不在焉，忘了。”她解释道。

“可是，锁着门睡觉就一定万无一失了吗?”海伦问，“要是你的衣服着火了，我们怎么进来救你?”

“可以的，你可以的。几乎这里所有的锁子都用同一把钥匙，只有你打不开，因为你从没用过他们。”

“自然是这样咯，”海伦说，“这么多宽敞的房子，你只锁自己的门。我总是在非常时期采取措施，否则一辈子都不会锁我自己的门。”

“那，我要是你，今晚我就会把门锁上，然后把钥匙扔到火里融掉。”奥兹女士说。

“这倒怪管用的，”海伦笑着说，“如果其他钥匙都不合适的话。”

“其他人的都生锈了。”奥兹女士解释。

当海伦传达教授的口信儿的时候，自己甩了一下脑袋以示抗议。

“这事我可不必跟阁下说什么感谢之辞。锁门之类不是我的分内事，也绝不会是我的事。”

她进到厨房里的时候，海伦一把抓住了她的袖子。

“我一会儿看不到你就觉着心里慌得很。今晚我就傻这么一回。但我只觉得你靠得住，比其他人更加信任。”

“对嘛。”奥兹女士像以往那样抻着她那咄咄逼人的下巴骄傲地说。

“有人要进来的话，我会把他堵在外面。”

耳边听着厨房里那宽慰人心的叮叮当当，海伦前往蓝厅，脸上逐渐恢复了先前的风采。听着自己上楼时的脚步声，路过时恰巧透过那一英寸宽滑开的门缝看到了里面巴克尔护士的身影。

“我跟你说些事情，”海伦耳语道，“又起了一起凶杀案。”

巴克尔护士聆听着每一处细节。她问了关于赛立德温的性格，在萨米特宅子里的职务，有谁相好。快听完的时候，她浅浅地一笑。

“她应得的，她就是那种类型。”

“你说‘那种类型’什么意思？”海伦问。

“哦，我了解那样的女孩。你先前倒没跟我说过此事。真是不正经啊。乌溜溜的勾魂小眼睛好似对每一个男人说着‘来，到黑暗角落里来’，猩红朱唇好像说着‘吻我吧’。荡妇一个。”

海伦出神地盯着巴克尔护士，听着她那油嘴滑舌般的描述，因为先前她没有提及赛立德温的个人形象。

“你之前听过赛立德温这个人吗?”她问。

“当然没有。”

“那你怎么知道她长什么样子的?”

“威尔士人的德行。”

“但是威尔士的女孩不是那样的。”

巴克尔护士换了个话题。“至于教授在关门方面，那命令是没必要的，开门又不是护士们的职责。我也当然不会冒着我的生命危险外出，特别是在这暴雨天。这命令无异于侮辱我的智商。”

当巴克尔护士抬高自己的重要性时，海伦心里感到更轻松了些。她这种性格类型很鲜明，虽然与她相处令人不快，但在她的经历中也算是很常见的事了。巴克尔护士不是奥兹女士口中的女巫，趁着一大家子人熟睡，爬下楼梯 ，干着谋杀的勾当，与那臭名昭著的鬼影成双成对的女帮凶不搭界。

“护士!”

一听到那低沉的嗓音，巴克尔护士转身向着海伦。

“我想下楼去厨房，看些东西，”她说，“你能跟她待一会儿吗?”

“当然”海伦回答道。

“现在倒不怕了?”巴克尔护士嘲讽道，“你的心什么时候变了?”

“之前是傻乎乎的，”海伦解释道，“我是有点柔弱。但是现在我们得为了某些事情发起抗争，理想丰满，但现实骨感。”

带着往日的自信，她步入蓝厅，期望着一句欢迎。

但沃伦夫人似乎已经忘记了先前的对海伦的喜爱之情。

“干吗敲门？”她问。

“您耳朵真尖，”海伦说道，此刻也努力想着些解释的理由。

“我眼不花，耳不背，鼻子灵敏，味觉良好，”沃伦夫人干巴巴地嚷着，“各项功能比你的都好，你能告诉我半生牛排和生牛排的区别吗？”

“不能。”海伦回道。

之后的一个问题可就不那么轻松了。“你能瞄准白人的眼睛，然后猎杀他们吗？……干吗敲门？”

“邮差来了，”海伦解释道，顺着教授的意思往下编谎，“您也知道，奥兹先生被派出去取氧气瓶了，我在其他地方忙活。所以一开始没有人听见有人送信。”

“在我的房子里做事，组织方面都一团糟，成何体统，”沃伦夫人咆哮道，“你没必要盯梢一般。这还是我的房子，我有穿着制服的仆人，只是他们都离我而去……还有那么多的树……”

沃伦夫人嗓音里真切地流露着呜咽之声，海伦知道过往之痛再一次攫取了她的心。

但即使此时，她这段无人相伴的岁月令人同情，但沃伦女士，在若干层面上讲，地位还是比自己重要得多。脚步声在楼梯上响起，而海伦却听不真切，她的眼睛中却闪现了期待之光。

门摇晃着被人打开，教授进到了房间。

海伦饶有兴趣地注意到，人性本能地在即将迈入坟墓之门的时候是如何战胜死亡的，因为沃伦夫人在接纳自己养子方面与其他女人处理此事的方式是非常不同的。

“所以，最终，你还是屈尊过来看我?”她大叫道，“你迟到了，塞巴斯蒂安。”

“对不起，母亲，”教授抱着歉意，“他身材高大，衣着得体，站在床脚边，沉浸在那蓝色苍穹般的阴影之中。”

“别走，”他对海伦窃窃私语，“我不会待很久的。”

“邮差也来晚了吧。”沃伦夫人漫不经心而又刻意地说道。

教授立即就找到了托词，他的智慧让海伦增加了几分敬重。

“暴雨耽搁了行程。”他解释。

“为什么不让他把信塞进门缝?”

“是封挂号信。”

“哼……我想抽支烟，塞巴斯蒂安。”

“但您的心脏？恐怕不明智吧?”

“我的心脏和以前一样好，别再跟唱丧曲似的。烟。”

教授打开他的盒子。海伦看着两人，当他在窗前倾身时，随手擎着一根已划着了的火柴。火焰照亮了他那瘦骨嶙峋的手窝，还有沃伦夫人的脸。

通过她那吐出烟圈前的品烟姿态，海伦就能看出她是一个老烟民。

“最近发生的新闻。”她命令般。

教授用他那干涩的声音讲了个梗概，所说的东西让海伦回忆起那已经撕掉的泰晤士报里的主要文章的内容。

“那些政客都是些蠢货，”沃伦夫人评论道，“有凶杀案的消息吗?”

“我得把你的问话转达给奥兹女士。她在这方面的消息来源比我的更灵通。”教授一边回答一边转身离去,“母亲,能否原谅我,我必须回到我的工作岗位了。”

“不要过度劳累,”她建议,“你的眼睛看起来苍老许多。”

“是因为没睡好,”教授冷冷一笑,“要不是因为知道这是一个广泛流传的谬论,我会说我夜里没睡过一分钟的安稳觉。一定是因为连轴转,曾在几分钟的时间里丧失意识,因为在时间安排方面仍有漏洞。”

“啊,你是一个聪明的男人,塞巴斯蒂安。那些愚蠢的护士假装醒着,唯恐我掉一根头发——但其实她们睡得像死猪一样。我可以坐在轮椅四处瞎跑,她们都不会动弹一下。布兰奇也一样。傍晚的时候她在自己的椅子上睡着,但她事后一直不承认。”

“那您也不用把她树立成在场的榜样。”教授轻描淡写地说道。

海伦不知道为什么这番话会对自己造成这种不愉快的效果。无论何时,一到蓝厅里的房间,那气氛好似能毒害大脑细胞似的。

“牛顿人呢?”那老妇问道。

“他会上来见您,很快。”

“他最好快点,告诉他人生苦短,因此给祖母请晚安时,最好不要迟到。”

教授得体地和她握了握手,祝她晚安。海伦望见他瞥了自己一眼,遵照他目光里的意思,也跟着他出了门。

“当护士回来时,务必让她记着,不要让沃伦夫人知道今晚发生了什么。”

“是的，知道了。”海伦点点头。

当她回来时，沃伦夫人那新月般的黑色眼睛正专注地看着她。

“来这儿，”她说，“发生了另一起谋杀，他们找到尸体了吗?”

第十六章　第二道裂痕

海伦听到这里，一股莫名的怀疑和恐惧在心中骤然升腾。沃伦夫人的话语里带着权威的光环。她不是在盲目猜测，她是知道一些的，但还不是彻底了解。

正是这种一知半解，却吓坏了海伦。要是帕里医生的听众里有人告诉沃伦夫人谋杀的事，她自然会得知此事，此外，关于在比恩船长家的花园里发现尸体的事也是包不住的。

巴克尔护士独自一人被列在消息灵通的听众们之外。这是事实，但未必会引发什么最危险的后果。用教授的话说，她当时的确不在场。赛立德温遇害之时，她还在那辆老爷车里跟奥兹做伴，颠簸在来萨米特的路上。

然而，如果巴克尔护士将此事告诉了自己的病人，那她在行动方面肯定拥有一些令人毛骨悚然的专业知识，抑或是自己有什么不可告人的疯狂意图，能在极短的时间内实施作案。

由于沃伦夫人一把抓住了她的手腕，海伦就意识到继续编谎已经是徒劳无用的了。

“您怎么知道的?”她问，那老妇并未回答这个问题。她喘着粗气，声音沙哑，“啊！那他们就已经找到了她的尸体了。那敲门的是警察。我早知道。告诉我所有事情。”

“是赛立德温出事了，”海伦说，“你还记得她吗？老是在你的床底下打扫，你也总整治她。大约是下午茶那会儿，她让人掐死在种植园里了，又被人拖到了比恩船长家的花园里，之后被船长发现。”

“还有什么线索吗?”

“有一个。受害者手里有从凶手身上的白色丝巾上撕扯下的少量流苏。”

“好了就说到这吧，你走吧。”沃伦夫人命令道，她拉起被单，把自己整个脸都盖住，好似死去时的模样。

为提防她再要什么花样，海伦就坐在炉火旁，以便能看到床上的情况。尽管其中一方被恐惧吞噬，但这感觉就像两条大蛇争抢着相互嬉戏，她本能地感到一种恐惧，一种会再次将自己暴露在沃伦夫人面前的恐惧。

为了平复紧张的情绪，她在脑海里把目前的情况翻来覆去地理了一遍。

“沃伦家族里的四个，再就是，奥兹夫人，巴克尔护士，赖斯先生还有我。总共八个人。即便如教授所说，那人如何如何聪明狡猾，合我们几人之力总抵得过一个壮年男子吧。”

作为这金融家宅邸里的一名保育员，她之后的思绪回到了先前的那种情景里。而对说过的话有着录音般速记能力的她，再现了亡夫跟她说过的那句话。

“我们想要将财产合并。各自考量各自的利益总是会走向毁灭的。”

海伦的脸就变得更加暗淡，一想到这激烈的三角关系已经走向白热化。要是早知道客厅的实际情况，她会更显担心。

个人活动受限方面，斯蒂芬是受影响最严重的人。在反对关门窗这件事情上，他不仅对此显得尤为叛逆而且对西蒙尼也感到紧张害怕。在牛津，他卷入到另一起校园恋情中，当了替罪羊，想起那段插曲，看到西蒙尼那热辣的眼神，就感到一阵不舒服。

他记得，当那可怜的女孩尖叫时，牛顿第一次伸出了所谓的援手，并且一直在斯蒂芬的判断方面吹毛求疵，而且拒绝相信这天性纯真的大学生。即便在那时，尽管西蒙尼只是旁敲侧击般对斯蒂芬模糊地表达了自己的好感，可还是播下了嫉妒的种子。

自这对年轻夫妇来到萨米特，为了使自己的儿子有责任意识，也为自己的冲动行为忏悔，教授性格中的刚愎自用促使斯蒂芬成了自己的学生。他不再铺设那从未停铺的地毯，就是为了告诫牛顿。

“带着应有的尊重口吻，以及诸如此类的废话，致你那可敬的父亲，沃伦①，他从不会从我们的角度去考虑。不论生与死，或是即将迈向死亡，任何老套的东西我们这一代都不怕。但若似下水道里囚禁在一起的老鼠那般，却是让我害怕的。”

“但我钟爱于此，”西蒙尼异常激动，“这就像很多已婚夫妇被大雪封在一个小屋。当他们出来时，只需观察如何成双成对而去就可知道何为真爱。”

她似乎不为戒律所动，只热切专注地盯着斯蒂芬，仿佛

---

① 指牛顿。

二人置身荒岛。

完全忘情的她从来未意识到旁观者的存在。好似一个被宠坏的顽童，满脑子都是冲进玩具店里，将自己的口袋塞满，唯独不明白为什么对任何钟情玩具的渴望不能立刻得到满足。

“你有何打算，斯蒂芬?”她问。

“第一件事情，”他跟她说，“我考试要挂科了。”

“家父登了一则待遇优厚的招人广告。”牛顿说道。

“在那之后，”斯蒂芬旁若无人般继续说道，“我要去加拿大，之后当伐木工。”

“你的狗得去检疫站。”牛顿不怀好意地提醒他。

“之后会待在英格兰，只是为了回来看你，让你高兴些，沃伦。还会于每个周日下午，也就是你们休息的时间段回来跟西蒙尼喝喝茶。”

牛顿自讨没趣儿，回头瞥了钟表一眼。

“我得上去见见格兰。用不用跟我一起去，西蒙尼？就跟她道声晚安。”

“不用。”

牛顿耸耸他那原本就已经很高的肩膀，摇摇晃晃地踱出了房间。

待他走后，斯蒂芬本能地走向房门。

然而还没到门口，西蒙尼拦住了他的去路。

“不，”她哭泣着，“别走，留下来，我们谈谈。说起你的计划，太让人伤感了。假如你手里还有钱，你会做些什么?”

“假如?”斯蒂芬大笑道，“我还会一如既往。运动，找个地方旅行，打蒙特牌①。”

---

① 一种西班牙纸牌赌博游戏。

“真的就那么吸引你?”

“当然了，说起这个，三天三夜都没个完。”

“但我有钱。”

“那你够幸运。”他说。

“是的，我能为你做任何事情。这样我才有安全感。”

“没有什么能够满足女人的安全感,”斯蒂芬尽量刻意地让场面显得不那么忧郁，“安心这种东西让女人无视命运。”

西蒙尼看起来心不在焉，她靠近斯蒂芬，把手搭在了对方的肩膀上。“斯蒂芬,”她说，“明天，你走的时候我会和你一起走。”

“哦，不，你别那样，亲爱的。”他急忙说道。

“是的,”她不依不饶，“我已经迷上你了。”

斯蒂芬绝望般地抿了抿嘴唇。

“那现在听着,”他说，“你神经紧张，而且太累了。情绪太激动。语无伦次，你一开始就有牛顿陪着。”

“他会和我离婚的，可我不在乎。如果他不离，我仍然不在乎。我们在一起才会有更多快乐。”

斯蒂芬向门口投去困兽般的一瞥。恐惧使他变得冷酷。

“可我不喜欢你。”他说。

他拒绝的结果只会让对方更加欲火焚身。

“我会让你喜欢上我的。”西蒙尼自信地说道，“你只是个压抑自己欲望的蠢男孩。”

西蒙尼情绪高涨，抬起脸对着他的嘴唇期待他的吻。当他一把将西蒙尼推开，一丝怀疑的意味第一次爬进了她的眼睛。

“你有另一个女人了,”她说，“是这个原因吧。”

绝望中的他撒了一个谎。

“当然有，”他正告道，“一直都有。”

对方欣然接受这个信息，让他既感到震惊又松了一口气。她的脸失去以往的无瑕和精巧，扭曲在了狂怒之中。

“我恨你，”她猛烈地哭泣，“我希望你带着你的狗死在阴沟里。”

从房子里跑了出来。她砰的一声关上身后的门。此时斯蒂芬长吸一口气，捶着自己的胸口。

“谢谢这世上的诸多蠢人。”他虔诚地说道。

但这一事件也让他担心。不知道西蒙尼会不会酝酿一些报复行动。因为第二天他会走了，确信自己其间应该不会碰到麻烦。这样也好，读着精彩的小说，就试图忘掉这个烦人的事。

此刻他意识到自己的注意力不再集中到刚才那件事情上。他抬起了盯在书页的眼睛，仔细倾听。狂风中夹杂着微弱的号叫声，好似自己的狗因陷入绝境而呜咽着。

他咬着嘴唇，困惑地皱起了眉头。尽管持反对意见，但教授的预防措施可能还是合理周全的，他也准备贯彻落实，完全臣服。但是，教授说起“男人、女人、孩子”时，却忘记了涵盖任何动物。

斯蒂芬皱起了眉头，意识到自己面临着一个严峻的考验。如果这是一个圈套，那某人的聪明大脑就已经探查到了这是个防守盲区，而且知道了该如何利用这一点。

“是牛顿，”他想，“他试图引诱我出去，把我排挤出去，那傻瓜认为得把他妻子从我这儿拯救出去。”

那号叫声再次透过风声传了过来，让他蠢蠢欲动想要起身前往，但还是再一次坐定。

“得稳住，”他大声嘟囔道，“我才不会那么做的，让他们那么挤兑我。让女人处于危险中太不公平。”

他拿起了小说，想集中精力阅读。但书上的文字对他来说毫无意义，都是杂乱无章的一堆符号，因为他等到的、听到的却是一声声恐惧的号叫。

最后，那条狗变得可怜和绝望，仿佛这个生物越来越虚弱。他再也坐不住了，便偷偷溜进大堂，拔去门闩。他把头伸向外面张望时，风大得却好似要撕掉他的耳朵，然而期间也夹杂着一条狗的叫声。

然而这次可能是一次忠诚动物的模仿声，但声音里还是透着些令人熟悉的东西。带着突如其来的猜疑，斯蒂芬再次谨慎地闩起大门，跑回自己的房间。

“奥托!”他叫道，随即甩开大门。

但是狗没有跳着叫着迎接他。看到的却是整洁的床铺和匆忙间整理好的房间。

“肮脏的狗杂种,”他骂道，“他们已经把它赶出去了。屋里因此也安排妥了，该清理的也都清理掉了。”

他一边小声地咒骂着，一边匆忙换上自己那绒毛衣，穿上厚厚的鞋子，系上鞋带。手里拿袋子，在笨重的脚步声中爬下后楼梯。当他穿过大厅时，没有人看见他，但是当他关上身后的前门的时候，海伦听到了门砰的一声。

牛顿去探望自己的祖母，这老妇从熬夜的痛苦中暂时解脱出来，因为那老太太吩咐让她去她的房间。虽然这是惯常的睡觉时间，海伦还是决定在凌晨时分去打破这常规。

整个家族都躁动沮丧。虽然厌烦情绪通常把家庭成员早早驱散到各自的房间里，但今晚他们似乎都显得焦虑不安。

奥兹夫人一定也在坐着，等待着丈夫的归来。海伦觉着她最好是和别人轮流守夜，以防再次打盹睡着而听不到奥兹的丈夫按门铃。她飞奔到前门，恰好认出是斯蒂芬从斜着打下来的雨帘里撤回身来。

闪烁的电筒灯光扫过那碎石铺设的车道，他转身冲着海伦抗拒般地大声叫道。

“把门锁上。我不会回来了。”

海伦急忙关门并再次上紧门闩。

“唉，”她说，“愣头青。”

巴克尔护士从厨房上来的时候她还在笑着说着这件事情。

“什么声音？”她一脸疑惑。

“赖斯先生已经走了。”海伦告诉她。

“去哪？”

“他没跟我说，但我大概可以猜个八九不离十。他一直渴望着要去公牛酒馆，结清账目，然后道别。”

巴克尔护士那深陷的眼睛里射出愤怒的光。

“他违抗了教授的命令，并且拿我们的性命去冒险，”她咆哮道，“这无异于在犯罪。”

“不，没事的，”海伦确定，“他一出门我就直接锁上了大门，而且他不会再回来了。”

巴克尔护士一阵苦笑。

“这么说，一切安好，是吧？”她问，“难道你没意识到此刻我们已经失去了两个最强壮的男人。”

第十七章　女士们意见相左

海伦盯着巴克尔护士，被她流露出的眼神吓到了。尽管她意识到房子的防御力被削弱了，愤怒还是被一种说不清道不明的满意感所替代。

想起自己已经当成诱饵般地被认出，但也正是由于认识到这点，从而也激起了这女孩公然般的挑衅情绪。

“我们仍然还有两个男人，”她说，“还有五个女人，全都强壮而健全。”

“你够强吗?”巴克尔护士诘问道，从她那高人一头的角度嘲笑般俯视着海伦。

“我还年轻。”

“是，你确实还年轻。或许在你足够成熟之前还记得自己说过的这些话，可能那时你会后悔自己此时是多么的年少轻狂。”

海伦不耐烦地掠起自己那浓密的红发。

“我认为得跟教授说一下赖斯先生的事。”她说。

“那，当然，你得去告诉他。”

“为什么要我去说?”海伦问道。

“他是个大男人啊。”

“你看，巴克尔护士，”海伦带着平和语调说道，“我认为刚才的争吵很可笑。我们应该齐心协力。我们不想再唠唠叨叨地说男人这个话题。我想你也不愿我成为下一个受害目标对吧，你做事方面的确非常麻利的。”

“我对你没有敌意偏见的。”巴克尔用低沉含混的嗓音表明自己的心迹。

“那好，”海伦说，“你去沃伦夫人房间的时候，能不能告诉牛顿先生发生了什么，然后让他转达给他父亲得知。”

巴克尔护士点点头，郑重地同意，随后爬上楼梯。海伦站在大厅里，看着她快速地拾级而上，直到那高大的白色身影逐渐高出自己的头顶。

“你要是身材娇小，可以穿西班牙高跟鞋的，”她心想，低下头满意地看着自己的小脚，“她走路好似男人一般一阵风。”

巴克尔抽身回来的时候，海伦注意到，在走向灯光暗淡的楼梯转角平台时，看起来似乎极像一个幽暗的光影般穿行，好似教堂墓地里升腾起的鬼魅。这幻象让自己想起了自己先前的经历，晚饭前那令自己震惊不已的邪恶景象。

“那一定是教授，”她自己确证道，“其他的都是自己虚构的。”

她忽然想起另一个细节。教授曾从他的卧室里出现，当时门立即被打开随即又被关上，而她另一个记忆也在此处浮现。

“奇怪了，”她思忖道，“教授从来不会在打开门而后又猛地关上，而后又再次打开。这讲不通。”

抬头望着楼梯转角平台，她注意到通往后楼梯的门旁边那教授卧室的门关着。如果其中一扇开着，有人可能会从另一扇往外张望，但这极短的时间却可能是个千载难逢的机会。

这一解释并非荒唐之辞，但却如此令人忧虑不安，以至于海伦都不愿意承认这一点。

“没有人可以进入这所房子的，”她对自己说，“当赛立德温被人勒死时，此处的所有出入口都上了锁。但是，在我看到他的那个时间段，如果说有什么秘密通道可以进来的话，那凶手当然可能从种植园里冲出并潜伏在后楼梯。然而只有一种可能，那就是教授本人。”

尽管看起来似乎不可能有人进入这堡垒般的地方，但她还是开始怀疑，是否在大约一分钟的时间里防护方面出现了漏洞。在她的潜意识里，一些或被遗忘，或完全被忽视的东西令她担忧不已。

整个晚上，她一直处于毫无头绪的状态，工作也是如此，一件事还没做完，半道上就停手开始另一个。例如，她甚至都没来得及上紧沃伦小姐卧室门的把手螺钉。还在找如何解决眼下困难的时候，就被教授打断，把所有工具和家什扔在地上转身离去。

“所有见到我的人可能都会觉得我邋遢不堪，”她想，“我得上去一趟，再试着把事做完。”

刚想到解决的方法 ，又看见匆匆下楼的牛顿那厚厚的眼镜片，只得再次停手。跟她说话的时候，他的脸因激动而通红。

“这么说我们那尊贵的赖斯先生抛弃了我们？”

“是的，”海伦回答道，“就从那儿出去的，我当时在场，之后我就把他锁外面了。”

“好吧……我想他会孤身一人的。”

“我只是看见他在车道上。但当时天色很黑，又下着雨，看不真切。”

“那好极了……”镜片后牛顿那眼睛里闪着精光。“介不介意在这里等我一分钟？”

他飞奔上三楼的时候，海伦知道此刻他那脑子里想的是什么，她固然知道自己当时稍稍动动脑子就能挽留住赖斯的脚步，但对牛顿那毫无来由的恐惧还是付之一笑。

一分钟过后，他又吧嗒吧嗒下了楼，为自己那飞一般的心情，马虎而招摇地挥舞着一块洁净的手巾。

“我妻子有点低落，”他随口说道，“真是令人头疼，一个接一个的，你有时间的话，或许能照看着为她做点什么，好吧？”

“当然可以。”海伦承诺。

牛顿始料未及地露出如大男孩般的笑容，这也让海伦明白了这家伙为何会有如此的女人缘的秘诀。

“沃伦家族都期盼着那数量颇丰的财产，”他说，“我希望你也能拿到自己那体面的工资。你应得的。现在，我们必须告诉父亲大人赖斯的事。”

海伦再次被要求搭把手。虽然她同情的是斯蒂芬，但这方面更尊敬牛顿。那天晚上，似乎所有的男人都要她搭把手；她总被人推向台前，而不是待在幕后。

诚然，在那里她主要是受委托照料起居，从不出风头；但是，在这种情况下，它似乎还是不要喧宾夺主的好。她甚至内心里庆幸自己进书房时没被巴克尔护士撞见，因为不值得再为了所谓的个人胜利跟那个人起更多的摩擦。

教授躺在椅子上，闭着眼睛，好似陷入沉思。直到牛顿叫他的名字。当教授被唤醒时，海伦觉着他的学生看起来一动不动，形容呆滞。

显然，牛顿也意识到同样的气氛。

“服用镇静剂吗?”他问。

教授盯了他一眼，对他的无礼莽撞带着责备的意味。

“这所房子的财务我说了算,”他说，“养一大家子人，我必须保持体力。今晚，我必须睡会儿觉，…………你有什么事要告诉我吗?”

听着牛顿带来的消息，教授嘴唇紧闭。

“这么说。赖斯违反了我的规定了?”他说，“这个年轻人本可以成为一个好公民的，但是，目前来看，我担心最终，他会变成一个粗野之人。”

“照我说是本性发作。”牛顿说。

“尽管如此，他还是一个肌肉发达头脑简单的野蛮人,”他的父亲提醒他，“赖斯不在，你我就有更多的事要做了。”

“那就我一个人咯，父亲大人，您在对付疯子方面有点过时了。”

海伦猜想教授一定会被这番话激怒。

“我脑子还不糊涂，还能给你出点主意的,”他说，“不幸的是，我只能够为我的儿子做力所能及的事。”

“谢谢您的谬赞和帮助，父亲大人，一套方案恐怕对付这档子乌烟瘴气的事儿乎不能奏效。我们需要强力。”

教授苍凉一笑。

“我这被鄙夷的大脑最后也许会被证明是一张王牌,”他说，“西蒙尼知道赖斯走的事吗?”

“是的,”听完这隐晦的话语，牛顿毛发直竖，“知道又怎样？”

“这事留给你们自己处理。”

“她犯头疼了，”海伦说道，“沃伦先生让我来照顾她了。”

教授斜着眼睛独自思忖，仿佛尝试着照亮前往自个脑海深处的通道。

“这主意绝妙，”他说，“记着我那儿媳喜怒无常。你可以试着影响并转变她的心思，但别激怒她。”

他跟自己儿子耳语一通，后者时不时地点头，接受着指令。

虽然对自己成功接手的任务稍稍抱迟疑之心，但海伦上楼前去红色的房间时还是感到事情的重要性。她在门外停顿了一下，听到压抑的啜泣声。由于敲门没人应，她就不经邀请自行进入，之后发现西蒙尼四肢伸开趴在那里，脸冲下捂在床上。

“哦，你那漂亮的裙子，”她叫道，“你会毁了它的。”

西蒙尼抬起头，一脸泪花。

“我恨这件裙子。”她咆哮道。

“那就脱掉。不管怎样，褪掉裹在身上的累赘，你会觉得清爽。”

这是西蒙尼的老习惯了，得等着人从旁伺候，所以海伦从头上开始脱去西蒙尼那紧身外衣的时候，她并没有反对。

这位年轻的女孩会花相当长的时间从衣橱里选衣服换穿。一看到那么多漂亮的衣服，就引得海伦既羡慕又嫉妒。

“衣服好漂亮啊。”当回到床边时，她说，手里拿着一缕乔其纱①和蕾丝，质地较那换掉的礼服更加轻柔暴露。

---

① 一种极薄的透明细纱。

“好看有用吗?”西蒙尼痛苦地问道，“没有哪个男人会去看的。”

“你那丈夫会。”海伦试图让对方想到牛顿。

“我是说‘男人’。”

“头疼的话，要不要我给你取一些阿司匹林过来?”海伦问道，打算根据西蒙尼的身体状况严格地按时用药。

“不用,”西蒙尼回答，“我心里堵得慌，不是身体问题。我太不开心了。”

“但你已经拥有了任何他人想要的东西。”海伦叫道。

“任何东西……我什么都不需要。我整个人生就是一出悲剧。我想要什么，就偏偏得不到。”

她盘坐着，试图恢复信心。虽然妆是毁了，但暴风雨般的一通脾气却无损她那塑料头饰散发的气质，她的头发丝毫没有凌乱，闪烁着黑色搪瓷般的光泽。

“斯蒂芬·赖斯调戏过你吗?”她问。

“没有,”海伦回道，“那，要是他那么做，我也不会告诉你的，得保护隐私。”

“但是，我的好女人，怎么可能保守得住？要出入舞会、餐厅等场合。不可避免要遇到那样的男人。”

“我可没想到说你,”海伦说，“我自言自语的，说我自己。”

“你？你有情人吗?”

“当然有,”想到帕里医生的预言，海伦不假思索，“不好意思，我只关心自己，你的事我不关心。当然，我也知道你那信纸里夹有照片，人们也说起过你，但对我来说，你这种类型的女孩到处都是，我见得多了。”

西蒙尼不敢相信地盯着海伦，印象中她只模糊地注意到海伦只是一个身材娇小，系着连胸围裙，永远不停歇地掸着灰的女孩。虽然她错愕地意识到，无足轻重的一个人也会彰显自己的个性，但她从不因为主人的特殊地位而相让。

“你觉得斯蒂芬怎样?”她问。

“我喜欢他,”海伦答道，“但我觉得他有点无赖。他不应该离开我们，让我们陷入困境。”

“离开我们?”西蒙尼重复道，斜倚着的身子立刻弹了起来。

“是啊，一去不复返。你不知道吗?”

海伦被西蒙尼听到消息后的反应着实吓了一跳。她呆坐在那里，手指紧紧压住嘴唇。

“他去哪儿了?”她低声问道。

西蒙尼的希望幻灭了，海伦决心就此好好安慰一番。

“公牛酒馆。”

“你的意思是说，去了那个女人那里。”

“如果你说的是酒馆老板女儿,”海伦说，“他在厨房里说起过她。还曾说过没有跟她道别是不会走的。”

过了几秒钟，海伦意识到自己大错特错了，因为西蒙尼突然泪如雨下。

“他走了,”她哭着说，“那个女人赢得了他的心。我也要他，你不明白的，我如坐针毡，不行，我得做点什么。”

“哦，别再去想他了,”海伦语气带着恳求，“他不值得你这样，你只会让自己显得更加不值钱。”

“闭嘴。从我房间滚出去!”

“我不想去我不愿意去的地方,”海伦勇敢地反抗，“但他们已经吩咐了我不能离开你。”

她的言语引得西蒙尼发怒。

“就这个么?”她号叫道，“他们派你过来监视我？好聪明。哦，代我谢谢他们。可是为什么我就不能为自己着想?”

“您什么意思?”海伦紧张地问。

“走着瞧吧，你会看到的。”

海伦在沉默中感到沮丧，看着西蒙尼在房间里来回疾走，匆忙而又疯狂地一把扯过衣服穿在身上。她意识到自己已经失去了对局势的控制。这丝毫不比驾驭一架失控的引擎好多少，不可避免的灾难也同样让她不知所措。

她大叫着抗议，然而，西蒙尼已经披上了自己的皮衣。

“你去哪?”她问。

“离开这所房子。我不会继续待在这里忍受监视和侮辱，”西蒙尼抓起一把首饰，猛地塞进了自己的背包，转过身面对海伦，“我要找我的爱人。告诉教授，我今晚不会回来了。”

“不，你不能走，”海伦正告道，试图抓住西蒙尼的手腕，“他压根就不要你了。”

虽然挣扎短暂而绝望，但西蒙尼除了完全不计后果之外，身体方面确实更壮一些。不顾及后果的她猛地推了海伦一把，力量如此之大，以至于那可怜女孩被推到了地板上。

尽管海伦没有受伤，但在确认自己情况方面的确浪费了一点时间。正揉着自己那疼痛不已的脑袋时，海伦听到了钥匙锁门的咔嗒声，并意识到自己像囚犯一样被反锁在了里面。

第十八章　防御削弱

即便此时她知道已经来不及了，循着声音海伦还是起身追到门口。她奋力拖拽门把手，猛撞着门板，与其说希望被放出去，倒不如说为了释缓自己的情绪。

这情况是具有羞辱性的，此时占据内心最强的情感是愤怒不已。自己被人这么扔在地上，好似电影中的玩偶。最糟糕的是，她在取得信任方面又一次失败了。这个想法鼓舞着她的责任感，并促使她绞尽脑汁想办法引起其他家庭成员的注意，她这么做只是绝望间的权宜之计，期望有人过来听见门铃声。

即便此时按下了按钮，海伦也知道没人会来。门铃声传到地下室，可这里与之回应的只有奥兹女士那伴奏般的舒缓鼾声。就算以这种方式被唤醒，原则上她也会置之不理。

铃声可不关她的事。自己在工作时间已经忙到脚打后脑勺，只能在这么个时间段维护自己那正当而宝贵的休闲权益。

海伦突然想起有一种铃声对她会是有用的，要么门外是她的丈夫，要么是她的女儿，于是她就使劲地叫道："那丁零零的门铃一个劲儿响个不停啊，找你的，可不是找我的啊。"可是无论叫到何时都没听到她过来开门的声音。

她还是很快就明确地意识到在这么个光景下自己扔不能放弃自己的立场。海伦停止戳那按钮，只得作罢并无限期地等待下去。

一开始她有大把消遣时间对西蒙尼的衣柜和卫生间做一番探查，因为那能够满足自己那原本的好奇心；但此时她可无心对她通常所感兴趣的东西做调查。每一个物件，丝袜、胭脂盒都让她想起西蒙尼。而此时物品的主人却身处外面的暴风雨之中，她那膨胀的欲望所燃起的激情如火一般越烧越旺。

海伦在脑中重现了这个奢侈女人的形象：神经质般的任性，和一无是处是从娘胎里带来的，每一个奢望都要被满足，每一时的心血来潮都得抢先完成。好似一株被隔离在温室里的花朵，唯恐生活中的打击如风一般降临。

即便那样，接下来恐惧却可能正在逼近；温室的玻璃碎了，让她猝不及防，只得面对现实。

在险境中，不是用那坚实的臂膀武装自己，而是眼巴巴地等着他人的救援。人生中第一次会叫喊着求助，可那叫喊却是徒劳的。

一想到置身险境的西蒙尼，上述这幅场景就在海伦脑海里闪现。即便已经竭尽全力做自己能做的，可还是心生内疚。为准备这防御故事，她便开始重现这个事件。

在她开始构建这个故事时，令人不安的回忆再次侵袭着她的脑海。这次是听觉的幻象。伴着西蒙尼飞奔下楼那狂乱的脚步，她很明确地听到了门锁钥匙的咔嗒声响起。

“是其他人把我锁在里面的，”她低声说道，“究竟是谁？他为什么这么做？”

她仅仅能推测到巴克尔护士站在楼梯平台处，或许是因为被楼上乱作一团的声响所吸引。她要是知道这情况，出于给海伦贴上无能的标签，她那嫉妒心会促使自己将海伦囚禁于此的。

突然间海伦找到了迟来的灵感。奥兹女士跟她说过，同一把钥匙适用于萨米特所有的门。要那样的话，牛顿更衣室的钥匙也就能打开卧室的门咯。

那钥匙由于长期不用而生锈，她费了好大劲儿才将它拔出来。临时四处查探了下，找到了牛顿的发油。在开始润滑前，她还是决定先匹配一下锁子看是否一致。

紧握卧室的门把手，感受到了它在指尖的旋转，随后门便被打开了。凝视着空无一人的楼梯平台，她也张开双唇。

“喔……”她喘着气。

面对着这突如其来对己有利的希望，她跑下楼，发出了警报。尽管自己是这出闹剧或者诡计中确证无疑的受害者，但这个情况给她的雇主还是无法证明的。她下定决心保持沉默，认为接受任何斥责都将会是明智的，却不曾料想没有人要求她给出解释。当她毫不隐瞒地发出西蒙尼出走的消息时，沃伦家族的成员意见出奇地一致，他们将拧成一股绳准备来挽救这一局面。

教授、沃伦小姐和牛顿彼此对望，相似的表情清晰地挂在脸上。养尊处优的消瘦面孔上的肌肉都痉挛般地抖动，好似捕猎陷阱夹子上的钢牙，显露了他们激烈的情绪和强大的自制力。

虽然牛顿开腔时发出的高音不经意间听起来好似在吱吱乱叫，但他在处事方式上还是保持温和，仿佛谈论的主题是天气一样。

“卡博尔小姐，你是说，她去了公牛酒馆见赖斯。”教授问道。

“是的，”海伦说，说这话的时候尽力不去看牛顿，“我阻止她，可是……”

“是的，是的，问题是谁去把她追回来，牛顿，你还是我？”

“我去。”牛顿回答。

“不，亲爱的，”沃伦小姐赶忙说道，“你是晚辈。你父亲去会更有权威，你得待在这里。”

“你们不会有危险的，”牛顿跟她说道，“可是西蒙尼是在迈向危险。”

教授把手放在了自己儿子肩膀上稳定对方情绪，此时海伦注意到他那多节的手指在微微颤抖。

“我理解你的感受，牛顿，”他说道，“但是我觉得外面的这样暴风雨不允许你冲动地出门冒这个险。如果没回家，她会在找个谷仓之类的庇护所躲避的。我确定西蒙尼会安全抵达公牛酒馆的。”

“多么欢乐的场景啊，”牛顿咂着嘴唇，“她的情夫待在这里的正当理由还真是多啊。”

“或许你是对的。但是走之前最好讨论下行事的流程。我们得规避流言蜚语。”

“我不想跟西蒙尼离婚，”牛顿声音嘶哑，“我只想让她离开那个……那个赖斯。”

“个人看来，我认为她跟赖斯之间的欢喜没有什么危险可言,”教授陈述道,“很显然他跟她不是那种恋爱关系。”

“在牛津时他把那女孩关在自己卧室。”牛顿情绪激动地说。

“你别忘了,牛顿,我也曾有过大学时光。这些都是那个阶段的事了。对那些事情要持开放的态度。别再提赖斯了。现在的问题是,对于下雨天西蒙尼外出前往那小小的酒馆一事作何解释?”

“神经紧张引起的胡思乱想,”沃伦小姐暗示,“她那状况只能归因于凶案的影响。”

教授点点头表示赞同。

“恐怕你二人今夜都得在公牛酒馆投宿了,”他说,“他们没有交通工具,所以西蒙尼在暴雨里不可能返回来的。”

“跟西蒙尼解释了所有事情并安排好一切后,你们能否回来?”沃伦小姐问。

牛顿若有所思地笑笑,扣上了雨衣扣子。

“好极了。我会让赖斯照顾她的。别担心,姑妈。明天早上期待我们的归来吧。”

所有人一股脑儿离开后,当所有事情已经理出头绪,新一轮的孤独再次侵袭了海伦。牛顿走出房子时,他的脑袋猛地向前搡去,好像在对抗着这场风暴,半开着的房门透露着一片凌乱,交织在倾泻的雨帘里,旋转在圆轴电灯灯光里。

一片湿漉漉的混乱景象之后,大厅里的气氛也显现出凝滞状,充斥着女性气息。随着男人的离去,之前的阳刚之气也几乎流失殆尽。教授仍在是不假,但承担着过多的责任,似乎令他过度疲惫。

听到这个“明天早上赖斯先生得回来带走他的狗。”沃伦小姐说着。海伦脸上泛出一层光辉。

“要不要把它解开，可以在房子周围跑跑?”

沃伦小姐脸上迟疑不定。“我害怕并讨厌所有的狗,”她说道,“不过，话说回来，那东西好歹能起点防卫作用。”

“我对狗比较习惯,”海伦跟她搭腔，“我能否喂喂它然后把它带下来跟我待在一起?”

“我带它去车库之前，奥兹女士喂过了,”沃伦小姐挑战般地看着自己的哥哥，“要不，塞巴斯蒂安，你把它放进来?”

海伦竖起耳朵聆听，此时后楼梯上那奇怪的声音已经解释了这秘密。奥兹女士的沉默只不过证明了她对雇主的忠诚。

教授此刻看着自己的妹妹，嘴角边漾起一丝淡淡的微笑。

“典型的爱忘事，我亲爱的布兰奇,”他嘟囔着，“车库的门没锁吗?”

“锁了啊，我楼上有钥匙。”

他们在等待沃伦小姐的回复，海伦试图克服对教授的敬畏。像一只小猫，拍弄一件可疑的物体，然后迅速弹开一旁，她无法克制自己试图探索教授的想法。

“我佩服沃伦小姐的坚强个性,”她说，“当然，她控制不了对狗产生的害怕。”她急忙带出经典类比做借口，“罗伯茨勋爵①是害怕猫的。”

“但你们所说的那些，我妹妹都不会害怕的,”教授解释，“也就是说，虽然她既不是怕被咬伤或因为一只狗而担心，但是她意识到危险的细菌感染以及寄生虫会潜伏在动物的身上。”

海伦尽力反复应和着她的智慧之言。

“我知道,”海伦说，“有上百万种细菌足以消灭世界上所

---

① 英国著名陆军元帅。

有人。但我也明白有些有益菌可以消灭有害菌。”

教授浅浅一笑露出些许不屑。

“正如你那天使与恶魔的斗争是吧?”他问，“有可能会有一些斗争，但是，如你所持的童话般的宗教信条，在动物的王国里，最终并没有绝对的谁好谁坏。”

尽管因紧张情绪而哽咽，海伦还是继续争辩着。

“那要是有害菌更强大,”她说，“我们所有人都会死掉。”

“我们固有一死。长寿只是相比较而言，而许多人英年早逝。想想婴儿的死亡率，也是大自然处理过剩人口的方法。不幸的是，在某种程度上讲，医学只是善意的干预。然而，死亡终究获胜。”

这位科学家眼睛里的光芒令海伦望而却步，不敢进一步争辩。即便她的心在抗议他那令人沮丧的唯物主义物质观，但她仍旧知道自己的内心更加强大。

“沃伦小姐有什么高见?”她怯生生地问道。

“会因类而异。她的洞察力会是一个面，因此，会不同于你自己的看法。你只看到眼睛看到的，但她会通过显微镜。恐怖之物，你看不见，于她，却清晰展现。”

海伦更愿意看到教授通过这种方式掩盖妹妹思维上的缺陷。她相信，正如海面上的阴影暴露了岩石的存在，同样，通过琐事也暴露了性格品质。

无论他是怎样的一个无神论者，教授始终都很坚定。

“多么有趣。”她礼貌地说道。

“我妹妹本性太敏感以至于与外部世界无法融合,”教授接着说道，“但她有钢铁般的勇气。她的工作也很有价值，在战争期间，她在前线做日常预备队人员的招募工作。然而，她从来没有显示出任何有压力的迹象，并且表现记录良好。

这就是她在家庭方面坚持禁酒的原因之一，她的伟大之处就在于她对任何动物行为的深恶痛绝。”

“我觉得那很好的。”海伦说道。

“确实如此。尤其是，如你所说，她忍受着脑垂体缺陷带来的痛苦。”

海伦不懂其所指为何物，所以当沃伦小姐下楼的时候，她带着全新的敬意审视着她。沉默中沃伦小姐递给自己的兄长一把钥匙，随后步入图书室。

“我走后请闩上房门，”教授吩咐道，“待在这里，我再过来了再让我进来。”

此刻，等候在那空旷而寂静的门厅是件沉闷无比的事情。没有了年轻的声音，有的是从休息室也飘荡出一丝紧张而劳累的气息。

“谢天谢地，我很快就可以带着那条狗了。”海伦心想。

即使这样，她也拒绝被安慰。当稍晚一点的时候，传来了他的敲门声，教授被大风吹进了大厅，此时他独自一人。

“赖斯被证明是会造成威胁的，”他对她说，“我发现车库里的挂锁有人为破坏的痕迹，狗也不见了。”

教授脱下那湿淋淋的大衣走进书房。

由于备感孤独，海伦冒险侵扰了奥兹女士的个人时间。尽管玻璃反射出来的灯光闪耀，但她敲了厨房门好几次都没有引起任何人的注意。

当她正要转身离开，却被一个浑厚的声音吓了一跳。

“快进来，亲爱的。”

尽管是友好邀请，海伦还是心情沉重地进了厨房，也不知道自己害怕的是什么。

奥兹女士半躺在椅子里好似一袋土豆，赤红的脸上挂着笨拙的微笑。

尽管少不更事海伦已经猜测到，最终的灾难已经降临到自己的头上了。她已经失去了又一个守护神。因为此时奥兹女士也已经喝醉。

第十九章　东倒西歪

海伦看着奥兹女士，感觉自己已经被噩梦虏获。短短的几个小时内，一切都已经改变了。喝着茶，很难想象这个厨房是那个曾经的欢乐之所。

不仅仅是因为不那么安逸舒适，而且更是因为那有助于照亮房间的跳跃的火光都荡然无存。面包屑和碎鸡蛋壳撒满了光秃秃的桌子。甚至连那只姜黄色的猫也抛弃了自己的毯子，在空荡荡的休息室一角找到了另一个宁静的旮旯。

但奥兹女士一反常态，这种转变才是最糟糕的变化。作为一个心地顶好的丑陋女人，她已经失去了以往的品质，那足以弥补自己丑陋长相的良好品质。忠诚在她的眼睛里已经被浸湿模糊，那富于特征的脸部线条已经和那咧着嘴的愚蠢笑容堆在了一起。当海伦跟她说起最近期的新闻公报，她的反应却如此冷漠，以至于这女孩都不知道她是否通篇都在开小差，是否真的抓住了事实。

“女人万不可一醉方休啊。”她心想。

让她惊讶的是，即便是这般喝醉，男人却依然保持至高无上的体面状。妇女在其他领域的记录可能会与之相当，但是当一个男人端着杯子，那就可能非常幽默风趣，甚至才华横溢，可一个喝醉的女人只会堕落成动物状。

然而，尽管她厌恶奥兹女士那粗野的红脸，但她意识到那只是处于半醉状态。因为这场灾难没有彻底终结，仍能引起她的信任感，并再次将她拉回自己身边。

“你喝酒的时候有没有考虑我的健康?”她问。

奥兹女士报以夸张而又无辜的表情。

“搞笑，你没有过吗？我有啤酒钱，你也被允许的啊。但我从不喝烈酒。”

“那就奇怪了，”海伦嗅了嗅，“我觉得我闻到了白兰地的味道。”

“一定是那护士嘴里的酒气窜出来了。她最近一直在地下室底下闲逛。”

海伦决定要个心眼。

“倒霉，”她叹叹气，“假如是我，我会选择一个地方独处。就为了所有烦心事过后提振精神。”

她看着奥兹女士那红肿的胖脸，那与生俱来的善良纯朴在和贪婪谨慎做着斗争。最终，慷慨宽容获得了胜利。

“所以你也可以，最好少喝那么一点点。”她说道。她急忙低下头，弯腰从自己裙子下摆边的旮旯里拿出一瓶白兰地，然后得意扬扬地放在了桌子上。

“自便，别客气，”她盛情邀请，“那地方还有好多。”

“你在哪找到的?”海伦问。

“酒窖，主人下去看温度……度……计的时候。”

奥兹女士继续带着古老斗牛犬那般的坚韧，用打结的舌头努力地说着醉话的时候，海伦伸手去那拿瓶子。

“一半几乎都快被你喝光了，”她说。“要不要给明天留一点?”

“不，”奥兹女士郑重地说，“我不要小口小口品。我必须要大口喝。我总是一瓶干。”

“但那样会喝醉的，之后沃伦小姐会解雇你的。”

“不，她不会的。我先前一直这样。主人只是说得把这极具诱惑性的东西藏起来，下不为例之类的话。”

海伦沮丧地听着，心情好似一个牌手因一步小差池而错失王牌。因为对牌局的过多担忧，结果与一个极具价值的牌局失之交臂。

很明显奥兹女士对于未来的前景漠不关心。沃伦家族在她的偶尔纰漏和家庭服务所起的作用方面做出了权衡考虑。

“下雨天喝那么一点点还是可以的。”她怂恿着海伦，手把着那瓶子。

“要是奥兹发现了呢，会不高兴的。他会知道我醉得东倒西歪的，也总是试图阻止我。不行，我要把它藏在一个绝妙的安全地方。”

“这也太幸运了吧，你丈夫却外出了。”海伦地哭丧着脸。

“那么多夜晚都相安无事，为什么偏偏会在今晚发生?”

奥兹女士开始惊声尖笑。

“那事是我做的，”她扬扬自得，“当我端着布丁送去的时候，看见护士伺候夫人，正忙着清洗地面。放下盘子之后我就把氧气瓶的阀门盖子拧了一下。”

“你怎么想的啊，为什么那么做?”海伦呼吸急促地问道。

“因为你，你说过她需要氧气维系生命。如果不奏效，我就会想其他的办法来摆脱沃伦夫人的管束。”

坐在奥兹女士对面，看着她将杯子里的酒一饮而尽，海伦感觉如噩梦般越来越沉闷压抑。看来似乎有什么阴谋针对她似的。然而对事情追根溯源，却也找不出具体恶意的原因。

奥兹女士身上是有缺点，但也没什么大不了的，也难怪她的丈夫总是试图缠着她。之后她绞尽脑汁地把自己丈夫支开也就顺理成章咯。

按这个思维推理，同理可证，之后的事件里，年轻人一个个被清理出门也始于此。斯蒂芬·赖斯钟情于自己的狗而后被驱逐，而西蒙尼那个任性而又神经质的女孩，由于欲望受挫而感情用事，行为鲁莽。教授也一样，借着自己的权威，让自己的儿子牛顿去追随自己的妻子，要不是因为这些他也不会那么做。

当然，好似推动整架机器运作的杠杆零件，期间的一些不幸的琐碎因素也对整件事情起着推波助澜的作用。但具体的责任却平摊到了家庭所有成员的身上了。

起先，很不幸的是赖斯带回房子一条狗，再碰上沃伦小姐对一切动物的偏见，这就再次不幸地加倍激化了二人的矛盾。尽管由于奥兹女士厚颜无耻地在鼻子底下偷拿东西而不再令人产生信任，但教授的失策却也是令人悲哀的。

海伦也不得不承认自己在这一系列离奇事件中充当了推手。她误导了帕里医生，夸大了沃伦夫人的身体状况，而自己关于氧气瓶的那一大堆倒霉的话也成了奥兹女士的灵感来源。

然而，当自己将这所有的信息汇总到一起的时候，她开始害怕了。某件事情正在逼近自己，而且正在大规模地慢慢临近，而自己的力量如此渺小，已经不可能从源头进行改变。

误打误撞之类的说法本身在这一系列事件中就显然不能解释任何东西。事情发生得顺理成章，但是伴随着反常的预谋而生。事情的总体过程，太过流畅，太过有规律可循。时机恰到好处，好像有个聪慧的大脑在导演这幕戏。

奥兹女士的形象由一个精明女人慢慢消融，变成了一个酒鬼，这情形如芒刺在背，逼着海伦不顾一切。

“把酒瓶给我，”她叫道，一把抓过酒瓶，“你应该为你自己而感到羞耻。”

奥兹女士一脸怒容，海伦意识到自己犯了一个错误。

“把酒瓶放下。”她大喊。

海伦千方百计使这一事件变成一次恶作剧，随即开始故意闪避着奥兹女士的追逐，在厨房里四处乱跑。

“别那么傻乎乎的，”海伦怂恿道，手里仍旧抱着那个酒瓶，“试着让自己振作起来吧。”奥兹女士双眼通红，气喘吁吁，她把海伦逼到了一处角落，一把抢过酒瓶，之后给了她一记耳光。

女孩在这一击之下退了几步踉踉跄跄才站稳，奥兹女士抓住她的肩膀几乎是将其丢出厨房的。

“总算打发走了。”关门时嘴里还嘟囔着。

“别再进来。”

海伦庆幸自己逃了出来，因为此时意识到自己需要其他人的帮助。因为过于害怕而不敢告诉教授，她就去了图书室。沃伦小姐此时正弓着腰聚精会神地看着书，对于海伦突然的闯入，她不大欢迎。

“我希望，卡博尔小姐，不要因为一些琐事来打扰我。”她说。

“不是的，”海伦答道，“很重要，奥兹女士又喝醉了。”

沃伦小姐立刻显出一副厌恶的表情，随后看看钟表。

“没什么好担心的，”她平静地说，“今晚睡一觉就恢复了。明天她会照常工作。”

“可现在她还是神志不清，”海伦坚持不懈，“您如果现在过去说说她，她可能会不再喝了。”

“我当然不会跟一个半醉的妇女吵架了，”沃伦小姐说道，“而且我哥哥的工作远比其他琐事重要，不能中断。你要是够聪明，就不要掺和。之前已经有先例了。”

沃伦小姐再次拾起书本，示意谈话结束。

完完全全感受到了痛苦和狼狈的海伦信步来到了门厅。然而一看到电话，她的勇气再度恢复。孤独感袭来，自己好似置身于孤立无援的荒岛，此时的电话让她想到了萨米特仍与外界文明线相连接。

“我要给公牛酒馆打电话，”她下定决心，“我想知道西蒙尼是否安全。之后再给帕里医生打个电话。”

当从机座上拿起话机听筒的时候，她产生了一阵剧烈的焦虑。一定是由于遍布于乡下的电话线杆被狂风刮倒，诸多灾难性的事故接踵而至，以至于线路中断已经在预料之中了。

令她高兴的是听到了电话接通的嗡嗡声，之后一个中继站的接线员询问号码。稍作停顿，另一个声音响起，带着浓重的威尔士口音，通知她说是威廉姆斯先生，那公牛酒馆的老板。

应她的询问，对方跟她说牛顿夫妇已经到达旅馆并且在此过夜。并且还说他们人一到，赖斯就已经带着狗离开旅馆，想必是为了给那女士让出房间。

“他去哪了？”海伦问。

“去了牧师住所。他说他认识帕森牧师，看他对自己的狗如此钟爱，就说会收留他。”

要不是惊讶于电话仍能打通，海伦差点忘记了自己还有家庭方面的信息要告知，就借故挂了电话。于是海伦在家庭地址目录中查找帕里医生的号码。此时她听到另一端传来他的声音。电话那边的声音听起来不是热情而是很疲惫的感觉。

“别告诉我那老妇人心脏病又发作了。发发慈悲吧，我才刚吃上自己的晚饭。”

“我需要你的一些建议，”海伦告诉对方，“除了你，其他人我都不能问。”

但是在谈话的最后，关于自己处境的严重性方面，连她自己都觉得还是没能说明白。所有事情都显得那么琐碎和令人心情沉重。但她很确定帕里医生赞同她的观点。

“出现了点‘山体滑坡’，”她说，“但是，你也无能为力。别再跟奥兹女士对着干了。”

“但我还确实有点想让她冷静下来的意思，”海伦辩解道，“我一个人太孤独了。”

“你是害怕吗？”

“嗯……不是。”海伦答道。

“因为，如果你确实害怕，我会立刻赶过来的。”

如帕里医生预料，自己提议支持反而使得海伦拒绝。他此时又饿，浑身又湿透，筋疲力尽。虽然他很敏感，但在那一刻，对他来说，一堆火或者自己的一斗烟比那最明亮的眼睛都有吸引力。

“我知道在这狂风中，房子的瞭望塔实在不是一个令人愉悦的地方，”他说，“只能祈祷那东西别塌下来。当然，今晚你已经经历了一场令人沮丧又震惊的事情，所有人都离你而去，你自然会觉得孤独。但是，乐观的是，仍有一个号码留着供你拨打。房门锁好，没什么可害怕的。”

“是的。”海伦同意，此时外面一个百叶窗被大风猛地击碎了，海伦吓了一大跳。

“要是现在上床，锁上房门，在这大风天里，你睡得着吗？”

“我觉得不行。我房子位置比较高，晃得跟个摇篮似的。”

“那就保持起居室的炉火不灭，在那临时打个地铺。这样你就几乎听不到风暴声了。听到了，也到第二天早晨了。”

“但是早上所有事看起来都那么的不寻常。”

耳朵里听着听筒里帕里医生那鼓励的声音，海伦很容易就会变得勇敢坚强。

“记着这个，”他说，“如果你感到害怕，给我电话，我会赶过来。”

带着医生那激励般的承诺，海伦挂了电话。但环顾四周，信心再度全无。房子看起来似乎在狂风中摇曳，夜晚充斥着各种声响。直到感觉自己濒临几乎听不到真实人声的边缘时刻，才听到一个响亮的嗓音沿着烟囱呼啸着传了下来。感觉自己接受任何情况都好于接受孤独，于是海伦再次下楼来到厨房。让她宽慰的是，奥兹女士变得热情了。脸上颜色变得些许充血，而那瓶子里的白兰地也喝光了。

“我万不该惹恼她的。”海伦心想，一边坐下来一边熟络地拍着奥兹女士的膝盖。

“我们原本就是好朋友，”她说，“不是吗？”

“是啊，”奥兹女士点点头，“奥兹吩咐过‘要照顾好小美女的’这是他临出门跟我说的最后的话。要照顾好小美女的。”

“哦，别说得好像他要出什么不测似的。”海伦哭着说。

相互握着手，她的话语带有劝慰的口吻。

“但是你喝醉的时候怎么照顾我啊?”

“我没有喝醉,”奥兹女士辩解道,“要我循规蹈矩我可以做到。但谁要是胆敢碰我的小美女一手指头,我就拿棍子抽他。”

奥兹女士起身,带着些许蹒跚穿过房间,带着那样的活力与充满敌意的暗影做着抗争,让海伦觉得安慰不已。

“如果我能让她保持此刻这般状态该多好啊,”她心想,“她可是不输给任何一个男人啊。”

奥兹女士停下脚步,像一个充了气的海豚般斗志昂扬,准备接受海伦的掌声。

“我就一直待在这里,”她说,“想啊想。我担心那护士。为什么她说话的时候还满嘴都是面包屑?这个问题的答案是什么?”

“我不知道。”海伦答道。

“我知道,”奥兹女士告诉她说,“她现在说话开始装腔作势。她有自己的一套,跟楼上的老太太一样。而且走路都开始装腔作势。她现在在提醒自己别去践踏别人,好像踩扁臭虫一样。现在,你的另一套是什么?”

“另一套?”海伦不自在地问道。

“啊,或许她和你我不一样,她就不是一个女人,或许是个男人,她……”

奥兹女士此时突然闭口不言,海伦转过身看到巴克尔护士站在开着的门口前。

第二十章　女士的盥洗室

在巴克尔护士的凝视下，海伦感到惊恐万分。之前还从来没有见过这种来自人类眼睛里射出憎恨目光，露骨而冷酷。

这再明显不过的了，奥兹女士的话语已经传到了她的耳朵里；而海伦还在尝试做无济于事的解释加以消融。

“我们刚刚只是在说沃伦夫人，”她说，“她不就是个离奇的女人吗?”

巴克尔护士对这些辩解之词置之不理。在不详的寂静中径直大步走进厨房，之后抓起了水壶。

“没热水了。”她说。

“对不起，可是火熄了。”海伦抱歉地跟奥兹女士说。

“你要能等几分钟，我会在酒精炉子上烧一些。”

“我不需要帮助，”巴克尔护士说着，“我的工作自己可以完成。”

话语间虽没有任何恶意，但其中还是掺杂着些许冷酷与坚定的态度。带着同样不祥的意味，她先看了看桌上的酒瓶，之后又看看奥兹女士，此刻的她却软塌塌地坐在凹陷的安乐椅里，好像一袋谷子。

“白兰地，”她开口说，“这可是在一个禁酒的宅邸。”

听到这里，奥兹女士立刻挑衅般地扬起玻璃杯。

“为你的健康，护士，”她声音沙哑，“愿你们这群小鸡回窝安歇。”

巴克尔护士短促一笑。

“我明白了，”她说，“我很快就抓住你们的把柄了。哦，我也该知道怎样对付你们。”

还不等奥兹女士反击，她就已经离开了房间。

“好吧，”奥兹女士叹了口气，猛地嗅了嗅，“我嗅到了下流的气息。她最好别跟我耍花招，也别说出我的名字，否则我会扇烂她的脸。用那一套可吓唬不了我。”

“那一套?”海伦重复道。

“喔，不管是男是女，捅出事情的那人。”

奥兹女士声音渐渐降低，变成了沙哑的低语，海伦却再次被目前这如梦魇般的局面左右。她大口大口地喝光了杯子里的酒。很明显，她的守护神再次飘然远去，留下她自己对付着这谜一般的护士。

教授和他的妹妹仍会在道义上支持她，这倒是真的，可话说回来，他们在这方面也影响甚微，帮不上忙。他们总是一副退避到遥远天边的样子，像一片冷淡而又无懈可击的云影。

自孩提时，她就因为从不哭泣而赢得了好名声；但在这个危机面前，她轰然崩塌。

“哦，别，”她可怜地哭道，“我再也受不了了。”

她开始哭的时候，奥兹女士茫然不解地看着她。

“怎么了，我的小宝贝儿?”她问。

“我怕,”海伦表露心迹，“你一直不停地喝酒。很快就像根木头似的不省人事，之后你就会受她控制。你在自讨苦吃啊。我当然会全力一搏，但是她会把我掰成三段的，只剩下渣渣。楼上面的不会相信我说的话的，那时候就已经为时已晚了。”

海伦狂乱地说着，但是她那夸大之词还是起到了浇醒奥兹女士的预期效果。这次轮到奥兹女士笨拙地描绘着一副可怕的未来场景。

“她要找的是你,”她说，“先把我扯进来，进而让你好看。好啊，我会给她点颜色瞧瞧的。”

喘着气，难掩自己的情绪，她一把推倒桌上的白兰地酒瓶。

“把它扔到我拿不到的地方。”

海伦迅速地侦察了厨房一番，而此时奥兹女士却带着痛苦的表情饶有兴致地看着她做这些事。在海伦爬到那高高的梳妆台上之前，奥兹女士还为自己刚才那高贵的决定后悔不已。她不得不爬上第二个架子，然后才托起那瓶子把它放在顶部的壁架处。但立马就处于奥兹女士够不到的位置，此刻她突然感到内心洋溢着热烈的信心。

从高处爬下的时候，她开始讨价还价。

“你真棒,”她说，“你要是继续跟我玩这个打赌游戏该多好啊，我跟你保证，明天傍晚就在我起居室，你可以把这瓶子处理掉。奥兹不在，我也会经得住考验。”

“我发誓。”奥兹女士说道。

海伦的喉咙发出那宗教仪式般的语调。

“现在，我得去煮一些咖啡，给你醒醒酒。”她说。

“咖奥……啡”奥兹女士含糊不清地说着。“如果哪一个男人有你帮衬的话，那臭小子可真的是有福了。”

事实上，海伦回到自己房间时吹起了口哨，因为点亮的酒精炉再次让她想起了帕里医生。自他走后，她经历了这样一系列情绪的漩涡，以至于自己倒没有时间想起他这个人了。回顾往事，刚才那一幕已经烟消云散般地过去，重新燃起的是欢乐的气息。

她想起了他对自己婚姻方面的预言时的那双眼睛，还有那需要帮助时就会来到自己身边的承诺。透过乡下那片黑暗，矗立着远望萨米特这座避难所，此刻的海伦重温着先前的一幕幕经历。

此刻，她感到自己向下望见的是那无限延长的漆黑隧道，尽头金光闪闪。但是，盘踞在她和崭新一天的黎明之间的的是黑夜这条漆黑的毒蛇。

水开了，她冲泡好咖啡，深褐色的液体盛满了杯子，随后端给了奥兹女士。

“给你，”她说，“漆黑似黑夜，热情如地狱。①”

“地狱。”奥兹女士重复着，捏着鼻子大口畅饮。

“奥兹女士，”海伦突然问，“帕里医生订婚了吗？”

“还没有，但可能很快就会有，”奥兹女士答道，“我总问他准备何时结婚，他总说在等一位年轻女士，选择一位能一起在月下长相厮守的女士。”

虽然奥兹女士的言语是受主观的灵感激发，但海伦还是将信将疑，海伦笑了笑，觉得她一定是在分享她一点点自己

① 西方人对咖啡的文艺的叫法。

的幸福。

“我给护士送点咖啡上去，”她说，“恐怕刚才我们伤了她的心。”

到达蓝厅时，她敲了数次门，但巴克尔护士没有出现。

一阵小小的犹豫之后，海伦小心地把门推开一条门缝，向房间里面窥视。

由于关着灯，房间内处于半黑状态。唯有那罩灯发出微弱的蓝光，和着断断续续的炉火在黑暗中照亮。不知不觉就踏上了屋内的地毯，在床帏那一片深蓝间隐隐约约看到了沃伦夫人的羊毛夹克和大概轮廓。显然，这老太太睡着了，因为老远就听到此起彼伏的鼾声。

为了不惊醒她，海伦不敢高声惊扰巴克尔护士。化妆间那半掩的门透出灯光，这告诉海伦，护士就在里面。

慢慢靠近，对方全然没有意识到海伦的存在。她显然忙于梳洗打扮，此刻正站在镜子前一心一意地看着自己的影子理容。她用手指搓揉着下巴的时候，海伦注意到她那有自己两倍大的拳头上隐隐约约有一个闪闪发亮的物件。

海伦蹭到门板的时候，她猛地被吓了一跳，随即投来怀疑的目光。

“哦，”她痛苦地说。“我想这是一个期望个人隐私有所保留的地方。”

“是的，这房间布置糟糕透顶，”海伦同意道，“我觉得你不介意来杯咖啡吧。”

“谢谢了。”

巴克尔护士开始故作高雅地小酌，这情景让她想起自己演过的舞台剧。

“但我见过有男人在饰演女人的时候更加自然，更加女性化。”她心想。这让她如此着迷，以至于自己想要找些借口以逗留于此。

“你也看见了，奥兹女士刚才喝酒了，”她说，“你能给我什么建议吗？好让她纠正自己的错误。”

“来点鸡蛋加伍斯特辣酱沙司，试着以毒攻毒，”巴克尔护士建议，“你什么时候上床睡觉？”

“大约十点，但今晚不打算睡了。”

“为什么？”

“哦，有人得打更等着给奥兹先生开门。”

突然巴克尔护士的眼光猛地看向海伦。

“这么说你忘了教授的命令了吗？他跟你说过谁都不允许进来。”

看着这幅犯罪般的场景，海伦记起了帕里医生的承诺。他要来，海伦是不会把他关在外面的。

“我却是忘记了，”她坦白，“请不要告诉教授或沃伦小姐。”

“我不能保证，”巴克尔护士澄清道，“如果你看不牢，这所房檐下的每个人都会被你置于危险之中。让你待在这里实在糟糕，你会把他引导我们这里的。因为他找的是你。”

听到这个提醒，海伦头皮一紧。

“为什么总是想要吓唬我？”她问。

“因为你忘事，”巴克尔护士放下空杯子走向海伦，“另一件事藏着没来得及告诉你，”她又加了一句，“我对那威尔士医生不满。”

“帕里医生？”海伦怀疑道。

“是的，他是个怪人，易怒类型，错乱而又神经过敏。他有可能是个有杀人倾向的疯子。”

“哦，别傻了。”海伦说。

“你对他一无所知，”巴克尔护士继续说着，“这些案件是某些个男人干的，犯罪激发了他们的信心，而且从一处迅速转移到另一处。哦，想想，在乡下骑着摩托车四处乱窜，一分钟前还在这里，之后眨眼间就已经一英里以外了。而且每个人都相信医生的话。”

“他们当然相信，”海伦激动地澄清道，“我相信，我就是其中一个，我会一辈子都相信帕里医生的。他可敬可爱。如果在这暴雨天我要觉得紧张，他承诺过会儿来萨米特的。”

巴克尔护士停下来拿起一支烟，叼在嘴角没有点燃。

“你没必要麻烦他过来的，”她哼了一声，“他要来的话无须什么人邀请。”

海伦转身走向门口。

“我不会再来打扰你了，”她说，“另外，我觉得你想法愚蠢。”

巴克尔护士紧紧抱起双臂。

“你是怕我？”她说。

“我才不。”

“你怎样看我？”

“我觉得你很可靠而且聪明。”

“你不是说我愚蠢吗？”

“哦，其他方面都好，除了刚才讲的那件事。”

“然后呢，”巴克尔护士说，“除非你自己是个傻瓜，否则你或许会听我的。”

犯下这些罪行的人事后都是正常的。所以你压根起不了戒心：今晚你就会遇见他。你一生中最大的惊讶之事，也会是此生最后一件事。

听着这些，海伦心里为之剧烈一振，倍加明显，大脑发懵，好似潜至水底，而此时的巴克尔护士好似连珠炮般喋喋不休，直到自己如同白色的大理石柱一般气势汹汹，高高在上。实际上，她感到自己已经失去了判断。所有事情都在自己眼前以可怕的速度转变着。她不知该相信何人，该相信何事。混乱与困惑间，敌人都乔装成了朋友的面孔，已经无法那么容易地触碰到人性的一面。

而事实上，让她真正害怕的事，是帕里医生也说过同样可怕的话。海伦眼中的帕里医生那脸部的景象开始转变，她那僵硬的微笑带着些许诡异的痛苦，眼中灼烧着凶手那赤红的光。

巴克尔护士点起一根烟把海伦从这景象中拉了回来。所有肮脏有害的梦幻逐渐消失，像一层膜，迅速干瘪枯萎，一个恐惧刚刚消去而另一个又接踵而至。因为此刻海伦看到，火光映衬着巴克尔护士那通红的脸，嘴唇上明显地显露着一个男人剃过胡须的痕迹。

第二十一章　清扫道路

这般震惊反而起到了稳固海伦那紧张的神经的作用。已经明确了自己需要抗争的对象，就不必在梦魇般的恐惧中摸索潜行。在决定任何行动之前都需要绞尽脑汁，而这方面她存在一个问题。悄悄溜出蓝厅后，她下楼到了门厅大堂。

尽管其中的一扇高墙上的窗户摇晃不止，这让她想起了海上的风暴，可暴露在外的程度远不及起居室。这一地点也成了优势，她可以借此观察楼梯和其他房屋的情况。不仅如此，让她感到满意的是教授和沃伦小姐都身处喊话声音可及的范围之内。坐在低处楼梯口，双手托腮冥思苦想，对形势做着估量。一开始，想到了巴克尔护士，她知道她并不是那个疯子，由于凶案发生时不在作案现场，在时间上不可能，这点是成立的。最糟糕的情况，她充其量就只是个骗子，和罪犯同伙沆瀣一气。

如若那般，在拿到确凿证据通知警察之前，她必须瞪大双眼观察，一刻不得松懈。海伦觉得四个肢体健全的人应该足以应付那人，不管对方是男是女。真正困难的是如何让沃伦一家信服。

最早是奥兹女士对巴克尔护士的性别持怀疑态度的。也许这想法仅仅是源于醉话，因为海伦更倾向于认为她是一个嫉妒心极重的人，由于天生的缺陷，造成了外貌上的不幸，但她剃须的事实却无法解释得通，柔软的嘴唇下毛发丛生可不是女性的阴柔特征。

另一方面说，如果奥兹女士的说法是有现实依据的，那这就有可能揭露一连串丑事。这也确定了明晰的故事脉络，因为真正的护士会退避三舍。如果那疯子把自己锁定为目标的话，他是不会停手的，不会因为其间的任何阻碍，而影响自己达成目的。

他把她锁定为犯罪对象就和自己曾有的犯罪历史一样令人费解。带着这一狂热癖好，许多镇子里的女孩都被当成了发泄对象，他开始着冒险般地潜伏就是为了爬上家庭护士的床。但是，在众多乡间谋杀案里，他或许已经袭击了多个女孩，就在那屠杀的欲望觉醒之时，这个案子性质就已经非同一般了，更加可怕，因为此次的这个是有耐性的冷血追逐。她想象得到对方正在打听询问、寻找自己的住址、侦查追捕。

最令她惊骇的是他行事的方式是那么的平滑而顺利。还没有人们预见到这样接踵而至的灾难。尽管没有刻意筹划，但那些事件也并非偶然，因为每一件事情的发生都符合逻辑规律。

“为什么他会选择我？我不名一文。我长的也不像电影明星。”

网罗过去的思绪，她抓住了一个回忆性的画面。在来萨米特的路上，自己曾经在车站逗留了约一个钟头，当时正等着老爷车里奥兹的到来。由于自己从伦敦赶来的路上头痛不已，她就摘下了帽子。

她当时坐着的长椅就在一个灯柱子下面，那灯光照耀着自己那惹眼的浓密头发，那泛着暗淡的火焰红的头发。她记得有一个男人转头盯着他，但拉下来的帽檐遮住了自己的眼睛，所以没有看见对方的脸。

“一定是自己的头发，”她心想，“但我是个白痴。这仅仅是巴克尔护士的一面之词。那人也没有跟踪我。护士也只是在吓唬我而已。”

所有种种都归结到那个老问题——巴克尔护士究竟是何许人也？闭上双眼，思前想后。此时早已过了就寝时间，而她也经历了繁忙的一天。过于紧张已经让她疲惫不堪，慢慢地开始昏昏欲睡。自己的思绪开始掠过一条宁静的河面，浅浅的河面晶莹剔透。

突然间画面结束了，她掉进了一个无底的黑洞。此时猛然惊醒，她睁开眼睛，心脏为之一跳。令她惊讶的是，自己并非独自一人。当她打盹的时候，教授从书房出来了，弓着腰站在自己身后。

“在楼梯上睡着了吗，卡博尔小姐？”他问，“为什么不去床上睡？”

他那体面的嗓音和形象恢复了海伦的信心。

犯罪不会发生在有修养的宅子里，这里绅士们都着正装就餐的。

当沃伦小姐提议委托自己守夜的情况下，他问这样的话，相当不明智。她从旁经过，之后上了楼梯，紧紧地抓住栏杆支撑身体。海伦在身后叫住了教授。

“教授，我能跟您说一下吗?”

他等在那里，海伦跑上楼梯。

“奥兹女士想知道关于那个护士的内幕消息。”她说，“我的意思是，她想知道那护士是不是真的从养老院来的?”

“那为什么不找出答案呢?”教授询问道，“有电话啊。”

尽管人已经离开，教授那跟空气做斗争般的无望情绪却丝毫没有影响海伦。还记得自己被晴天霹雳般发生的凶案震惊的时候，他却独自一人，稳如泰山。

与他撞见刺激到自己，她不愿意线索中断。

“你要到楼上睡觉吗?”她严肃地问。

“是的，”他回答，“将近十一点了。”

“那，我是希望你睡一会儿。可是，一旦再发生一些我处理不了的状况，我可以敲门把你叫醒吗?”

“除非很紧急。”

这吝啬的许可令人欢呼不已，海伦跑下楼，到了门厅，查起了电话本。从那谈话的零星内容里获取信息的欢喜之情使得她不费力就找到了养老院的地址，很幸运，因为看起来收获颇丰。而此刻，中继站接通了秘书处。

“劳烦告诉我巴克尔护士是不是在养老院工作?”海伦问。

“没有，”对方回复，“您是哪里?”

“萨米特公馆。”

“可她人就在萨米特。”

“我知道。能否描述一下她的外貌?”

对方一阵沉默，好像那秘书处的人不知道自己是不是跟一个白痴在通话。

“我不明白您的意思，”她说，“她个子很高，肤色黝黑，我们最好的护士之一。是要投诉吗?”

“不，她说话细声细气吗?”

“很自然啊，我们这里所有护士都是女士。”

“哦，是的。你看到她上了一辆前往萨米特汽车了吗?”

“没有,”那秘书停顿了一下，回答道，“那天天色已晚，所以她在大厅等候。听到喇叭声才拎着包出去的。”

海伦挂掉电话，总体感觉谈话还比较令人满意。

“我现在最好查看下奥兹女士的情况。”她内心打定主意。

奥兹女士此时沉沉地陷坐到柳条椅子里。眼睛盯着化妆台顶部那白兰地酒瓶的时候，她看起来好似一幅受难图。“你让我又有酒瘾了,”她责备道，“你，还有你那咖啡。我现在不好过。”

“明天,”海伦保证道，“我已经给养老院打过电话了。看起来巴克尔护士是个冒牌货，除此之外我觉得一切正常。”

奥兹女士仍未放弃起初的想法。

“我全都搞错了,”她嘟囔着，“我还有一瓶没打开，盖子很紧，奥兹都打不开。我会让巴克尔护士打开它，看看她会不会中我的圈套。”

“这会证明她手指很有力,”海伦说，“她不需要装得像男人那样。几点了?”她瞥了一眼那并不准确的时钟。“差五分十一点，差不多时间快到了，你丈夫几点回来?”

奥兹女士掰着指头算着时间。

“说是去要一个半小时，回来得两个小时。那老爷车一定在半途某个山头休整一下。奥兹会在那里逗留，做自己的事情。要说也得在外面跑五个小时，或许很快就会回来。”

海伦感到了一阵希望升腾。

“他大约八点半走的,”她说，“所以我们还得等大约两个小时。一旦知道他回来了后，我就会睡得很死。你介不介意把铺盖带到楼下的空房间？那样的话我就知道你在隔壁。

“不介意，”奥兹女士保证，“那里比楼顶更安全些，楼顶全都是烟囱。”

突然间海伦叹了口气。

“我忘了。教授说过不允许你丈夫进来。”

“没关系，”奥兹女士说，“主人的命令是给你的。但又没跟奥兹吩咐过。他不是打发牛顿先生去追回自己的妻子了吗？当然，他赞同让奥兹进来的。”

这女人的精明让海伦吃了一惊。

“你的意思是说那只是展示某种姿态，仅仅为了表明自己是屋子的主人？”她问，“如果他一心想要氧气瓶，就不会管那条狗，让它彻夜待在车库里。一听到敲门，我就会冲上楼去告知教授的。”

“那时候奥兹会进来，”奥兹女士预言到，“你觉着我会一边欢迎自己老头子归来，一边让他在外面受审般地等待吗？”

海伦摩拳擦掌，一脸渴望。

“我很快会回来，”她说，“我得把我的睡衣换上。”

之后我们会沏点茶，舒舒服服待着。

当出去前往地下室的时候，她犹豫不决地停了停。走后门出去会更快。但一看到那光线暗淡而又狭窄的旋转楼梯，她就退却了，感到任何事都不能引诱她上去那里。

一路上太多曲折回环，太多角落。任何人或事都有可能在下一段的拐弯处潜伏，就等着猛地跳出来，扑向她。

她知道自己的恐惧很荒唐，但还是沿着第一级楼梯爬了上去。在第一个转角平台，她停下脚步，透过他那半掩的门，海伦瞥了一眼教授的卧室。他还没更衣，但坐在熄了的壁炉前的一把矮椅里。

正徘徊间，她听到一个含糊不清的哭叫声从蓝厅传来。她等待着对方再重复一次，但什么也没听到。

“我希望自己该怎么办?”她心想。

声音里的某种东西让她浮想联翩，那音调令人窒息，好像是一只手捂在某人的嘴上。

此刻她很明确，自己成了自己想象中的受害者。要么是沃伦夫人噩梦中大叫，要么是巴克尔护士正尝试着检查她的打鼾状况。

但当她爬到第二级楼梯的时候，她惊恐地发现了什么，于是战战兢兢地到了第三层。所有卧室全都空着，除了自己卧室是个例外。这里有太多的可供任何人藏匿的地方，而那人或许已经沿着后楼梯蹑手蹑脚地潜入，而此时自己身处前门。

她试图打开门，起初认为是有人在里面把她锁在外面，而此时气流的压力却如此强劲。当啪的一声打开灯的时候，她只看到地毯的起起落落，好似海浪涌起。

在那上了色的镜子里，她环顾了一下堆满东西的房间，墙上的挂包里插着掸子，还有第一夫人沃伦女士的相片，梳妆台里有不计其数的小架子，每一面都有花边垫子。

“我猜想那个身为家庭教师的女孩房间跟我的房间极其相似。”她心想。

看起来，巴克尔护士身上似乎有一种令人压抑的气场，一种能引起他人恐惧的特性。她在蓝厅外站了仅仅几分钟，然而内心的宁静却已经消逝。提醒自己奥兹可能在回家的路上已经毫无意义；他可能就在大门附近，可还是太迟了。

三楼，狂风的威力已经显而易见。一扇窗户发出的啪啪声使得海伦紧张地环顾四周。那声音好像有人要强行闯入。

尽管她知道那是不可能的，但还是走到了窗扉前把窗帘拉到了一旁。她一眼就看到了先前令她害怕的黑色形状，剧烈摇摆着，似乎在触碰着窗玻璃。

这景象令人不安，那些树好似被刻意地注入了持久的活力。她又拉上窗帘，之后又跳回到房间中央四下里打量，随即陷入到片刻间的恐慌中。此时她感到自己如其他那些女孩一样，处于被攻击的处境。任何时候，任何一扇窗户都会被猛然打开，任何一面窗帘都会被扯着鼓起。

然而她并不知道，楼下的某处的一扇门被悄悄地打开。一个脑袋探了进来，眼睛歪斜地左右打量着楼梯平台。

突然，海伦的目光落在了脖子上，戴着的十字架上。尽管晚餐时遭人质问，而且这物件成了被人嘲笑的对象，而此时它实际上却带着治疗自己恐惧的功效。她提醒自己，这十字架的力量是如此不朽，并非他们口中的寓言或者神话。

不再去想那不幸的家庭护士，可是却拉起自己那绿色的长裙盖在头顶。抖落着衣裙勇敢地面对着威胁。可没有人会藏在挂着的衣服后面。

穿上那短打的蓝色羊毛睡衣，这让她感觉舒适不少，穿上了无根的拖鞋，却让它显得比以往更加娇小。无声无息地溜下楼梯，她站定，继而透过蓝厅的门侧耳倾听。

突然间那老妇的呜咽声刺破了寂静。

“护士，别。”

海伦听不出那喊着回复的沙哑嗓音。

“闭嘴，否则要你好看。”

海伦的手指紧握，攥成了拳头，脸上因愤怒而涨得通红。或许沃伦夫人是家庭灾祸的根源，但毕竟已经年迈，而且仅仅是一个大权在握的坏脾气老妇人。

但她在介入他人的事情上已经有了前车之鉴。这一回，她决定把事情诉诸教授。

教授的房门仍旧半掩着，而他本人仍保持着原先的姿势坐着。虽然脑袋偏向另一边，但可以看见他那只在椅子扶手上的手。令海伦震惊的是，事情相当奇怪，在她离开之后的这段时间，教授根本就没动。

“要是他睡着了，”她怀疑，“我该不该叫醒他？”

悄无声息地踏上房间地毯，但当她走近椅子的时候，一个可怕的恐怖场景令她心惊肉跳。教授的脸一层蜡黄，眼睛闭着，那眼睑泛着陶土的色调。

旁边的桌子上，放着一个空空的玻璃小瓶。她摇着对方的胳膊，内心被恐慌占据。

“教授！”她哭喊着，“教授！”

不再担心会不会打扰到他。而令她真正害怕的是能否摇醒对方。

第二十二章 事 故

尽管海伦不停地呼唤，可教授仍旧没有反应。顾不了那么多，她冒失地抓起教授的肩膀剧烈地摇了起来。但他只是四肢无力地侧着躺回到椅子里，好似一具通电的僵尸，显现出短暂的生命迹象。

惊慌失措间，海伦冲出了房间，匆匆忙忙下楼到了书房。海伦突然间闯入，沃伦小姐从书本上抬起了自己的眼睛。

“教授……”海伦喘着粗气。“快去救救他，快。我觉得他要死了。”

她的语调起到了唤醒沃伦小姐的作用。沃伦小姐带路，大步流星地上了楼。海伦跟着她气喘吁吁地来到卧室时，沃伦小姐弯下腰，椅子里，面对的是一个毫无生气的人形雕塑。

“真是这样吗？卡博尔小姐，”她的语气里带着些恼怒，“我希望你每次惊扰我的时候，把事情在脑子里过两遍。”

“但是，他不是病得正厉害吗？”海伦问，害怕地看着他如死尸一般的样子。

“当然不会。他仅仅是服用了安眠药睡得太死了。”

沃伦小姐拿起了桌上的那瓶药，若有所思。

“我相信我哥哥在剂量上不会那么的刻板。他不会犯如此愚蠢的错误。也许在计算剂量方面他可能没有考虑到会伤到自己的身体。”

海伦意识到自己过于冲动，随即就要转身离去。

“他身体很健康，”沃伦小姐说，“不需要做任何事情，但是让他安安静静待着就行。”

看着那一动不动的身躯，海伦停留原地，好似脚下生根般长在了地毯上。正当沃伦小姐对哥哥在工作中能提供的帮助表现出最大感激之情的时候，教授却撒手众人，恍然离去。

沃伦小姐走到床前，拿起一条鸭绒被，盖在了哥哥的膝盖上。

“过来一下，卡博尔小姐。”她说。

“不，”海伦说，“我，我害怕。”

“害怕什么?”

“不知道。但我们连一位男士也没有了。”

沃伦小姐看起来似乎被他的话语击中。

“事情彻底弄清楚前总是会令人好奇的，”她说，“但我不明白你为什么这么惊恐。”

“有一个凶犯，”海伦自言自语，“某处有个疯子。每个人都离去了，一个接一个。我倒希望事情现在就发生。但永无止境。我或者你，都会被独自留下的。”

“如果你紧张害怕，你就和巴克尔护士待在一起?”

想起刚刚发生的事，海伦害怕地缩成一团。

“但是我也怕她，”她坦露心迹，“她在欺负沃伦夫人，我刚才听到了。”

沃伦小姐犹豫不决地张了张嘴。通常在雇员面前，她不习惯给予他人解释，或者给予他人信心。然而，带着些许冲动，还是会让她打破常规。

“我通常不跟家庭以外的人说起家庭内部的事情，”她表情僵硬地说着，“但想必你应该知道发生在上一个护士身上的事。”

“是的。沃伦夫人把东西扔到她身上了。”

“完全正确，之前也发生过。沃伦夫人上了年纪，性情暴躁，控制不住自己的行为。仅仅因为身体的缘故，你知道的。”

海伦点点头，表现出对一个有地位的女士的恶脾气的理解。

“很可惜，”沃伦小姐继续道，“养老院的护士长告诉我说，她的员工不愿意来萨米特。所以我就要求他们派了另一个习惯于约束自己病人的护士过来。她是一个心地善良，但有些严格的护士。”

“我不觉得她心地善良，”海伦澄清道，“你要不要也进去亲眼看看沃伦夫人究竟怎么样?”

“很好。这里的灯不用关。”

当她们穿过楼梯平台来到蓝厅的时候，沃伦小姐对地上躺着的一个物件皱起了眉头。

“那是什么东西?”她问着，凑近了凝视。

“一把凿子，”看着它那擦得锃亮的光泽，海伦回答，“我还想着丢到哪里去了来着。当时准备着把你的门把手螺丝上紧的，但后来忘记了。”

当她伏下来捡起那东西的时候，沃伦小姐一把拿了过去，之后把它放在自己卧室里的一张椅子上。

“房间看起来凌乱不堪，”她说，“你没听过那句台词吗？”

“播下一种行为，收获一种习惯。播种一种习惯，收获一种性格。播种一种性格，收获一种命运？”

海伦没做回答，因为意识到对方假装问问题，其实仅仅是为了责备。沃伦小姐来到蓝厅。床上那高高堆起的一团羊毛织物的暗淡光影之中并没有传来鼾声的情况来看，海伦推断沃伦夫人已经睡着。

“我希望她别再夹杂新的花招了。”她心神不宁地想着。

其间的空气闻起来更酸了一点，混合着烂苹果和地毯的气息。沃伦小姐恶心地发抖。

“任何人都会厌恶这空气的，”她说，“我曾忍受过一整天。让我脑袋不舒服。这就是为什么我选择巴克尔护士来此提供服务，即便是你也无法做到。”

海伦明白这层暗示。

“她那意思是说会支持护士咯，而我就得靠边站。”她心里思忖。

当沃伦小姐轻拍化妆间门的时候，她那种温和的方式让海伦内心很是触动。

“我能进来吗？”她问。

巴克尔护士许可。她正坐在那里抽烟，双脚抻着搭在一把椅子上，上面放着一个烟灰缸，起身时，不情愿地对自己的雇主表示了下尊重。

“抱歉打扰，”沃伦小姐带有歉意地说道，“我只想知道你是不是和沃伦夫人有什么问题了？”

“她相当淘气，静不下来，”巴克尔护士回答道，“但随后我说服她，她接受了。”

“那我希望你晚安。”

“在这大风天里，多么好的希望。我得熬夜，跟其他人一样。”

“你什么意思?”沃伦小姐问，“我得去睡觉了。教授一定会睡到明天早晨。他服用的药剂稍稍过量，会睡得比较沉。”

巴克尔护士蔑视般咔嗒咔嗒地敲击着什么东西。

“掌控合适的剂量时，他为什么不叫我?”她问。

“如果教授自己做得更好的情况下是不会去问一个女人自己该怎么做的，”沃伦小姐语气生硬，“当想要保证自己的睡眠时，他会意识到自己在做什么。诸事缠身，他知道该怎样保持体力。”

巴克尔护士没在听沃伦小姐关于自己工资方面的潜台词。深陷的眼睛里却闪烁着鬼火般光芒，眼神里一半透着警告，一半透着满意。

“奇怪，”她扬扬自得，“看起来似乎有人在给自己开路啊。”

海伦瞥见沃伦小姐眼睛里一个惊慌跳动的眼神。

“那怎么可能?”她反问，“所发生的一切，有着充足的理由去解释。就仅拿一件事举例。赖斯先生、我的外甥和他的妻子，就因为我把那狗撵在外面他们就离开了这宅邸。”

“不，你得再往前翻，”巴克尔护士澄清，“赖斯先前知道你讨厌狗吗?”

“是的。”

“啊，那之后，你知道谁第一个告诉他有狗出售的?”

海伦听着，内心渗出寒意。这一系列事件的始末看似无害，就因为她看到的仅仅是琐碎的联系？这连锁反应追根溯源得往上翻到何处？她的想法究竟有多阴暗？

沃伦小姐不耐烦的发话声缓解了海伦的情绪。

“当然你可以无止境地纠结于此事，但整体上于事无补。当我忘了拧氧气瓶螺栓帽的时候，究竟是什么邪恶的中间人在作祟?”

海伦刚想解释事件的真正原因，却想起不能泄露奥兹女士的秘密。她内心不快地聆听着，而此时的巴克尔护士又开始揭人疮疤。

“现在房子里就只剩下三个女人，”她说。

“是四个，”海伦自豪地补充道，“我看奥兹女士只是一时糊涂。所以我让她恢复了先前状态。现在还在哭呢。”

沃伦小姐和巴克尔护士同时盯着海伦。

“对我而言似乎……”沃伦小姐若有所思，“似乎你有足够的能力照顾自己。”

“我终生都在做这件事。”海伦自信地说。

“我确信你几乎都可以接待急诊了，卡博尔小姐。”她说，“同样，你要不愿上床睡觉，但凡知道你跟奥兹女士在一起，我心里就会感觉轻松许多。”

此时的海伦在兴奋和紧张双重作用下开始崩溃，对这意料之外的安排无奈地长叹一口气。

海伦回到厨房的时候，奥兹女士还沉沉地坐在椅子里。但已经告别了刚才那沮丧的阴霾。她冲海伦摇着手指，以往天性中幽默而欢乐的光又从眼睛里射了出来。

“穿着胶底鞋溜出去?”她说，“想给我下圈套，是吧？你知道我老胳膊老腿跟不上趟的。”

“事情变复杂了，”海伦带着戏剧性的口吻，“教授也不省人事。”

奥兹女士听着，对教授的事情毫不关心。

“他还没死呢，”她说，“他别的不干，就知道待在书房沉思。”

“我说的就是这个，”海伦解释道，“要是没有他，我们群龙无首。”

显然，巴克尔护士也有同样的想法，因为，不久之后，她就像刚放下权杖的女王大驾光临般地来到了厨房。

“我觉得咱们最好达成一致，”她说，“教授不在，谁是领导？”

“当然是女管家沃伦小姐啊。”奥兹女士答道。

“她无力胜任，”巴克尔护士更正，“她就属于神经过敏类型的。你得让我知道自己的使命。”

“我还是会听她的命令，”海伦说，“她安排了我的一切，还付我工资。”

“听着，听着，”奥兹女士拍着手，“跟你说，听帕里医生家的年轻女士①的。”

“我怎么没听说你跟帕里医生订婚了。”巴克尔护士说。

她那薄嘴唇抿成一条线，而深陷的眼睛射出了嫉妒的光。

“没有。”海伦急忙解释。

听到这话，尽管巴克尔护士态度软了下来，可仍能看出她不依不饶。

“我猜想是因为你那娇小的身材，”她说，“奇怪了，怎么男人总喜欢找矮个子女人。个子矮就表明他们自己脑力也低人一等。他们知道你那智商和你那身材相符，他们也觉得不可能把他们的智力和你的拉平。”

这番话令海伦脸红不已，因为在教育不足方面，这事她

---

① 指海伦，奥兹女士的调侃之语。

很敏感。

“或许他们认为我更有吸引力。”她说。

巴克尔护士点燃一根烟，那夹烟的手因激情而抖动。

“你故意侮辱我?”她嘎嘎大叫，好似一只哈士奇。“你不觉得很不明智吗? 很快你就会独自一人，只剩我和你。”

“奥兹女士也会在这里的。”海伦提醒她。

“她会吗?”巴克尔护士意味深长地一笑，“我要是你，我才不指望别人。”

她猛然掐灭烟头，大踏步走出了门厅。

“她是什么意思?”海伦不安地问。

“无聊，”奥兹女士发表自己的见解，“我也有一样的想法。”她沮丧地加了一句。“我们大可不必那样。她就是下来挑刺的。我们就得对她刻薄一些。我唱白脸，你唱红脸。”

“她不应该离开那可怜的沃伦夫人这么久的。”海伦说。

“现在，也别觉得有什么对不住老沃伦夫人的，”奥兹女士建议，“她能照顾好自己。把两个人关在一个房间，就如同把一头狮子和一头老虎关在一个笼子里。你也不知道早晨最终出来的会是哪只。”

“我希望沃伦夫人可以保护好自己，”海伦说，“我是真怕那护士。”

“别让她知道。”奥兹女士给予忠告。

“不会的，”海伦看看钟表，“我真希望自己知道奥兹先生现在这个钟点具体到了哪里，”她说，“时间一点点过去。只要能坚持到最后等他回来。”

“为什么不能?”

“有件事让我害怕，可能会降临到我头上。”海伦坦白。

“别跟我说，”奥兹女士连忙接过话头，“因为你永远不知道此刻谁在倾听。”

海伦打开窗户看着地下室大厅。

“这就是我所害怕的,”她说,“假如我听到一个孩子在外面啼哭。我相信我会出去的。以防万一,你懂的。”

“现在,你不会那么傻要出去吧,”奥兹女士哀求,“我一直待在这里,期间从来没有什么婴孩被放在门头台阶上。沃伦小姐可不是那种一回家就怀里带着一捆襁褓的人。”

海伦笑着跳了起来。

“我感到很内疚,”她说,“她马上就要上床睡觉了,门把手还没有上紧螺丝。”

心里存着活要干,她就跑上二楼。经过门厅的时候,一切都显得格外安全和正常。穿过二楼楼梯转角平台时,她注意到沃伦夫人卧室的上方气窗有光线透出。

“我希望她还未就寝。”敲门的时候她心想着。

“谁啊?”沃伦小姐的声音响起。

“哦,沃伦小姐,”海伦说着,“很对不起打扰您,但能否把你椅子上的那工具给我呢?”

“当然,卡博尔小姐,别再把它扔在外面了。”

海伦听到沃伦小姐那穿过光滑地面的声响,门把手随即轻微旋动。

她看着这情况,微微吃了一惊。

“打不开门吗?”海伦问。

“不行。”传来沃伦小姐回答,“门把手握在手里不住地转动打滑。”

第二十三章　我们怎么对付一个喝醉的水手

尽管稍稍感到不安，那场面，反倒让海伦觉得自己是女主人。

“没关系的，”沃伦安慰道“我会从这边打开它的。”

海伦满怀信心地紧握门把手，不料只感到门把手在手指间打转，好似涂了一层油。

“貌似完全坏了，”海伦叫道，“你有工具，你觉得自己能修好吗?”

“不能，螺丝不见了，”里面答道，“没关系，奥兹先生明早会来修的。”

“但是，沃伦小姐，”海伦继续说道，“你把自己锁在里面是不行的，假如，假如有火灾该怎么办?”

“为什么要假如？请回去吧，卡博尔小姐。我还有重要的工作要完成。”

“钥匙在里面吗?”海伦问。

“没有，锁子坏了，所以就用一节螺栓插着。现在，拜托让我安静一会儿。”

海伦转身离去，不抱希望。路过蓝厅时，护士被这一通声音所吸引，从门缝里探出脑袋。

“现在，这怎么回事啊？”她问。

当海伦解释情况时，她令人不悦地大笑着。

“我跟你说什么来着？她自己故意把自己锁起来的。”

“我才不相信你那鬼话，”海伦说，“她干吗这么做？”

“怯懦。哦，我已经看到这一幕上演了。而且，我还见到了一些其他东西，不久之后就会发生的东西。你的麻烦还远没结束呢，我的姑娘。”

海伦被这女人的洞察力折服。

“护士，”她冲动地叫喊，“我想跟你道个歉。如果有伤到你的感情，我是无心的。”

“这道歉来得真晚啊，”巴克尔护士鼻子里哼了一声，“已经伤了。”

“但我就可以做点什么弥补吗？”

“你可以保证乖乖听话。”

一方面，海伦思绪已经飞到了帕里医生那里，在保证时犹豫不决。她心里知道巴克尔护士会利用自己的权力做任何事情来阻挠自己的介入。而另一方面，这个女人是个可怕而强大的绊脚石，对任何风吹草动都显得狂躁不已。她无论在体力，还是智力方面，都有点像一只雪貂。

海伦行了个军礼。

“我保证，长官。”她说。

“这可不是在开玩笑，”巴克尔护士蹙额，“我不确定自己能否信任你。我一辈子还没遇到过这种情况，还从来没被一个打杂的生瓜蛋子这么下流地侮辱，你这未经过训练的黄毛丫头。”

“不，护士，”她说，“我可从来没那么想过。”

巴克尔护士又把话题扯回到窃听事件上。

“是的，她是说过。”她说，“但她的所有话你都听。”

“不，我得迁就着她，因为她就是有点醉了。做的那些事情我从来没放在心上。”

“她心里怎么想的？”

当巴克尔护士用闪闪发光的眼睛盯着奥兹女士不放时，海伦才终于明白了，这就是所谓的毒蛇的催眠力量。

“她还以为你是个男人。”奥兹说了实话。

巴克尔护士痉挛般地咽下这口气。

“她会为此付出代价的。”她转身回蓝厅时嘴里咕哝了一句。

下楼的时候，海伦把自己所能记起的往昔在头脑里温故了一遍。在巴克尔护士这方面，她希望自己的良心清清白白，因为她讨厌自己当伪君子的感觉。

就刚才整个事情而言，她感到相对的宽慰。她剪辑掉了剃须刀那部分插曲，之后跟谁也没有提及。当奥兹女士夸夸其谈地品着她的胜利成果时，海伦也矢口否认。对护士的厌恶之情与己无关。

一看到电话，就让她想起了最近的那次死亡惨剧，而此事她几乎都快忘了。恐惧接踵而至。而就目前而言，她面对的主要是可怕的巴克尔护士。

“我觉着得给帕里医生通电话了，”她心想，“告诉他所发生的一切。”

好一会儿才拨通电话，最终当她听到帕里医生的说话的时候，那声音听起来生硬粗哑而且昏昏欲睡。

“什么事?”他问。

“教授嗑药不醒,”海伦回答，“沃伦小姐又把自己锁在卧室房子里出不来了。”

此刻帕里医生没说话，海伦就对她的行为给出了自己的理由。

“我或许不应该惊扰到你。但他们玩消失的方式看起来的确很怪异，一个接一个的。你怎么想?”

“我要知道的话就好了,”医生回答道，“一切看起来状况良好。我觉得沃伦小姐是最聪明的。为什么不以她为好榜样?”

“因为……你不会相信我的，尽管我在蓝厅睡觉的事情上小题大做。但是我却不喜欢把沃伦夫人单独留给那护士照看。”

“你是不是觉得她在照料沃伦夫人方面粗手粗脚不够细致?”

“我不知道。但我知道她的脾气可怕。”

“那我给你一个小建议。如果事情到了两难境地，两者相抵取其轻，你还是坚持原有的做法。”

尽管奥兹女士给过相同的警告，但海伦还是不大信服。

“谢谢你的忠告,”她说，“不好意思打扰到你，你鼓励我，可我总是个麻烦制造者。”

“喂……别挂电话,”医生催促，“不知道教授那边怎么处理，我要不要过来一趟?”

“看起来比较糟糕。”海伦不失时机地说道。

“他总那个样子的。沃伦小姐怎么处理的?”

“摸了摸他的脉搏，然后用鸭绒毯把身子盖起来了。”

“很好，”海伦听到对方释然地叹了口气，“听起来一切无恙。她是个聪明女人。现在，我们维持现状。如果情况有变，我会改变主意，然后骑自行车立刻赶过来的。说实话，你只要一句话，我就会立刻动身。”

“你会因为我而过来吗？”海伦问。

“只会因为你。”

不顾劳累和孤独，不顾黑夜带来的恐惧，此时海伦的生活中突然间注入了光辉。

“现在我心里知道，”她说，“我不想你过来。我感觉好极了，我……”

一听到楼梯平台上传来脚步声，她就立刻了挂掉电话。巴克尔护士正倾身斜靠着栏杆，向下看着她。

“跟谁通话？”她问。

“医生，”海伦答道，“我跟他打电话说了一下教授的情况，但他说没必要过来。”

“他更喜欢出其不意吧，”巴克尔带着预言般的语气，“我不相信那个年轻人……你还是最好去你那酗酒的病人那里去吧。你比我知道该怎么哄她。”

带着突如其来的不安，海伦急匆匆穿过门厅。打开地下室大门的时候，踢到了面前的什么东西，那东西就沿着楼梯台阶滚下，然后就心惊肉跳地听到哗哗啦啦叮叮当当的声音。之后她跑下楼梯，从最底层的垫子上把那东西捡了起来，原来是一个小小的粉色牛奶罐。

“奥兹女士，”她一进厨房就叫道，“谁把这个放在楼梯顶端的？”

“不知道。”

带着突如其来的怀疑，海伦抬头看看梳妆台。让她欣慰的是，那瓶子仍旧一动未动地放在柜子顶部。

尽管证实了她是无辜的，可海伦还是凭直觉探查到了奥兹女士内心那一丝堕落。酒醉后的咧嘴傻笑，掠夺去了她那突出的下颚带来的坚韧，那种笑在嘴角回旋，让脸上的表情支离破碎，含糊不清。看着她，脑海里回响起了海上水手的号子。

“如果一个水手喝醉了，我们该怎么应付?”

“度过今晚，就这个主题我会写一本书。”她心想，只写过一封忏悔信的她，信誓旦旦地保证。

很明显，奥兹女士此刻竭尽全力想要把话题集中在海伦关于沃伦小姐门把手的故事上，总是就每一具体的点反复地问着问题。

“奥兹肯定想吃晚饭了。”她就说了这么一句。海伦会意，拿起了餐盘。

“我跟你搭把手。”她说，“你起来一下。”

手扶在奥兹女士腋窝处，猛力往起拉。但那女人又溜了下去。

“你得让我多放松一会儿，”她建议，“别忘了，我半瓶酒已经下肚了。我很快会没事的。”

“没关系，”海伦说，“我一个人就行。”

要一个人去食品储藏室，她觉得这可是对自己意志力一次宝贵的考验。打开洗碗间的门，啪地按下电灯开关，每个角落都很干净，在灯光的映衬下泛着黄光。外面过道，松动的窗门砰的一声撞上百叶窗。

这声音令人心烦，因为听起来好似有人毅然决然地强行闯入。在惨淡的光线中，走廊也看起来像一条阴郁的隧道。

在转弯处，延伸着《杀人者莱恩》[①]里那黑暗的迷宫。

海伦明确自己应该完全控制个人的想象欲望。她不敢回首真实发生在这高墙之内的那令人惊骇事件，抑或不知道那女孩的灵魂是否还游荡在这空气中，尘土里，还是石缝间。

这段区域由她自己监管，在彻底搜查了每一个潜在的藏身之地之后，她进入了储藏室。

除了一些培根和几头洋葱，架子上还满满地塞着许多瓶瓶罐罐，这些又引起了海伦那探查一番的好奇心。萨米特储备了大量的食物，一时很难做出选择。

眼里饥肚里饱，她在餐盘里堆满了东西，牛舌、沙丁鱼、考究的花色肉冻，还有一罐子开胃菜咸酱。

为保持平衡，她侧了侧胯部，关掉灯，同时用脚踢开厨房门。立刻，一个响亮的声音哗啦啦传来，餐盘猛地掉在了石板地上。

海伦若有所思地皱了皱眉头，因为自己不喜欢这不断出现的岔子。突然间一阵怀疑丛生，夹杂着不可名状的担忧。当穿着卧室里的鞋子时，奥兹女士往往听不到自己那无声无息的脚步声，所以她也总是把这些叮叮当当的东西放在桌子上，就为了让对方知道自己的到来。

这要是真的，那她得藏些什么呢？可她没有耍花招。尽管拿了那么多，海伦还是莽莽撞撞地冲进了厨房。

奥兹女士仍旧坐在椅子里，背对着海伦，而巴克尔护士就像站岗似地站在旁边，双臂交叉于胸前。

“你去哪了？”她问。

“储藏室，”海伦解释，“给奥兹准备晚饭。我觉得可以给

---

① 惊悚影片名。

我们做些点心，就为了消磨时间，要不要一起？

巴克尔护士点点头，嘴角闪现一丝怪笑，引得海伦不得不神经兮兮地做解释。

“我觉得我和奥兹女士在这里吃我们那份，而你的我会上去端到你的化妆间。那样可以吗？你喜欢哪一种三明治？”

“问问奥兹女士，她更喜欢哪种的？”巴克护士说，“我想你是揽了她的活。”

一丝不祥的预感在心头泛起，海伦手中的餐盘砰的一声掉了下来。然后她跑到了奥兹女士跟前。但是，还没等她赶到跟前，奥兹女士就在桌子上摊开双臂，随后脑袋枕在了上面。

“怎么回事？”海伦叫着说，“你病了吗？”

奥兹女士艰难地睁开了一只眼睛。

“我太困了，”她说，“我……我……”

因为她的声音越来越小，海伦就赶忙摇她的肩膀。

“醒过来，”她叫着说，“别留下我一人，你保证过的。”

从奥兹女士的眼睛里感受到迟滞的回忆和些许的内疚，随即那纠结的表情消失了。

“有人把我整了，”她说，“我困了。”

脑袋再次沉沉地落在胳膊上，奥兹女士闭上了眼睑之后呼吸开始粗重。

带着无助的恐惧感，海伦眼睁睁地看着她陷入呆若木鸡般麻木的睡眠状态。而巴克尔护士站在一边，舔着嘴唇，仿佛给这一情况平添了一丝诙谐。很快，海伦打破了沉默。

“我们能做点什么吗？”

“为什么不给她来点什么喝的？”巴克尔护士嘲弄般地问，“酒精或许能使她精神些。”

海伦意识到这个忠告只是在揶揄。关于这场灾祸的起因，海伦心知肚明。就像一个入室窃贼用药毒杀看家狗一般，这都是盗窃抢劫的前奏。有人趁着海伦不在跟前就趁机向奥兹女士下手。

即便她能确定是谁干的，但还是由于恐惧不敢指责巴克尔护士。她努力忍着不露声色，尽量不让自己的怀疑从表情或声音里泄露出来。

“你怎么了？”

巴克尔护士轻蔑地咆哮。

“别傻了，”她说，“很明显，她已经酩酊大醉了。”

第二十四章　盛大派对

尽管吃了一惊，巴克尔护士的话却几乎让海伦松了一口气。但是怀疑还是像干草堆上的蜘蛛网一样四下里蔓延开来。

背叛的迹象并未显现。只是在诱惑的压力之下，善意的奥兹夫人思想上有了滑坡。

“她怎么拿到白兰地的?”她问，“我确定，以她的身体状况，是爬不上那梳妆台的。”

巴克尔护士把一条实心矮脚凳踢到前面，站在上面伸出胳膊从化妆台架子上取下了那酒瓶。

“别忘了不是所有人都像你那么小的个儿,”她说，“虽然奥兹女士不如我个儿高，但还是能像只猩猩一样够得着的。”

海伦咬咬嘴唇，意识到自己这么容易就上当了。

“你可能觉得我榆木脑袋,”她说，“但我还是满心期望她能给予保证。她仍旧没有碰那瓶白兰地。瓶子里还剩一半呢。”

巴克尔护士轻蔑地吸了吸鼻翼，拔出酒瓶木塞，闻了闻，然后在手背上倒了几滴。

“是水。”她说。

海伦低着头用责备的眼神看了看奥兹女士，此时的她沉沉睡去，身体滚烫，汗水涔涔。

“她这情况怎么办？”她无助地问。

“别碰她，就让她在那儿待着。”

“我能不能把一条浸了热醋水的绷带敷在她头上？”海伦固执地说，“她看起来在发烧而且不舒服。”

“这情况你帮不上忙，”巴克尔护士突然间来了一句，“她令人失望，我们可没时间照顾她。她就是个累赘，做饭吧，我都饿得前胸贴后背了。把餐盘拿去，到我的房间吧，我们在那儿吃。”

尽管言辞间预示着新的伙伴关系，可海伦还是感到新一轮苦工开始了。

“你想吃什么？”她急切地问。

“冷肉，土豆，泡菜，奶酪。别说了，切三明治吧。给我煮一壶浓茶。别忘了，我们得保持清醒状态。”

“你不是觉得没什么危险吗？”海伦忧虑地问道。

巴克尔护士目不转睛地看着她。

“真好运，你还得拖累我。你是一个傻瓜，一个傻瓜跟两个无赖一样危险。你连基本的算术都不会？”

“当然会。”

“哦，那好，晚餐时房子里有九个人。现在只剩两个了，走了几个？”

“七个。”海伦喘息着说，因害怕而缩成一团。

巴克尔护士舔着嘴唇，脸上浮现出阴郁的意味。

“你意识到那意味着什么吗?”她问，“那意味着那罪犯已经离你很近了。”

尽管海伦知道巴克尔护士在利用自己的害怕心理，可那女人出门的时候，她的心感到一阵沮丧。虽然对方天生恶意刻薄，可也算自己的一个伴。一个接一个的灾祸已经让她无力抵挡，以至于独自待在地下室都让自己害怕不已。走廊窗户的每一次砰砰声都打在心里。虽然下面暴风雨的咆哮减弱了，但花园却也更加接近人眼。她想起那扭曲挣扎的灌木，好似手指敲击玻璃，以及那下层林木伸着那怪物般的触手，如水下生物般招摇。

“那东西想要进来,”她心想，“假如还有什么秘密入口被忽略了，那结果会怎样。任何人都会藏在两段楼梯之间以及所有空房子里。”

她唯一的渴望就是尽快上楼。尽管她有时间切三明治，而且得等着茶壶里的茶煮沸，但她已经没有了胃口享用美味了。

她急匆匆地备好餐盘，之后，返回起居室看着茶壶。做这一切的时候，她的思绪猛地断了线，就像老掉牙的手摇风琴那一瘸一拐的音乐节奏。

“我相信沃伦小姐情愿自己被锁在房子里。我要是没那么粗心的话，这些事故就不会发生了。她用事实告诉我这是我的错。所以，在我俩之间，我们对那段事故负责……此外并没有其他人好埋怨的。”

尽管用这种逻辑自我安慰，但出现的这个问题还是令她畏缩羞愧。整个链条中是否有些看不见的环节在沉淀或影响着角色间这种相互作用?

海伦，易冲动而且粗心大意；沃伦小姐，自私自利；而奥兹女士，欲望无节制，行事方式都符合各自的风格。然而，这局面好似一盘棋子，在某个人设定的游戏规则之中重新排列，不管发生了任何冲动之事，现在的她们都在跟着那看不见的游戏者的节奏在走。

水壶喷出一阵蒸气，盖子被掀起，一股水溢了出来。海伦赶紧煮好茶，然后急火火地上楼，行进中，目光紧张地左右扫视自己的肩膀两侧。到了楼梯顶部，她用脚踢上了背后的门。

当她经过了暗淡的蓝厅时，没有听到从床上传来的鼾声，她尽最大努力来稳住，别让餐盘上的瓷器咯咯咯地响。巴克尔护士在更衣室重新点燃一支抽过的烟蒂。海伦突然进来放下托盘时，她抱怨不已。

“我试图转那把钥匙时，手指几乎快断了。”她点了点头示意那第二个门。“真令人厌恶，把我的房间安排在一个男人的卧室旁边，门还相通。”

“这曾经是一个更衣室，”海伦解释道，“除此之外，教授不是那样的人。他今晚不会来访的。”

她转过身来掩饰自己的笑容。除了逗她之外，刚才那事情也让她打起了精神，因为奥兹女士躺在那里像石头一样死。她最后的怀疑印记消失了，因为她意识到巴克尔护士的手指不具备暴徒所拥有的那种力量。

“我们要不要打开门，这样你可以听到沃伦夫人叫你的声音？”她问。

“她不会的，”巴克尔护士咕哝了一声，“我已经安顿好了。”

“你的意思是你已经让她睡下了，像哄小孩那样？”

“哦，为什么不行？她就是个老小孩。”

“可是。这听起很是强硬啊。”

巴克尔护士只是哼了一声，她倒出一杯茶，又加了几滴白兰地。海伦惊讶地看着她，盘子里堆着凉土豆一样厚厚的冷肉片，上面盖着多到令人窒息的泡菜。

“给男人吃都足够了。”她心想，随后海伦瞪大了好奇的双眼，看着她把盘子里的东西一扫而光。

由于她友好的招待，巴克尔护士从内心缓和了自己的脾气。

“茶里再滴一些?”

“不，谢谢你。”

“到老你都会需要它的。那醉醺醺的家伙已经尝到了甜头。你也看到了，奥兹女士一旦打开酒瓶之后，就再停不下来了。她肯定完了。那罪犯也一样的，像只快要饿死的老虎，嘴边流着口水。”

海伦此刻放下了慢条斯理吃着的那一小块奶酪。

“护士，”她问，“你为什么不喜欢我?”

“因为你让我想起了我讨厌的人，”巴克尔护士说。“她和你长相酷似，一个小瘦子，细胳膊细腿，而且喜欢傻笑，头发卷曲，像个洋娃娃。不过头发是金色的”。

“你为什么讨厌那个金发小女人?”海伦出于好奇的天性，突然问道。

“因为一个男人，”护士回答说，“当时我还是一个实习生。他是医生，很聪明。但他如此之小，以至于我都可以把他放在我的膝盖上当陀螺来抽了。”

“这反差可够吸引人的了，”海伦说，“你们订婚了吗?”

她所表现的兴趣并不是假装出来的，因为巴克尔护士奇怪的信心已经唤起了海伦心中爱情的甜蜜。

“奇怪，”她想，潜意识里摇曳着一种戏剧之感，“我们俩，一高一矮，因为一杯茶而聚在一起，却由于两人都坠入了情网。”

“没有订婚，”巴克尔护士回答道，“只是持续升温而已。本来可以的。但被那个金发丫头抢走了，我诅咒她。”

“好可惜。”海伦说，诚心地惋惜。

“可惜？”巴克尔护士一脸苦笑，“这就是命。那是我的真命天子。没有第二个，也不会再有。”

“他们结婚了吗？”海伦问。

“没有，她把他甩了。她仅仅想从我手里把他夺走而已。他只剩下空空的躯壳，对我来说，他什么都不是了。这就是为什么我讨厌和她相似的女人。如果哪个男人想要拧断她的喉咙，我想对那人说祝他好运。”

巴克尔护士说这个的时候怒视着海伦，海伦就害怕地萎缩一团。原本渴望谈论她自己，结果愿望被抹杀了。只想寻求一些方法，来避免那来自一个不幸之人的相似惩罚。

“你知道吗？”她说，“你我都有相似点。我们在同一条船上。男人们总是忽视我，因为我太小了。”

巴克尔护士的眼睛里闪烁着的贪婪的光告诉她，对方已经上当了。

“那医生难不成是你中意的男人？”她问。

“当然不是。那只是奥兹女士的谎话。没那回事。我总得自己谋生活，也从没什么钱去买衣服。”

“你说真的？”巴克尔护士继续问。

海伦点点头，她记得自己那羞辱和遭人忽视的少女时代。她用锐利的眼光盯着她，尽管她和那金发女孩长相相似，但巴克尔护士也还是相信了她的话。

那时的海伦看起来是这样一个无名小卒般的女人，一个事业不成的，过剩的非熟练劳动力。如果她被谋杀，既不会被人记起，亦不会被人悼念，而只会有一个新的工作岗位信息发布出去。

但是，尽管她觉得弱者只有被鄙视，也不再对她产生怨恨。

她抓起白兰地酒瓶的时候，海伦抗议般地叫嚷。

“请别……”

“你是不是觉得一丁点白兰地就会把我撂倒?”巴克尔护士冷笑。

“不是那个意思。但是有了之前的事情，我怕了。说不定那白兰地里掺杂着东西。”

“要真有，你就剩自个儿了。我才不管。”她端起酒杯，一饮而尽。“这可能是发生在我身上最好的事情了。”她继续说道。“当他来的时候，他会冲你。我要介入，那也就会冲我咯。”

“但我会跟着你的，”海伦叫嚷，“就我们两个人了，你要发生什么事，我想自己会吓疯的。”

“那完全取决于你咯。”巴克尔护士不怀好意地来了一句。

“你是这里的软肋，你会出卖我然后自己逃跑。”

似乎进一步的争论也无济于事。饭也吃不下去了，海伦就坐在那里，看着巴克尔护士用完晚餐。这过程旷日持久，因为她每吃一口饭就要吸一口烟。

小房间里满都是弥漫着的烟霾，巴克尔护士那巨大的白色身影在烟气中若隐若现。有时海伦的视觉也在给自己寻开心，此时的她，外形像一片云一般展开。空气沉闷而酷热，好似热带丛林。

“我必须保持清醒,”她心里拼命想着,“如果我眼睛不盯住她,她就会立马消失。”

然而,尽管她努力专注于周遭环境,深层意识里却有一个不顾一切的信念试图抓住什么东西,而这东西曾经于指间滑走。奥兹女士抓不住,巴克尔护士也不会抓住。但是,至少,夜晚在一点点过去。显然巴克尔护士也想到了同样的问题,她瞥了一眼壁炉架上的小旅行闹钟。

“我们或许预感到那罪犯就来了,立刻就会,”她说,“我不知道他几时开始动身的。”

海伦感到自己的肩膀在战栗,她意识到这种欺负仅仅是新一轮苦役折磨的开始,对方就想听她吓得吱吱乱叫。以往的情绪闪烁着,她突然给予反击。

“别忘了这个,”她说,“只要我活着,似乎就没有人能给我找很多麻烦,但如果我死了,我将极其重要。如果我今晚在这里出了什么事,将会有人调查,并引起公众的广泛注意,他们会把责任推给你的。”

巴克尔护士的目光聚焦于此,但却忽略了这么一个制约条件,因为她不得不依靠自己的职业谋生,如果必须经历一个艰苦的勘测检查,她自己的声誉可能会受损,这也不可辩驳地证明了自己的懦弱。

“别傻了,”她说,“我们是拴在一条绳上的蚂蚱。那是什么声音?”

海伦也侧耳倾听,这时,一个低沉,瓮声瓮气的撞击声从楼下某处传来。

“听起来像是敲击声。”她说。

“别过去查看了,”巴克尔护士警告她,“可能有诈。”

“但我必须要去看看。可能是奥兹女士。”

巴克尔护士还没来得及阻止她，她就打开门，无声无息地跑过蓝厅。当她到达楼梯转角平台时，声音变得清晰而确凿，一阵响亮的咒骂声响起，而后是一通门铃声。

海伦突然停住，抓着栏杆，因为巴克尔护士那毒药般的警告让她感到此刻自己的大脑是懵的。在外面等候的人可能是比期望中更早返回的奥兹。然而，即便因为这个理由，她还是不敢贸然行动。

突然，一个新想法冒了出来。她的本能告诉她那是帕里医生在敲门。尽管他电话里说的话令人心安，但对萨米特的现状仍是不放心。

她眼睛里放射着光芒，她飞奔下楼，而此时的巴克尔护士也到了楼梯转角平台处。

“住手,”她喊道，“别开门。”

“我必须得开,”海伦喘着气，侧着身叫道，“是医生。他说过要来的。我必须开门。”

她听到巴克尔护士追过来的时候那砰砰的沉重的脚步声，而且还想跑得更快似的。尽管她尽了最大努力，然而就在她快要到达大厅回转门时，她感到自己被两条强壮的胳膊搂住了。

“嘘，你这小傻瓜,”巴克尔护士扯着嘶哑的声音耳语道，此时已经用手捂住了海伦的嘴。“他就在外面……”

第二十五章　看守人

尽管巴克尔护士语气坚定，可海伦还是挣扎不已，她肯定帕里医生就在外面，感觉近在咫尺却无法企及。

一开始感觉筋疲力尽，因为巴克尔护士一只胳膊牢牢缚住自己，而自己的手也被紧紧地捂在脸上。她的力量惊人，海伦只有用脚虚弱而又疯狂地踢来踢去，渐渐地脚底也感觉绵软无力了。

敲门声混合着门铃声好似永无止境。当一切停止，巴克尔护士却没有松劲儿，只是默默等待，直到房子的另一侧远远地传来锤击声。

“他绕到了房子后门了，”她冷酷地说着，“他很执着，我也一样。”

海伦唯有苦命挣扎，她那痛苦的煎熬不仅仅是身体上的，而且是精神上的。巴克尔护士铁箍般勒着自己的肋骨，捂着自己的嘴，让海伦感觉都快要窒息了。当停了有一秒钟之后，前门的动静再次响起，此时她已经到了极限了。

“走开，亲爱的。这样不好。看在我的份儿上。走开吧。这样一点都不好。”

尽管她已经听到了这无声的哀求，可大脑里不停地高速回环着这句话，直到敲门声被这旷日持久的静寂击退，巴克尔护士这才放了海伦。

“喔,”海伦喘了一口粗气，轻轻揉着自己的脖子，“你快把我勒死了。”

巴克尔护士笑出声来，那声音短促而刺耳。

“这么说，这就是我等来的感激话语。很遗憾没让他进来。自上次他把你的喉咙痛治愈后，已经过去好一阵子了吧。你不值得被救赎。”

“你没有救我,”海伦说，“帕里医生救了我。”

“你怎么知道的?”

“因为他答应过我，他会来的。”

巴克尔护士皱起了那浓密的眉毛。

“你跟我说过他不是你的爱人。”

海伦情绪低落，无心反驳。

“现在，又有什么关系?”她厌倦地问道，“你把他赶跑了。”

“就因为这个。你的意思是说你刚跟我说的都是假话。只是为了试图博取我的同情心。你就一直背地里捂着嘴嘲笑我。”

当海伦看着那张铅白色的面孔时，她想起赖斯曾跟她说过，她的人身安全很大一部分取决于同伴的个性品质。

从巴克尔护士那充血般的表情就可以看出，她已经把自己投入到了那嫉恨的万丈深渊。突然间海伦对这位怀揣仇恨的丑陋女人感到悲哀，以至于忘掉了自己的厌恶之情。

“跟你说句实话，”她轻轻说道，“就发生在今晚。”

“发生什么?”

“没什么事情，”海伦低声一笑，“但，同样，也会是任何事情。帕里医生内心藏着一些东西，牵出了我内心同样的东西。所以，他肯定有相同的感受，否则就不会给我电话。你懂的，不是吗? 类似的事情也发生在了你的身上。”

为了冰释前嫌，建立两人的联系，情急之下，她抓住了巴克尔护士的手。但那女人却用力一把将她推开，海伦跪倒在地。

“是的，”她说，“我知道究竟是怎么开始的。我也知道结局。一个虚伪的戴着卷发的骗子，就像你。”

“但是，别因为别人的过错就来惩罚我，这不公平，”海伦反抗，“我没做过损害你的事情。”

“你也没对我做过好事。关于我的长相，你显得粗野鲁莽而无礼傲慢。因为我个儿高而且脸上棱角分明，你就居然敢把我比作男人。”

“我没有。哦，友好点，就为了今晚，好吗? 我们没必要斗成这样。”

“哦，是啊，我知道你考虑问题的角度了。男人们发现小个子女人更迷人，不是吗? 但小个子女人需要保护。我要真走了，你就会想我的，而你会被一个人留在这里。”

这寒风般的话让海伦的心头结了一层冰霜。

“要是那样，”她说，“我想我会在恐惧中死去，但我会不甘心。”

“也许吧，”那女人从鼻尖俯视下来，那嘴唇此刻蒙上一层难以捉摸的微笑，“我们假定教授嗑药了，那厨子喝醉了，但是我们怎么会知道他们是不是被人下药了?”

想起奥兹女士那含糊不清的话语，海伦感到这的确是一个令人胆寒的可能性。

“谁会给他们下药?”她叫着问。

“可能已经有人潜到地下室了,”巴克尔护士暗示道，“整晚所遇到的都是顶蹊跷的事情，好似有人从内部捣鬼。”她又说道，话语间透着凶险的意味。“如果我晕过去，我俩都应该知道的。我在茶里加了白兰地，脑袋怎么感觉晕乎乎的，我不知道是不是由于这个原因?”

说话间，她有些略微摇晃，手抚在额头上。海伦看着她，害怕地说不出话来。尽管这女人怀有恶意，但她还是不顾一切地冲过去让她靠在自己身上，就如同一个溺水者紧紧贴在救人者身上似的。

虽然常识告诉她，巴克尔护士一直运用危言耸听的策略，就是为了让她不断地接受恐怖所带来的打击，而众多失控的事件看起来似乎大体上都暗示了一些她那消极避退的趋向。

她的同伴一个接一个地离去。他们都已昏睡过去，而独留自己保持清醒，四下里观察。到最后，她还会是一个人。

她高昂着头，紧咬着嘴唇，海伦判断巴克尔得知自己受到了攻击，就不会善罢甘休。但巴克尔护士看着她的眼睛，同时也看到了那大学生瞳孔里流溢出的那种眼神。

海伦看到了对方的微笑，随后那赤红的眼睛里突然充满着报复的意味。

“我不明白，你为什么对我抓住第一次幸福的机会报以嫉妒怨恨。”她说。“这很卑劣的。当我饿的时候，我不需要知道别人是否也饿着。事实上，更糟的是，因为我总是有面包吃，所以也可以猜到对那些一无所有的人来说它意味着什么。”

“哦？你挨过饿?”巴克尔护士问道。

“也不能那么说。但仅仅很短的时间，处于上一份工作和下一份工作之间的过渡期。”

“这只能证明，你一无是处。你仅仅是一个什么都不熟练的小工。你也从不会被记起的。”

海伦又瞥见那蓝色之星带来的黎明之光闪耀在隧道般漆黑的夜的尽头。

“我希望明天已经到来，”她叹了口气，“哦，护士，帮帮我，让我安全地度过这黑夜吧。”

“为什么？你不会因为我而不高兴吧?”

“我的确想要证明自己的诚恳，”海伦迫切地说道，“我是一个可怕的小怪兽。但也渐渐能够和你相处。此刻，我想我理解，你的那位医生是怎样的感受了。”

巴克尔护士默默地听着，表情神秘。停顿了片刻，电话铃响起，声音尖锐刺耳，令人心惊。对海伦的耳朵而言，这无异于美妙的音乐，这也再次提醒着，萨米特仍旧抵制着好莱坞传统情节里那线路中断的老套桥段。

她飞快地跑出大厅，苍白的脸突然有了色彩，泛着生动的光泽。

“一如既往，你是对的，”海伦喘息着，“帕里医生不在外面，因为此刻他在给我打电话。”

她如此确信会听到他的声音，但当拿起听筒时，令人尤为失望的是对方那装腔作势的女人声音。

“是萨米特吗?”

“是萨米特。”海伦无精打采地回答。

很快，她就冲向巴克尔护士说道：“找你的。”

巴克尔护士起身，好似事关重大的样子。

“谁打给我?”

“不知道。”

感受不到灾难即将来临的海伦，看着护士，眼睛里失去了往日的兴趣。

“巴克尔护士，您是哪位?……哦，是你吗?亲爱的?”

养老院的秘书说明了情况。

“听到你的声音真好，亲爱的。我还在值班。匆匆忙忙的。我试着和布莱克联系。而他在度假，我跑遍整个英格兰去找他。所以，如果你还没有上床睡觉的话，在我等待的这段时间里就想给你打个电话。”

“机会不大。”巴克尔护士说道。

“听起来是希望不大。这情况难道不令人感到欣慰吗?”

“最让人不舒服的了。实际上，这事完全让人感到不愉快和奇怪了。”

“我并不惊讶，亲爱的，我觉得应该让你知道，某人给我电话了，而且问了我关于你一些最离奇的问题。”

“关于我?”

海伦注意到了巴克尔护士语调里的变化。

带着沮丧的心情，海伦听完了这边的一半对话。

“请再说一遍……确实有。还说其他什么了吗?……什么?简直傲慢无礼……谁给你打的电话?……你确定是个女孩的声音?……什么时候?……请回忆一下，我的意思是要追踪源头……你确定是那个时间?……那，我知道是哪个女孩了，因为另一个已经离开房子了……压根不是。你让我知道这事情简直是好极了。再见。”

巴克尔护士挂掉电话，看着海伦。

“你刚才还想证明自己吗?”她问，“好，你做的好事。你就是个十足的骗子和打小报告的人。假如我动动小指头就能避免你的脖子让人拧断的话，那我告诉你，我不会那么做的。”

海伦微微张着嘴唇，想竭力解释。但觉得自己的脑子就像半煮熟的鸡蛋一样凝滞而无力。她仅能意识到的是，防御的削弱的自己已经遭到疏远，孤立无援，无力争辩，而此时在外面游荡着一个男人，在暗流涌动的黑暗中徘徊。

那人还在那儿，围着整个房子转悠。在风暴的猛烈冲击下，树枝就像鞭梢子般打着他的脸，他弯下腰，伏在湿漉漉的地面上检查每个地下室的小窗口。

他一度认为自己找到了一个脆弱的地点，因为一扇窗户在他的强压之下开始晃动。在窗框里插入他的小折刀，砍开一道口子，临时绑上挂钩和一些绳子，但却又遇上到了内层坚固的窗板。

萨米特已经武装到了牙齿。此刻的他就像茫然地面对着一个坚不可摧的装甲车。

帕里医生应该很高兴地发现，有证据显示，自己的命令得到了服从。在预防措施方面，他给出了最严丝合缝的建议。然而，当他抬头向上看着那些空白墙壁，试图要找到透着灯光的窗户时，却发现是徒劳的，此刻他感到一阵寒意。

尽管他喜欢幽静之所，但一直不喜欢被树荫罩严了的萨米特。

天生就具有快速敏锐的直觉，摇摆于猛烈的好恶之间，他承认也反对自己天性脉络中有迷信的纹理。就在那时，这带着高高的烟囱的房子，这维多利亚时代建筑的外部坚固程度，让他产生了不信任感。

他突然想到一个简单的办法，这样就可以和里面的海伦交流了。啪嗒一声打着打火机，在口袋里摸索着找到一张废弃的纸。拿出来的时候，发现是一个旧信封，他艰难而又潦草地在上面写下了消息，然后塞进了信箱，依着邮递员的惯例那样连敲了两声门。

“这样的话，就会让她下来了，比一根导火索都快。”他想着，随即退后到碎石车道上，选择了一个可以打量整个房子动静的位置。

几分钟过去了，然而，楼上的窗户没有任何灯光闪耀的迹象，而此时他开始变得忧虑。毫无反应，这可不符合海伦那典型的好奇天性。记忆中，她那蹦蹦跳跳奔跑上楼的景象触动了他的心。即便采纳了自己的建议，睡在地下室，他也知道，要从那到三楼也不会花那么长时间。

此刻，尽管好似树木一般牢牢根植于地，但在雨中站着的他也渐渐累了。很明显，萨米特也随了那令人敬畏的寡妇脾性，天黑之后，对流浪者的敲门置若罔闻。

刚要转身离去时，三楼卧室里亮起了灯光。窗户是关着的，但没有拴上，映着轻柔的绿松石蓝窗帘的颜色。

一看到这个，他的脸上亮起了喜迎之色。直到再次听到她的声音，这才意识到他对海伦的感情力量是多么的强烈。心里的光辉映上了他的嘴唇，融进了她的微笑。然而，对情人到来的狂喜被随后丧曲般的失望摄于无形。确凿无疑的恐怖冲击着他的大脑，他震惊地看到，在窗帘的光影下，映衬着一个鬼鬼祟祟蜷缩着的影子。

那是一个男人的脑袋和肩膀。

第二十六章　水手的意识

萨米特外面是狂暴肆虐的天气。而里面却碰撞着不协调的情感音符。由于被巴克尔护士那阴沉而又激动浮肿的面庞吓到，狂乱的海伦几乎不知道该怎样调节跟对方的关系。

“哦，你还不明白吗?”她恳求，“在谋杀案发生之后。所有人都感到非常紧张不安。说老实话，我觉得，要是我查清楚了我们的护士如果是真的，那事情就大白于天下。你看，奥兹女士就确信你就是个冒牌货。”

她的解释只会让巴克尔护士愤怒再度燃起。女巨人般的身架里包裹的却是小人天性，这使她对陌生人建立起病态敏感的印象。

“你试图一点一点骗取我对你的信任，”她言辞强烈，“你引着让我谈论一些神圣的东西。然后，你直接给养老院打电话。手段真卑鄙。”

“不，”海伦反驳，“这些都发生在我们俩谈话之前。自打跟你保证过，我就一直对你保持忠诚。”

“那都是扯谎。我在电话里抓到了你的把柄。”

“我知道，但当时电话是打给帕里医生的。”

巴克尔护士只是吮了吮她那抿着的歪斜双唇。自知道这女孩如坐针毡之后，她就知道沉默是能用到的最好惩罚手段。

当海伦害怕地意料之中的又一轮攻击时，却被一声撞击般的闷响吓了一跳。

她的思绪飘到了教授那里。对药效毫无概念的她还是寄希望于教授能及时恢复意识，从而控制局面。但巴克尔护士粉碎了这个幻觉，她打破了沉默，大声地下达命令。

“去看看那老太太是不是跌下床了。”

高兴地觉得自己还能帮上忙，海伦遵从了指令，急忙赶到楼上。当她到达转角平台时，她查看了下前方的那段楼梯，然后谨慎地溜进入了蓝厅。

沃伦夫人蜷缩着躺在那张大床上，已经入睡。她嘴巴张着，鼾声如初。

海伦四下打探，注意到壁炉里的火快要燃尽。当给火苗上面堆起雪球般包着的煤块时，太过于全神贯注的她并未听到前门帕里医生那双击的敲门声。

然而，一听到这声音，巴克尔护士却起身了。猜疑般地左右凝望，她推开了回转门来到了门厅。

透过邮箱缝隙里渗出的光，乍一看它就像个白色物体。她从信箱里抽出那信封，双眼专注地查看起来。信封背面歪歪斜斜写着字，收信人地址姓名为“帕里医生”，署着首写字母“D. P”。

看到这里，她的心一阵痉挛，被嫉妒拧作一团，这证明了海伦的本能是对的。当她们还在争斗不休的时候，帕里医生实际上已经热切地坚持在门外许久了。

“她居然知道是他，”她咕哝了一句，“但你是怎么知道的？”

那女孩对迷宫般神秘爱情的熟悉程度，对她这爱情受挫的女人而言就是一个谜，而自己，终其一生，渴望着寻找解开这缠绕的情丝的线索。仅有的一次冒险进入迷宫，但却从来没有达到中心地带。

但海伦知道如何吸引一个男人的心，并且将它唤起，因此，结束了一天的辛苦之后，她会为他而失眠。

作为一个普通医师，能够做出这般牺牲，巴克尔护士内心也无比欣赏。阅读着这张显然是写给海伦的字条的时候，她的眼睛就像燧石般迸出火花。

“骑车赶来，就为自己能看看情况怎样。像个疯子一样敲门，但运气不佳。你要看到这个，请打开卧室窗户，我会冲上面的你喊叫，这样你就知道真的是我了，而不是什么恶作剧。但是，看在上帝的份上，让我进来吧。之后，我会给教授解释一切的。”

从第一眼看到海伦时，巴克尔护士就疯狂地嫉妒她。可海伦偏偏就是那种类型的女孩——头脑敏锐，聪明伶俐。当她能够照顾自己时，就像一个小精灵般脆弱，一种能唤起了男人的保护本能的脆弱。

她痉挛般地吞下了嫉妒之火，随后把那纸撕成小碎片扔进了充当伞架的排水管中。

“邮件处理室来的一封盲信①。”她冷酷地喁喁细语道。

与此同时，海伦正在蓝厅里忙着，并未意识到自己的重

① 姓名和地址不清的邮件。

要邮件被破坏了。她摆顺了屋里凌乱的家具，铺展了其上的垫子，规整地放好了衣物，现在，她端着一大盆肥皂水和一抱皱巴巴的毛巾来到转角平台。

当她做着这些事的时候，隐隐约约意识到气氛中有着些许骚动，好似几秒钟之前有人来过。通往后楼梯的门微微颤抖着，仿佛在一触之下就会摇晃着打开似的。

自己那娇小惨白的面孔，以及过往那熟悉的样子在暗淡的镜子深处游走，但是，当她走近了的时候，注意到一些神秘和令人不安的现象。在大约是一个男人从地面到嘴的高度，一丝淡淡的薄雾模糊了玻璃。

“有人几秒钟前曾站在这里。“她心里害怕地想着，玻璃上的那一片再次变得明亮起来。抠着脸盆的手变得僵硬无比，眼睛盯着那些紧闭着的门。一动不敢动，生怕视线移开的空当，唯恐其中一个突然打开，唯恐自己遭到攻击。

突然间自己的神经防线崩溃了。把脸盆放在了地毯上，转身猛地冲下楼梯，巴克尔护士看见她下来，一幅气喘吁吁的样子，海伦一屁股坐在最底下的那级台阶上。

“怎么?”她毫不关心般冷冷地问道。

这毫无来由的恐惧让自己羞愧不已，海伦迅速恢复了平静。

“沃伦夫人睡着了，”她说，“我们也没听到她有什么动静。”

“你这段时间去哪了?”

“在整理房间。”

“你上去自己的房间了?”巴克尔护士问。

“没有。”

“哦，如果我是你，我也不会过去的。上去也要好一段路，万一碰见谁呢。”

远处再次传来那单调而沉闷的砰砰巨响。

“又来了，”巴克尔护士说，“我希望不要再有这声音了。那让我紧张。”

听着这声响，海伦突然锁定了声源的位置。

“在地下室。一定是我绑起过的窗户。一定是再次吹开了。”

她赶忙催促道，“就是那里，有一层窗板杵着，所以没人进得来。”

“尽管如此，这可属于刑事疏忽。”巴克尔护士说，故意打了个呵欠。

“你困了吗?”海伦突然问道。

“眼皮打架，”巴克尔护士澄清道，接着又一个哈欠，“我能做的就是睁大双眼。在做事间隙，本应该上床睡觉的，结果直接过来值夜班。”

心里一阵寒意，海伦也辨析到了太过熟悉的思想滑坡信号。此刻她一直害怕的是巴克尔是否也被一些危险的药物麻痹，在现实中，她，几乎可以克服自然状态下睡眠所带来的欲望。

看着她时，海伦意识到对方不可避免地保持不了清醒。巴克尔护士晚上本应休息良好。结果她已经在一个敞篷气车里一路颠簸。自那以后，又吃了很多饭，吸了很多的烟，喝了相当数量的白兰地。关闭着房间里也不透气。

似乎最后这个事例跟结果之间的没有什么联系，但这神秘的阴谋却威胁着海伦的安全；然而独自守夜给她带来的是恐惧感，这点确实是真实的，因为这事在时间上确实精确得让人如此害怕。

突然，巴克尔护士的脑袋猛地往前一沉，随即又醒了过来。缓缓站起的时候摇摇晃晃。

“你去哪?”海伦焦虑地问。

“上床睡觉。”

“那里?”

“病人房间。”

“可你不能那样，你不能把我一个人扔这儿。”

“整栋房子都上锁了,”巴克尔护士说，“你是安全的，记着别开门就行。如果你再次忘记，那就是自掘坟墓。”

“但情况变得更糟,”海伦带着哭腔，“我之前没有告诉你，因为我不确定。”

“不确定什么?”巴克尔护士重复道。

“我害怕地感觉到有人在房子里，和我们锁在一起。”

巴克尔护士带着怀疑听着海伦讲述着关于后楼梯沙沙脚步声以及镜子上的模糊印记的故事。

“那是风,”她说，“或者老鼠。我要上床睡觉了，你要不高兴，也可以一起上来。”

海伦犹豫了一下，面对着邀请的诱惑，内心动摇。要是她们锁上教授的门以及蓝厅的门，这样会确保他们和脆弱的家庭成员一起待在这堡垒的内部。

但是奥兹女士就会被留在外面的战壕里。即便上帝都特别眷顾，悉心地去保护她，海伦还是觉得不能冒险把她留在那里。

“我们能否把奥兹女士弄到蓝厅里?”她问。

“拖着醉得跟一截木头似的女人爬两段楼梯?”巴克尔护士摇摇头，“我可没那兴致。”

“但我们不能把她留在那里。别忘了，明天早上之前，我们都要负责的。”

幸运的是海伦说到点子上了，巴克尔护士被问得无话可说。

“哦，那好吧，我就在休息室躺着对付一下吧。”

海伦跟着她进了那巨大而又单调的房间，里面仍然亮着电灯。仍有上一位房客留下的痕迹，一副漫不经心的无聊年轻人的迹象，带着现代化的冷漠，这场景呈现出的那种原子裂变般破碎的激情，如此强烈而又如此致命，令人疲惫不堪。

咖啡杯，湿透的烟蒂，和一份丢弃的报纸，四处散落，打开的杂志，塞满了的烟灰缸。巴克尔护士收起了铺在地毯上的绸缎垫子，卷起了枕在头上，她就那么伸开四肢，躺在了宽大的蓝色长椅上。

一合上眼，几乎就那么一下子，那女人立刻就睡着了。

“现在，就我一个人了，”海伦心想，“但如果有事，我可以叫醒她。”

当她守夜时，眼睛紧张地瞪大，环顾四周，好像一个加宽的黑色泳池。没有危险的情况下，不知不觉中，情绪被巴克尔护士那沉重而规律的呼吸节奏缓和了下来。当这储料室般混乱的印象袭来，她的大脑也随即兴奋到了一定程度。

但是，透过这混乱与混沌，她知道自己正在追逐着一个回忆。

她忽然想起地下室的窗户连续好几分钟都开着，而窗板的木栓子还无用地躺在厨房的桌子上，她和斯蒂芬·赖斯当时还沾沾自喜地听着奥兹女士那古老的历史故事。

她的心猛地一跳，但她试图从恐慌中恢复理智。在这占地数英亩的荒凉乡下盖起的庇护所，于罪犯而言，会有一百次的机会闯进这住人的房子，会有一千次的机会发现一个入口。

“但是，如果他已经这么做了，”海伦想，“他可以藏在任何一间黑暗的大地下室，之后时机一到，就会闯过洗碗间和厨房，猛地爬出来，冲向后楼梯。”

只有一个方法可以保护奥兹女士。那就是，得去彻底搜寻一遍地下室。一旦满意地发现那里空空如也，她就必须锁上厨房门，拿走钥匙。

当她走出房间时，巴克尔护士没有听到她的动静。那个女人睡觉太死，根本意识不到怒号的狂风晃动着窗户的声音。

此刻巴克尔惊醒过来，坐起来揉了揉眼睛。恢复了精神和警觉，她环顾四周找寻在她身边守夜的海伦。但这个女孩已经消失了。

帕里医生，也不再像哨兵那样站在花园里守候等待。就在那脑袋和肩膀的影子刚映在窗帘上不久，海伦卧室里的灯就立即灭了。

当他等待着想要看看有什么别的事情发生时，尽最大努力控制着自己内心的不安。尽管他知道那不会是海伦的那束浓密的头发，也可能是沃伦小姐或不戴帽子的护士从百叶窗前飘然而过，但那影子却清晰地勾勒出一个男人的轮廓。

不一会儿，那影子转身离去。意识到对于一个女孩的个人感情激起了自己一阵不可理喻的恐慌感，他焦虑地倾向于第二种观点，感到事情有些蹊跷。

抄近道穿过种植园的密林，他很快到达了比恩船长那粉刷得雪白的小木屋。

百叶窗是开着的，所以他可以看到被台灯光照亮的起居室。比恩船长穿着短褂，坐在一张堆满纸张的桌子前，身旁一个茶壶。很明显，他坐到很晚，写着一篇关于他那旅行的文章。

尽管打扰到自己创作，听到帕里医生的敲门声，他还是很快起身来到门口开门。他那刮得干干净净的脸是带着小小的困惑，原本白色的皮肤带着热带阳光烫晒的颜色。

“你一定不知道在晚上这个时候我为什么会敲你的房门，”帕里医生说，“但我对萨米特发生的事情有点疑惑不解。”

“进来说。”比恩船长邀请道。

他想要听这个事情时庄严而郑重其事的样子，还是让帕里医生惊讶不已。

“事情的真相是……”他承认，“在那宅邸里有一个女孩让我不放心，她如此瘦弱，而且还很害怕。”

“她那样情有可原，”船长突然说了一句，“特别是今天傍晚在我的花园里发现那女孩之后。”

眼睛焦虑地盯着他，帕里医生想要重申自己的怀疑之情。他看上去憔悴和邋遢，而他下巴上短短的胡茬儿让他的脸看起来黑黢黢，仿佛一层尘垢。

然而，比恩船长的另一句话却从个人角度给了一个令人安慰的暗示。

“我对那栋房子和那家子人从来没有好感，我会和你一同前往。四下查看一下。”

“没必要去，”帕里医生绝望地说，“那地方就像一座堡垒。按铃没用，没人开门。”

“说是警察，也不开吗？”

“我想过。但我不知道该给他们什么样的理由才肯放我进去。全都是因为那命令。而我应该为出了这个主意而负主要责任，祸端啊。”

帕里医生从椅子里起身，在房间情绪激动地踱来踱去。

“那影子吓到我了，”他说，“在她房间里，看起来不像个女人。”

“房子附近还有年轻男士吗？”比恩船长问。

“没有了，都离开了。就教授在，现在应该还处于镇静剂的药效之下。”

比恩船长说着给烟兜里压了些新鲜的烟草。

“我想要整个事发的记录，”他说，“我游历全世界，见过各种丑陋的场景。但自己花园里的那女孩的尸体，可把我吓坏了。自那以后，我一直在思考着各种各样的事情。”

他聚精会神地听着他的故事，未做评论。谈话结束，他起身穿上了惠灵顿长靴。

“您去哪？”帕里医生问。

“公牛酒馆，给警察局打电话。”

“为什么？”

“有些事说不清道不明。就得靠着指南针去证明，换个角度……但我从不喜欢老鼠离开船体，那意味着船体出了险情。”

“该死。别再打哑谜了，伙计，说说你到底是什么意思？”

船长摇摇头。

“你不能实话实说的，尤其当你发现也许那是个血红的岔道口时。”他说，“我只能告诉你这个。我不会为了百万英镑，把自己的女儿冒险放进那座宅邸的，尤其是今晚。”

第二十七章　安全是凡人的头号敌人

起先，巴克尔护士并不相信海伦消失了的事实。四处寻找，混乱拥挤的沙发和椅子间寻觅那小小的蓝色身影，却徒劳无获。叫喊声只唤起了那姜黄色的猫，它如傲慢的王子般跳下老式的威尔士沙发，昂首阔步地走出房间。

此时她的意识被彻底唤醒，循着猫跟到了门厅，随即提高调门，变成了呼喊。

“卡博尔小姐……”

没人应声，也听不到穿着柔软便鞋的匆匆脚步。她皱起了眉头，老大不高兴，而眼睛里却闪着嫉妒的红光。

对海伦遭遇不测并不担心。她只觉着萨米特坚不可摧。她利用海伦的恐惧心理捉弄对方，收到了一箭双雕的效果，一方面，促使她高度戒备，另一方面，为她那所受的无端侮辱报一箭之仇。

即便中途的便条被截获，她自己也明白帕里医生已经设法联系上了海伦。

“她在给他开门，”她心想，“那，不关我的事。”

带着职业的敏感与谨慎，巴克尔护士总是避开流言蜚语。一旦在那些经她手照料的房子里出现什么不寻常的怀疑举动，那她就装作不知道。

如果第二天早晨，无论是教授或者沃伦小姐问起帕里医生出现在萨米特的事，她就会跟他们保证说自己一直待在本职岗位——病房里。

脸上带着扭曲的正派般的微笑，她上楼来到蓝厅。进门时沃伦夫人在床上翻动了下身体。

“丫头。”她叫道。

“现在听着，这可不是和你的护士说话时应该有的语气。”巴克尔护士声明道。

沃伦夫人艰难地挣扎着坐起。

“滚开，”她说，“我要那个女孩。”

“闭上你的眼，睡觉，夜深了。”

然而沃伦夫人盯着巴克尔护士的时候，就像只猫头鹰一般清醒。

“怎么这么寂静？”她说，“所有人都去哪儿了？”

“所有人都上床了，睡着了。”

“跟教授说一下，我要他过来。你可以从化妆间穿过去。”

这话让巴克尔护士想起了自己受到的屈辱。

“你难道不知道连接门从不锁的吗？”她问。

“别担心，”那老妇窃笑，“他不会跟着你进来的，白天已经过去。”

巴克尔护士对那侮辱不屑一顾。那扇门实际上是可以溜进来，或者可由此发出无形的攻击：那掐在喉咙上令人窒息的手指，耳朵边似咆哮着的海潮，奔袭而来涌动着的黑暗。而这一危险状况，还尚未有人跟她提及过。

在她的安全意识里，所想要的就是能安定下来渡过今晚。她再一次觉得越来越困。由于她无心给沃伦夫人解释安眠药带来的麻烦事件听，就假装去叫醒教授。穿过更衣室，进了他的卧室。

他的椅子直接放在了高光灯下，因此一汪阴影罩在了他的脸上，那脸显得不自然，好像混合着蜡黄。打个更加相似的比方来说，他那稳坐的姿态更像一个僵硬的机器人棋手。

“教授来了吗?”巴克尔护士一返回蓝厅，沃伦夫人就急切地问。

“没有，他睡下了。”

沃伦夫人看着她穿过房间锁上房门。

“那样会让她置身事外。”她心想，脸上挂着满意的微笑。

“你这是干什么?”沃伦夫人问道。

“在陌生的房间我总是锁门的。”巴克尔护士回答。

“我总把自己的门打开的，这样就可以迅速出入。一旦你锁上，你就不知道自己处于什么情况了。”

“现在，我不想再听你说更多的话，”巴克尔护士说着，随即踢掉了脚上的鞋，“我要躺下睡觉了。”

但在躺倒在她那小床上之前，她穿过进入到更衣室的另一个门，为了更加安全起见，她转动了下钥匙。尽管做了预防措施，她还是没有睡觉。她那嫉妒的思绪总是围绕着海伦和她的情人打转转。

她想知道他们在哪，在做些什么。

在那一刻，帕里医生正遭受着孤独的折磨，而海伦正独自一人经历着强加给自己的痛苦。在地下室里，她秉持着一个摇曳的蜡烛，在老鼠，蜘蛛和阴影的陪伴下摸索着前行。

这些阴影弥漫占据了整个走廊，它们才是今夜入住的房客。它们在她面前缓缓移动，沿着冲刷的苍白的墙壁滑落，好似引路之人。每当她走进一间办公室，它们就蜷缩在门的另一侧等着她。

她鼓起勇气去面对那如期而至的攻击，但它们就只是躲在拐角处潜伏着。时间无限期地延伸，一步步、持续地引着她进入到越来越深的迷宫里。

一路上脚步尾随着她，她停止，脚步也带着完美的模仿般的回响停止。当她受惊般地斜着身子向后一瞥的时候，却看不到一个人；然而她不能担保就自己独自一人。

就在她转身来到通道的弯曲处，进入到如《杀手莱恩》剧情里的那漆黑小巷时，有人吹灭了她的蜡烛。

她被困在了黑暗中，被困在了窗口和先前的一个女孩遇见了死神的地方之间。在这恐惧的时刻，她听到了窗户突然爆开，骤然而至的跳跃般的脚步声传来。

突然，她的喉咙处，一丛手指悄然而至，随即喉咙被死死勒紧钳住。空气中传来沉重的喘息，就像一个坏掉的水泵。她感到自己的心疯狂地锤击着，她自己整个人已经被如潮的恐惧扫荡冲刷着。

不久，她脖子上的压力减轻了，此时她那如石化般的肌肉松弛了下来，恢复了原有的弹性。突然意识到是自己那无意识的行为，她放开了紧紧抓着自己喉咙的手。

是穿堂风吹熄了她的蜡烛，并且打在了她的脸颊和脖子上。然而，尽管她知道自己这是受想象力所害，但她的神经已经完全崩溃。导致自己双腿瘫痪的魔咒被打破，她急忙沿着过道走去，穿过厨房，来到楼上，奥兹女士仍在她的椅子上打鼾，随后又回到了餐厅。

那只姜黄色的猫占领了巴克尔护士那长椅上空缺的地方，它的头枕在绸缎垫子上。当她盯着它时，它吓了一跳，随即掉了下来，跟着她上楼来到了第一节楼梯的转角平台处。

仍处于恐慌而颤抖不已的海伦，不顾一切地拼命转动着门把手。当她意识到是巴克尔护士把她锁在了蓝厅之外时，她那充满内心的愤慨愈合了刚才的恐惧。

巴克尔护士起初并没注意到她的敲门声，直到声音越来越狂乱，逼得她不得不跳下床。

“走开，”她叫道，“你打扰到病人了。”

“让我进来。”海伦哭喊道。

巴克尔护士开了门锁，但并没有开门。

“回去找你的医生去。”她说。

“我的……什么？我一个人。”

“一个人，现在可能吧，但你一直在跟帕里医生说话。”

“我不明白你什么意思。”

当巴克尔护士突然打开门，海伦不禁惊讶于她外貌的改变。她撤了面纱，脱了鞋子。与海伦以往想象中那裁剪的短发不同，她那男性特征在电烫的波浪发下愈加明显。

“你去哪了？”她问。

“下地下室了，”海伦内疚地喘着气，“我记起来有一扇窗户忘关了，所以就下去看看有没有人闯进来。”

这女孩看起来如此茫然，以至于巴克尔护士意识到她的怀疑是毫无根据的。她转身回到了蓝厅。

“我得去歇歇，”她说，“即便睡不着。”

“我能进来陪着你吗？”海伦恳请道。

“不行，要么去床上睡觉，要么在休息室躺着。”

她的建议看似很中听，然而海伦仍旧坚持想要有个伴。

“但是我得跟你待在一起，”她用着巴克尔护士的那种语气说着，“你看，如果有人尾随我，他就得先解决掉你。”

“谁尾随你?”巴克尔护士轻蔑地问。突然转身，好似狂风中的公鸡型的风向标。

“那疯子，就你说的那人。”

“别傻了。他怎么能通过紧锁的大门进来呢?”

海伦此刻感觉自己好似在流沙里努力挣扎，好不容易才找到一块坚实的立足点站立。

“那你为什么一直吓唬我?”她责备般地问，“那太残忍了。”

“为了你自己好。像你这样的，我先前见得多了，脑子里什么都没有，就装着男人，男人，男人。我必须教会你，不要给第一个迪克开门，汤姆，或哈利。现在，我要去睡觉了，你不许再打扰我。明白了吗?”

她转身离开时，海伦一把揪住了她的袖子。

“等等，为什么你觉得我是跟帕里医生在一起?”

“因为他刚才就在外面，但他走了，这太好了。”

尽管在她关上了门时，胜利的光芒闪烁于海伦的眉间，但海伦还是觉得突然间复活了一般。几个小时里，第一次感觉到自己摆脱了恐惧。在经历了令人毛骨悚然的阴暗的地下室之后，大厅在透着光亮的房间映衬下熠熠生辉，似乎是拍卖商的目录里列出的文明家族的宅邸。她意识到自己刚刚接受了一个珍贵的教科书般的洗礼，无节制的想象所具有消极特质。

“所有的事情都是自己的杜撰，”她心想，“就好像小时候，冲着镜子做鬼脸，纯属自己吓自己。”

她呼唤着那只姜黄色的猫，而此刻那东西却在通往后楼梯的门脚边玩耍。但是，尽管它保留了文明世界的性格，打起呼噜，拱起背，但还是表明想要去厨房的意愿。

海伦尽职尽责地打开门，而此刻这家伙却改变了主意。不去地下室，却突然猛扑到楼梯底部，扑面那椰棕垫子上出现的一个小物体之上。

海伦离开，让它自顾自地玩那假装抓住了一只老鼠的游戏。在好奇心的驱使下细看那被猫扔在空中的物体时，她那新建立的信心立即被击得粉碎。

这是从种植园来的一小穗落叶松。有人把它带进了屋子，黏在泥泞的鞋底并草率地刮掉在了垫子上。

她是唯一一个在白天通过种植园正式返回的人。她也曾经由前门楼梯到达自己的卧室。

幸运的是，她并没有意识到那只姜黄色的猫已经变成了侦探，发现了有价值的线索，她走下楼到客厅，沙发正邀请着她去休息，她太兴奋了，也顾不上巴克尔护士的建议。她忘记了那女人的介入给她带来的愤怒，幸福地获知，为了她，帕里医生进行了第二次穿越风暴之旅。

"最终，我还是有了一个情人。"当海伦穿过钢琴边时得意地想。虽然仅听过演奏，但她还是设法辨析出了音符，相当精确地再现了婚礼进行曲。而在蓝厅，沃伦女士在床上坐了起来。

"谁在弹奏婚礼进行曲?"她问。

"没人啊。"巴克尔护士说，仍旧闭着眼睛。

"闭嘴。"

"不，"那老女人恶意地嘟囔道，"你听不见，你也绝不会听见。"

她又侧耳倾听，但音乐声停止了。海伦已经意识到她的表演可能会打扰到其他家庭成员，于是就盖上了钢琴，打开一本小说，却发现自己不能专注于所读的东西。

她发现自己正在听夜晚的杂音，好像期望听到一些陌生的声音似的。

不久，海伦就起身打开无线电，可期望听到播音员的声音的想法落空。伦敦台已经停播，她所能搜索到的就只是大气干扰带来的忙音。

这些都让她想起了自己的业余舞台生涯，她唯一一次在一个戏剧中进行表演。虽然在比利时修道院接受了颁奖，可这事一直低调处理，她那短暂的教育主要就是在那里接受的。

想起了英国学生扮演麦克白里女巫那一幕，不幸的是，她扮演赫卡特。不仅仅由于怯场而让人听不清台词，而且也忘了结束语，匆匆忙忙就下了台。思绪游了回来，现在，于她的记忆，就像一个不愉快并且和不合时宜的警告。

“而且，众所周知，安全是凡人的最主要的敌人。”

海伦又是一惊，好像烟囱里有人在真真切切地咆哮着咒骂。她静静地看着这老式的房间，白色的地毯，皮肤般粉红色的褶皱丝绸灯罩，这一切都在沉默地目睹着那谋杀的暴行。

“当然，我感觉自己是安全的,”她想，“我不是独自一人。即使巴克尔护士脾气不太好，可她仍是我的盟友。我没必要一定睡在蓝厅。奥兹先生很快就会回来的。但是这一切都没有发生。”

然而，尽管跟自己保证，但她意识到，从那反常的期望方面考虑，发现自己还是一个关键环节。此刻她正在仔细聆听，相信自己几乎听见的蝙蝠的吱吱声。

一些声音萦绕耳际，像拨动的拉线在颤动。她又听了一遍，声音略大了些，好似微弱而哀号的海鸥。

那是夜里的一声呼喊。

第二十八章　狮还是虎?

海伦支棱着耳朵倾听，内心极度恐惧。心里最害怕的事情还是发生了，那就是要做出冒险的决定。

然而，业已发生的事实已经激起了自己的怀疑。某个知道她心性的人正在跟她耍着阴谋，为的是要让她脱离这宅邸的保护。

这一戏剧性的因素促使她抿着嘴努力做出决定。在这暴雨和黑暗交加的夜里，像个小孩子一般可怜地哭诉着。时间不等人，按照预先计划，孩子也需要立刻下决定。

但是，虚弱的啼哭持续不断，海伦的嘴唇只是张了张，犹豫不决。因为厉声尖叫的风声，让人很难定位那发出声音的地方，但听起来似乎是房子里面某处传来的。新一轮的恐惧敲打着内心，她慢慢地爬上了楼梯。

正当行进间，这哭声变得越来越清晰，那虚弱无力的哭泣听似非常年轻又似非常老迈。

声音来自蓝厅方向。自然元素再一次塑造了戏剧效果，然而结果将会是一样的。她此刻正试图放弃自己最后一道防线。

巴克尔护士是唯一留下来陪伴她的人。作为一个，害怕黑暗的孩子，海伦还是依赖着这个坏脾气的护士。她过于频繁地引起对方敌意，以至于再也不愿意冒另一场的风险去争吵。

下一次，为了把她单独留下，巴克尔护士可能会进行威胁。海伦刚一想到被人抛弃就浑身发冷。她已经习惯很多伙伴。她习惯于众人陪伴，事实上，人太多了，以至于有时会渴望孤独。

在这场危机中，她早期的训练让她特别容易受孤独和自己想象的威胁的感染。她知道自己将体验所有令人神经崩溃的预兆；阴影会闪烁在墙上，她走上楼梯，带着吱嘎吱嘎的脚步声。

“我得保持理智。”海伦暗自下定决心。

她提醒自己，沃伦夫人的灵魂里可没有什么温和而言，她可是一个不讲仁慈的残忍老太太。往好里讲，是一个脾气暴躁的恶霸，往坏里讲，她可能是一个女杀手。年轻时，仅仅是为自己娱乐消遣，就杀害了数百个无助的小生灵。

黑暗的色调里，海伦在心里仔细地勾勒着沃伦夫人的容貌，憔悴的她却在不知不觉中上了楼梯，直到站在蓝厅外。

此刻，她听到了压抑而绝望的哭泣。这可不是想象的效果，因为声音确是如此之低，如果没有努力侧耳倾听，她是不可能知道有人在哭的。

尽管被自己的想象力虏获，但一听到那粗哑的嗓音，她还是畏缩不前。

“没有。”

“你应该说‘没有，我的夫人’。去图书室把我外甥的那包拿来。”

有了离开房间的借口，海伦实在是太高兴了。当她意识到自己被戏弄时，已经太迟了，她想与巴克尔护士保持和平。

到门口时，那熟悉的粗重吼声又把她召回。

“我困了，丫头。那护士牵着我鼻子走，还让我咽下这口恶气。我要睡着了，别来打扰我。”

当海伦到达楼梯平台时，光线从洗手间门上方的气窗射出，而自来水声表明巴克尔护士正在清洗自己的大拇指。

“护士，”她说，“真的对不起。”

没有回复。海伦等待着，听着水飞溅的声音。尝试着第二次道歉，可仍不走运，她便下楼去了图书馆。

当她带着一盒香烟回来时，蓝厅在台灯那暗淡的微光里隐约可见。沃伦夫人已经关了床头灯，蜷缩着睡去了。

海伦相当疲惫地坐在火边。由于在煤斗里着的包裹得如同雪球般的煤块快用完了，壁炉里的活力减弱了。窗边时不时有一根树枝敲打着窗户，像个瘦骨嶙峋的手在传达着一个消息。钟声敲响，像一个漏水的水龙头，风吹倒了烟囱头。

“又钻到了这儿了。”她说着，带着已成定局的失望感。整个晚上她一直在为命运而战斗，却只是白费力气。

夜晚正一点点退去，这倒是件令人安慰的事。奥兹先生也在回来的路上。但此刻的这些心理暗示带不来任何解脱的迹象。巴克尔护士不会让他进门，就像不让帕里医生进门一样，或者不管谁敲门都不会让他进来。

海伦第一次意识到预防措施可能带来的结果。自从被沃伦夫人欺骗，她觉得自己是在网络和陷阱里摸索。

带着刚刚觉醒的疑虑，昏暗中她瞥了一眼白色的床铺。突然想到，沃伦夫人异样地保持一动不动。没有了呼吸的声音，也没有哪怕一点点轻微的挪动。

她想起老太太刚才遭受了剧烈的摇晃，而且虚弱的心脏处于危险状况。突如其来的恐惧打击之下，她冲到了床边。

“她将成为下一个离开的同伴，”她心想着，“我会发现她死了。”

她的预感以一种令人奇怪的方式应验了。沃伦夫人不见了，而在那里，一动不动的唯有那一堆枕头，羊毛寝居外套覆盖其上，安卧在床上她那留有睡过痕迹的地方。

海伦盯着那傀儡一般的枕头，就好像麦克白茫然地看见反对他的森林在行军似的①。令人难以置信的传说变成了现实，沃伦女士居然可以行走。

站立间，她嗅到了一股强烈的药味。翻起一个枕头，发现那东西已经被浸湿透了，泛着黄褐色的污迹。

“她把护士也给耍了。”海伦心里嘀咕着。

她脑中重现了这样一幅挣扎的画面：每一口的间隙，沃伦夫人都扭过头，让那药水从嘴角淌出。这老妇的狡猾巧妙，让她带着全新的敬意，虽然肯定不过是浪费时间，但是海伦还是简单地搜索了一遍房间。更衣室也空无一人，她便冲了出去来到了转角平台。

尽管那哗哗的水声停止了，但透过盥洗室的气窗还是有光线闪烁透过。带着忐忑的心情，海伦捶着门。

---

① 莎士比亚悲剧《麦克白》第四幕的场景，马尔科姆命令士兵在勃南森林折下一些树枝作掩护，军队前进，看起来就像勃南森林逐步迫近。军队发誓要从暴君的手中夺回苏格兰。

“护士，”她喊着，“沃伦夫人不见了。”

门开了，巴克尔护士带着敌意的眼神俯视着她

“那关我什么事？”她问，“我已经脱手不管那事了。”

“你不会是真走吧？”海伦喘着气。

“我刚好已经收拾好行李箱。早上沃伦小姐就会获悉我被家政助理给解雇了。”

“但你不能那么做，”海伦惶恐地叫嚷着，“我会道歉的，我……做什么都行。”

“闭嘴。我已经受够了你那保证。我要走了，现在就走。我不再多说。”

“可你去哪儿？”

“这是我自己的事。我会找到过夜的地儿的。天色还不算晚，而且我也不怕黑，下点小雨也不怕。”

巴克尔护士顿了顿，之后又恶狠狠地说了一句。

“一旦出了这宅邸，我就会觉得安全。”

这是在报复，因为她把海伦几乎已经遗忘的恐惧再次拉回到了屋里。那女孩带着哀求的眼神凝视着她，而她却猛地拧身离去。

“保持警惕。那老太太不怀好意，”她看了看自己绷着绷带的大拇指，“一旦趁她出去不在跟前的空当儿，你最好找到她的那把枪。”

盥洗室的门随即冲着自己的脸关上了，海伦咬了咬嘴唇。

“她不会真的就在这糟糕的暴雨之夜出门的。”她断然确定。

除了隐约感觉害怕之外，她就彻底愣住了，惶恐地觉着这方面自己有责任。由于猜不到了沃伦夫人从床上起来究竟有什么目的，试图要找到她似乎毫无希望。她可能会没完没

了地在那个房子里玩捉迷藏游戏。

她甚至可能有自杀倾向。不仅是因为老了，而且由于自己所处的生活，身处那黑暗的未知角落。懊悔愤恨会促使她自杀。

一想到沃伦夫人那吊死在酒窖的尸体，然后是被人发现的场景，她就不寒而栗。不知道先去哪个地方，她就返回了蓝厅。

看到床上的第一眼就告诉她，那“傀儡”形状变得明晰了，当她走近，只见沃伦夫人眯着那缝隙般的黑色眼睛偷窥着她。

“哦，你去哪了?”海伦问道。

“在睡梦之乡啊。”她无辜地答道。这女孩竟然不可思议地瞪视着，不相信对方所说的话。感觉这样固执的僵持毫无希望，海伦就回到椅子里坐下。

“护士走了吗?”沃伦夫人问。

“明天走。”海伦回复。

“够快的啊。我很快就会把她们扫地出门的。我讨厌她们。老是给你洗脸。别走，丫头。我就想看见你待在我跟前。”

海伦不由自主地想起那把藏起的左轮枪。之后，带着性格里那想要获知信息的迫切，她不自觉地就说起了与此相关的事。

“奥兹女士告诉我你过去经常射击。”她说。

沃伦夫人回答前目光锐利地扫了一下海伦。

“是的，过去常进行随手射击游戏。你会开抢吗?”

“不会。我觉着那太残忍了。”

“而你却吃肉。要是每个人不得不自己杀死动物来吃，那不到一星期，人们十之八九都会变成素食主义者。我做正确的事。又不是让动物受伤害，我直接杀死。”

“但你杀生。”

“是，我杀生。但从来没给予生命。感谢上帝。从我的房间里滚出去。”

海伦吃了一惊，然后顺着沃伦夫人的手指方向把头转了过去，巴克尔护士此时已经走进屋里。她没有说话，径直走到存放自己私人物品的更衣室，关上了门。

海伦紧张地支起耳朵，听到她四处走动和开关抽屉的声音。显然威胁起到了良好的效果，打包着自己的行李箱，让坐在压抑的房间里的海伦成了个病态怀疑症的受害者，那局促不安的氛围正在孕育生成，逐渐迫近。

很久以前，两个女孩离奇地死在这所房子里。但是没有人知道造成这悲剧的真相是什么。窒息而死也只是基于猜想，一个验尸官那模棱两可的匆匆裁决，便将此事盖棺定论。

“她真是一个怪人，”海伦心想，不自在地瞄了一眼床铺，“可能是她杀了她们，而她的丈夫知道了此事。还有可能是她枪杀了她们，而自己闭口不谈。”

此时，她意识到隔壁房间里的声音停止了。一股希望在心中匆匆升起，她记得更衣室有一个长沙发椅。可能巴克尔护士已经决定推迟直到早上离开，所以正要上床睡觉了。

事实上这几乎激起了海伦的信心。当回顾了晚上发生的事件，她发现目前的处境全都是自己荒唐逻辑造成的结果。巴克尔护士是专门由养老院护士长挑选出来照顾一个烦人的病号的，她自己不管跟谁在一起，即便是跟自己，也应付不来的。

海伦心里充斥着羞耻感。

“她要是还没睡着，我就会进去，然后告诉她我自己就是有点残暴无理，"她下定决心，"我得求她，哪怕把鞋扔我脸上都行。"

蹑手蹑脚地穿过地毯来到更衣室，小心翼翼地打开此刻那尚未上锁的门。之后又沮丧地叫出声来。

原来巴克尔护士已经离开。

第二十九章　独自一人

海伦瞪着惊愕的眼睛环顾四周。一片狼藉表明她是匆匆离去的。抽屉被打开了，而一个行李箱和一把伞却躺在桌子上。

“她还没走。”海伦心想。

但片刻的沉思就让她的希望落空了。若前往养老院，巴克尔护士自然会把沉重的行李留下。一把伞在狂风中也将是无济于事的。

带着令人不舒服的悬疑焦虑情绪，海伦随即打开衣橱。发现巴克尔护士的制服没有挂在挂钩上。在柜子里一阵匆忙的翻找，所有的抽屉显示都是空的。只剩下一堆烟蒂和烟灰。

这个抛弃般的逃跑是有计划的，并且带着深思熟虑之后残忍的精神虐待的意味。巴克尔护士已经离开了这女孩，留着她独自一人通过教授的房间到达楼梯平台。

海伦觉得几乎被这最后的打击压垮了。贯穿整个晚上的始终，她注意到一些不可避免的事件正稳定地朝着某种高潮进发。而她朦胧地感觉到，这最终目标就是令自己孤立无援，她通过煽动巴克尔护士实施报复行动的方式，却将自己的命运玩弄于股掌之间。

然而，即便这样，她不得不继续前行，好似一个木偶被另一个意志左右。

“我现在完全一个人了。”她心里异常害怕。

其他人确实在房子里，这是不争的事实；但只有一个人的脑子在高速运转着，那就是她。其他人只是一具具被束缚套牢的躯壳。

不顾一切地需要同伴的她打开了第二重大门进了教授的房间。

但是此处不存在一点安慰和舒适，唯有不断增加的孤独感。教授，仍然是那副僵硬的姿态，好似石雕一般，像极了一具待葬的尸体。

她想要把教授留在那里不管，然而内心却害怕返回蓝厅。那老妇的人性已经缺失殆尽，因为海伦渴望着人性的回归。在这危急关头，她反倒欢迎巴克尔护士回来用她那最严苛的方式虐待自己，只要能让她回来。

对人类声音的渴望变得如此急切，于是她就走出房门，来到转角平台，疯狂地捶着沃伦小姐的房门。

“沃伦小姐，”她尖叫道，“救命。”但她没有反应。对方或许已经魔怔般地被密封在了坟墓里。只有风在尖叫着，好似一群巫婆在头顶上方乱舞着飞向月亮，那月亮像一粒银色的加农炮弹般旋转着通过撕裂的云层射向太空。

“她太冷酷残忍了。”海伦自言自语着转身走开。

但是沃伦小姐睡得太沉，并没有听到她的哭嚷声，跟其他人接触，总是给她一种把紧张神经透过皮肤翻出来暴露在外的印象。今晚，在诸多事故和警报之后，她觉得自己的身上的每个纤维都着着实实地擦伤了。

沃伦小姐自然渴望把自己锁在书房，过着隐居的生活。但是自己偏偏被人从保护壳里撬出来，被迫在要命的气氛中忍受数小时，陪伴着一个令人不悦的老妇。

暴风雨也扯乱了她的神经。门把手的故障将她囚禁于此，因此，恰似对责任的规避举双手欢迎的态度。毫不费力地将自己解脱，仅仅将门把手搞到滑脱坏掉，就将外部世界拒之门外。

她将耳朵里塞上药棉，头上堆起毛毯，以此阻隔大风带来的噪音，精疲力竭的她很快就沉入到了催眠之海。

尽管海伦感到危机四伏，几近崩溃，但意志活动仍在，这告诉她，万不能屈服于恐慌。她提醒自己，所有的线路还并没有中断。她还能联系到文明世界。但是，当她下楼时，她意识到自己已经无可救药地陷入到了恐惧的陷阱。她不可能从任何进来房子的人那里谋求帮助，因为她不敢拉开门栓。

教授已经下达了命令，门不得打开。这命令出自一个冷静的大脑，而这大脑时刻准备着应对每一个意外。他的政策法令被框在了大众安全的利益框架内。

自那时起，巴克尔护士就曾警告她，对这命令不要有任何违抗；有了痛苦的经历，海伦学乖了，在对待沃伦夫人这件事情上，至少她是对的。

如果自己成为同一个黑暗欲望的最终目标，那么在防御方面，这个稳定逐步的溃败迹象则又使她陷入恐慌，如果听到敲门声，她会疾冲过去打开门的。

有人想要将她引出萨米特的安全范围以外。

“如果我编一套敲击信号，”她心想，“这也不会安全的。有人可能会截取。不，这太令人绝望了。”

然而，她知道，仅仅是跟另一个人交谈这么一个行为就已经足以提振她那紧绷的神经。她不知道帕里医生是否已经回来了。她的心智已经迷乱到无法计算时间或距离的地步。但是，如果他仍然不在，倒可以给别人打电话。

“养老院，”她打定主意，“我会跟他们说说巴克尔护士的事，之后再让他们另派送一名护士。”

有了这么一个明确消息可以发送，事实上稳定了她的心智。那个曾经的卡博尔小姐又一次回来了，这在劳工局只是一个令人熟悉的名字，而不是陷于困境的无名小辈。对先前的决定再次确认后，她摘下了电话听筒。

令她沮丧的是，听不到对方接通的应答铃声；线路中并没有传来嘟嘟声就已经表明她只是接通了信号转换站；而且无人应答要求接通号码。

电话已经中断。

带着恐惧的眼睛四下里打探门厅。她知道对这寂静只有一个解释。乡村道路上已经被狂怒的大风破坏的电杆和线路阻塞。导致这情节的并非人祸，而是天灾。

但海伦并不愿意承认。电话线中断，就是这场惊悚剧准确而又可靠的伴奏，出现的时机太完美了。

“这并非偶然事件，”她告诉自己，“事情不可能如这般都凑到一起发生。”

她不知道何处才能让她感到安全，而这宅邸给她带来的恐惧感是如此的强烈。而自己又不敢贸然冲进暴风雨里，唯恐自己的每一步的前行会朝着那无名之人自游戏一开始就提前计划设定好的方向进发。

“我最好回到沃伦夫人身边，”她心想，“毕竟，我承担着照料她的任务，不能把她一个人扔在那里不管。”

她穿过教授的房门，满心希望他会从那致人昏睡的药效中醒来。有他那冷静的头脑控制局面，她觉得自己可以直面任何危险。但他还是躺在自己的椅子里，带着憔悴的面容和土褐色的眼睑，僵硬得如同棺材里的木乃伊。

在化妆间徘徊时，听到墙壁那一侧传来混乱而急促的脚步声。

“她又下床了。”她无精打采地想着。

如果她的怀疑证明是无误的，那沃伦夫人在迅速攀爬方面，并不缺乏应有的力量。因为当海伦进去的时候，那老妇正盖着羊毛外套，镇静自若地躺着。

“为什么离开我，丫头？”她带着命令的口吻。“你拿工资是来照顾我的。”

海伦已经没精神再去扯谎了。

“我去打电话了，”她说，“但是，线路被刮断了，电话拨不通。”

当她说话的时候，海伦开始意识到沃伦夫人用那不安的眼神扫视着房间。事实上，对于某些计划来说，她有能力成为一个不受欢迎的障碍，却还要打起精神与这老妇紧紧相依。

“你为什么下床了？”她问。

“我没有。也不能，别再傻了。”

“我当然不会如你想的那么傻。另外，也没有什么好隐藏的。你没有被正式确认瘫痪或卧床不起。人们对你印象都是虚弱无助的样子，仅此而已。如果你想从床上下来活动，为什么不那么做呢？”

沃伦夫人并没发火，而是思忖着这句话。

“绝不能和盘托出，”她说，“当你老的时候，基于对他人的慈悲之心，某些事情总会藏着掖着的。没人盯着的时候，我喜欢四处走走。”

“你当然可以四处走走，”海伦表示赞同，“我不会告诉任何人的，我保证。”

之后，她那不死的好奇心又引出了另一个问题。

“您在寻找些什么？”

“我的痴迷之物。那是一个幸运的绿色大象，翘着象鼻。我想拿到它，因为我害怕。”

海伦看着她，带着惊讶，因为认为她已经过了那个动感情的年龄，这让自己突然想起挂在床头的十字架。

“我有一些东西，远胜任何绿象。”她热切地说道。

“我要把它取出来。之后就不会再有任何东西能够伤害到你和我。”

直到走出房间，她才想起，不知道沃伦夫人是否曾想把她送走。但即使于己有利，她也并不在乎，而此时手握十字架的渴望是如此强烈。

“我不必害怕，”她心想，“虽然我忘了它，但无时无刻，它都在那里，让我远离所有的邪恶。”

尽管狂风在空荡荡的二楼房间里咆哮着，而且任何人在后楼梯上都可能与她咫尺相随，但当上楼来到前门时，她却感到了恐惧。她顶着激烈气流形成的压力，进了卧室，啪的一声打开了灯。

她第一眼看到的是床铺上面光秃秃的墙壁。

那十字架不见了。

门口的地面似乎在她的脚下坍塌崩溃，为站稳，她抓住门框支撑身体。在宅邸里面有个敌人，那人夺走了她的保护神。任何事情都有可能发生。没有什么事情是安全或确定无疑的。

那一刻，她已经接近理智和疯狂的临界点。大脑里的那根弦随时都会崩断。感觉自己游走在一个深不见底的漏斗边缘。

突然头脑里的理智将迷雾驱散，她相信自己已经找到了解开这个谜团的方案。

十字架消失不见了，这是巴克尔护士跟她要的把戏。那女人把它藏在了宅子里的某个地方。

跑下楼梯，来到门厅，她发现自己的直觉是错的。前门还是拴着。

“除非她从后门出去了，但这又是最不可能的，她仍在这里。”海伦心里嘀咕。

尽管丢了东西令她茫然，但是心里还是充满了欣慰之情。比起外部的危险，此刻内部的险境带来的威胁远令自己害怕。

床上的凌乱状况表明，趁自己不在，沃伦夫人在从事着自己那神秘的搜索行动。壁龛里的柜子里，一个抽屉被抽了出来，说明沃伦夫人费力寻找时被人打断了。

由于从床那边看不到自己，海伦就爬到柜子上试图关上它，却发现一些什么东西塞在抽屉后面将其卡住。扯住一角，她把它抽了出来。原来是一条白色的围巾。

第三十章　墙体坍塌

海伦把围巾在指间翻转过来，突然发现它呈现出一种老式的风格。那高质量的机纺丝绸崭新如初。一侧有泥浆的污迹，并且丝织纤维的网眼儿里缠有松针。

意识里酝酿着的恐惧势不可挡地奔涌而出，她把那些东西抖搂出来，发现一端边缘露出一个参差不齐的锯齿状缺口，好似被什么咬掉了一样。

带着一声怪叫般的哭泣，她把它从手中扔掉了。这正是赛立德温临死前痛苦挣扎着死死咬住的那条围巾。这围巾可怕而不洁，它曾经缠绕佩戴在凶手的颈间。

一大堆问题像一簇火箭刺破了她心灵中的黑暗区域，随后犹如一串火星四散开来，在大脑里溅起一片疑问的火花。这围巾怎么在沃伦夫人的抽屉里面？是她藏在这儿的吗？她跟这起犯罪有什么关联？或者是其他什么人把它放在了那里？凶手真的就在房子里面吗？

想到这里，她觉得自己已经死了。每一个细胞似乎都已经萎缩，每一寸纤维好像都已干枯。她站在那里，一时间锁定在麻痹状态里，肌肉僵硬，脊柱僵化，失去了行动能力。

然而，此刻虽然她看不见了房间，听不到了风声，甚至感觉不到指尖下的桌子，但她却似乎正看着内心世界里那记忆的画面。

萨米特似乎正在崩塌。墙体向四面八方开裂。这些细痕像一道闪电的脉络，四散分裂开来。她的四周，到处都是撕裂和劈开的状态，那枝状的分叉好似在不断扩大，只把无助的她留给了黑夜。

突然她听到一声呜咽，随后便意识到这是她自己发出的声音。透过玻璃，她看见一个女孩的脸，扭曲病恹，苍白暗淡，那圆瞪的双眼，漆黑而恐惧。轮廓鲜明的头发散发着亮红光晕，她知道那个女孩就是自己。

一看到这个，心里便搅起了一阵波涛。

“鼓起勇气来。”她自言自语道。

她并没有背对着墙站着，而是顺势躺下，静候着攻击。她鼓起了勇气检查了下那围巾，发现只是稍稍有些潮湿。

“要是它一直躺在雨里就会湿透的，”她心想，“一定是凶案发生之后立刻就被拿了进来。”

这推理带来了新的恐惧。没有人知道赛立德温被掐死的确切事件，仅知道大约是在黄昏前后。当时除了奥兹，每个人都在萨米特，在此期间，任何人都可以在几分钟内溜出去而不会引起注意。自教授向下推断，所有人都有嫌疑。

帕里医生曾警告过她，凶手可能是自己曾经熟知而又信任的人。教授在强大的精神压力下保持工作，而此时他的儿子和赖斯都处于定期的愤怒状态。甚至帕里医生也有同样的机会，但他当时正造访蓝厅。

在这一大堆怀疑里，老太太沃伦甚至也囊括其中。那天晚上的暮光中，沃伦小姐正在椅子里打盹儿。她又如何能支配着半小时的自由呢？

“我一定是疯了，”海伦心想，“每个人都没有可能，不会是这里的人。一定是从外面闯进来的什么人。”

她一阵战栗，因为在脑海的潜意识中，持续晃荡着那幅可怕的记忆画面——一扇大开的窗户。

“丫头，”沃伦夫人叫嚷着，“你在那边干什么？”

“给你拿一块干净手帕。”

海伦被她那冷酷的声音惊醒。在恐惧影响下，她似乎成了一个双重人格的人。一个是冷静而自制的陌生海伦，正在下达命令并支配自己；而另一个是真正的海伦，在这破碎堡垒的废墟中却成了如虎般凶残之人的诱饵。

“找到什么了吗？”沃伦夫人问。

海伦故意装糊涂。

“是的，一堆东西，”她说，随即匆匆忙忙地把围巾放回原处。手里拿着一块手帕走到了床前。

沃伦夫人从她手里一把夺过来扔到了地上。

“丫头，”她嘶哑着低语，“我想让你做些事情。”

“好的，做什么？”

“爬到床下。”

海伦的目光落在了床边那根乌木棍子上，一瞬间明白了她的意图。老太太又开始徘徊走动，她就想玩自己最喜欢的围捕女佣的游戏。

“我爬出来的时候，你会不会给我脑袋上一棍子？”她问。

“万不可出来，必须藏好。”

海伦觉得这行动意义重大，便下达指令。困在这个位置本身就是一个诡计，因为从这里几乎看不到房间里的任何东西。

“床底下灰太大了。”她拒绝道，然后小心谨慎地挪向门口。

海伦意识到了那条围巾是个重要的证据。事不宜迟，应该交由警方保管。她不可能给警察打电话了，因为话机线路由于事故或者其他什么原因已经中断了。但她可以跑到比恩船长的小屋，然后问问他下一步将采取什么必要措施。

沃伦夫人开始啜泣，就如同一个被吓坏的小孩。

“别妄想扔下我不管。那护士会来的，她就等着你走开呢。”

虽然她记得她们最后一次遭遇中，沃伦夫人是获得了胜利，但海伦还是犹豫了一下。然而，势均力敌并非意味着彼此平等，即使是在丛林中争斗，胜利今天可能会轮到老虎头上，但是，明天可能属于狮子。

她至今仍未解开巴克尔护士消失的谜团。要是她确实藏在房子里，她或许会付诸报复行动。

“我真想知道要做哪些正确的事情。”她心想。

“你要是离开我，”沃伦夫人威胁到，“我就会尖叫，之后，他就会来的。”

海伦猛地回转过头，就像一条矛头蛇①般闪现。

“他？”她问。“谁？”

“我是说‘她’会来。”

---

① 一种产自中南美洲和西印度群岛的毒蛇。矛头蛇与蝮蛇和响尾蛇近缘，可是它没有响尾蛇的响尾器官。

很明显，沃伦女士意识到她在溜走，便咬着嘴唇对着海伦怒目而视，好似一尊愤怒的神像。

海伦觉得好似在试图寻找穿梭于迷宫的路径一般。老太太是知道些什么事情，但并不显山露水。

令人好奇的是，即便她自己基本已经被吓得半死，但却又是如何在通用的惯例和考量的束缚中做到处之泰然的。但是，整个晚上，没有一件事情出现反常，因此，在不知不觉中，对于文明生活的法则，她应对自如。

谋杀实际上发生在萨米特之外，因此报纸仅通过一段篇幅进行了报道。那疯子算是个传奇人物，媒体是他的始作俑者。事件中最令人震惊的事实是所有女管家都喝醉了。实际上巴克尔护士和沃伦夫人却都是这种最令人不愉快的类型；但是，在她所经历的事件中，海伦遇到的其他一些人甚至更奇葩。因为她知道自己的恐惧缘于游离于脑海中的幻想和猜疑。

明天就要到来，她继续坚持着。不断提醒自己要保住这个新工作。如果在紧要关头失败，那她也许会发现自己又将失业。

她决不能让沃伦夫人尖叫。要是教授在那药剂作用下的昏睡中惊醒，很可能有引起大脑中风的危险。要是去惊动囚禁中的沃伦小姐，也会是一件过于残忍的事情。

“此外，这么做有可能会引起某人的注意的。”海伦大脑思维如蛇般迂回反侧，激起了一阵阵的窃窃私语。

徘徊间，沃伦夫人很显然心思游离不定。

“一场暴风雨正在拉开序幕，”她说，“天色越来越暗。”

带着一阵强烈的警觉，海伦意识到房间似乎的确变得黯淡了。她揉了揉眼睛，但幻觉并没有消失。电灯阴沉地闪着光，如同穿过一层薄雾。

她的嘴唇僵硬，此刻她不知道这是不是彻底黑暗前的序幕。

这场惊悚剧的另一个特征带着相同的累积效应已经开始乍现。

“越来越靠近。”她心里害怕地想道。

尽管有自己的判定，但她还是将自己的疑虑跟同伴言明。

“有人在摆弄保险丝。”她窃窃私语。

沃伦夫人鼻子里哼了一下。

“电池里的电耗光了，傻瓜。”她猛然说道。

海伦感激地接受了这司空见惯的解释。奥兹负责供电设备，他是出了名的懒散。在黑暗中独自一人的她紧张害怕，不去考虑可能出现的能源不足的情况，她就不顾一切地打开几乎每一盏电灯。

“我最好把绝大多数的灯都关掉。”她说。

“对，”沃伦夫人点点头，“把蜡烛也拿来。我们可不能被遗弃在一片漆黑里面。”

海伦打量着四周寻找蜡烛，不料却意识到这些都是地下室专用。她记得在食品储藏室隔壁的地下室看到过好多捆这样的。

“不介意我离开一会儿吗?”她问，“我现在得去一趟，之后……”

面对这彻底的黑暗，不假思索，她便冲出了房间下了楼梯。当经过大厅时灯光似乎扑朔摇曳，忽明忽暗，宅邸似乎在发出阵阵叹息。这警告着她行动刻不容缓；恐慌中，为避免摸索着穿过黑暗，她就从厨房楼梯上跳下来，像一只受惊的羚羊。

奥兹女士仍旧在椅子里昏睡，似乎如婴孩般平静。经过身边时，摸了摸她那脸颊，发现是温热的。

“谢天谢地，上帝格外关照儿童和酒鬼。”[①]她心想。

走廊里，透过梨形灯泡里发出的闪光，螺旋状的暗红灯丝隐约可见，光线如此惨淡，以至于海伦都屏住了呼吸。随着猛然冲进储藏室的脚步，其间的每一分钟里，都如她所料，自己浸没在了一片黑暗和《杀手莱恩》般的恐怖场景之中。

劈手抓起蜡烛，她便匆忙返回，每关掉一盏电灯，身后就拖拽着一个黑色的踪影。到达大厅时，她在每一个会客厅重复了相同的操作。明明知道自己仅仅是在做合理之事，而此时却隐约觉得自己被一个可怕的宿命所控制，注定要在房子里刻意而又盲目地摸索。

正当这个想法闪过脑海时，她所处之处那如绿洲般的亮光之地突然间被周围的阴影吞噬。

暗淡只不过是短暂的。下一秒，大厅里又恢复闪烁。但这令人颓废受挫的工作总算是完成了。

这宅邸向黑夜发出了一个信号。这样的恐惧对她来说如此强烈，以至于海伦感觉到了一种狂热的诱惑，引诱着她冲进黑夜，在空旷中冒一把险。

比恩船长会提供给她庇护居所的；如果从种植园的林子里抄近道，到他的小屋就只有一小段距离。而一想到接受着风雨在脸上的冲刷，树木就不再令人感到恐惧。那荒凉的乡间景观已经变成了避难所，因为真正的威胁是源自内部——那威胁隐藏在房子某处。

---

① 此处套用奥托·冯·俾斯麦之名句：“上帝总是对傻瓜、醉汉以及美国人格外关照。”

刚要拔开门栓打开前门，却想起了囚禁于萨米特的那些无助之人。沃伦夫人、教授、沃伦小姐和奥兹女士都无法保护自己。一旦那疯子发现自己的猎物逃了出来，就可能把失望和愤怒发泄在他们身上。

感觉到要去一趟自己的房间，她就又回到了楼梯转角平台。稍稍停顿之后，恢复了勇气，她便推开了蓝厅的大门。

在她离开的间隙，看起来似乎什么都没有发生过。沃伦夫人弓着背坐在床上，几乎淹没在深蓝色的阴影中。

“你去了好一会儿了，丫头，”她嘟囔着抱怨，“点上蜡烛。”

由于没有烛台，所以海伦就把融化的蜡滴滴在了镜子前壁炉架的大理石面上，之后固定好了两个蜡烛的位置。

“它们看起来就像磷火，”沃伦夫人说，“我想多点一些。所有的都点上。”

“不行，我们必须得留一些。”海伦告诉她。

“它们会持续很长时间的。”

尽管如此。老妇人最后的声音听起来有种不祥之感，海伦意识到了她的变化。她的眼睛睁得更开了，满意地看着它们的闪烁摇曳，随后举起了自己一只瘦骨嶙峋的手。

“你看，”她叫道，“一点都不哆嗦。我的手感觉有多么结实强壮啊。”

海伦越过床边，并不理会她的引诱。

“我要睡觉了，”她说，“别离开我，丫头。”

她闭上眼睑，胸部很快地如同一架机器般规律地一上一下浮动着，而此时的呼吸安静而均匀。这样的专注力和意志力是个非同寻常的榜样，因为海伦确信她确实已经失去了意识。

“我不知道要不要看看她是否还醒着。”她心想。

她觉得自己好像与这有限世界的最后一环联系也断掉了。这一晚上，她一时见证了这么多的思绪在脑中飞腾，每一个都悄悄溜走，自己却无从追寻。

尽管自己的眼帘如灌铅般沉重，而此刻的她，独自一人，在昏睡世界的临界边缘间保持清醒，但她必须留守。

她忽然跳了起来，心跳伴随着恐惧跳骤起。一个人影在更衣室中移动。她清楚地听到脚步声，动作鬼鬼祟祟。

溜过地毯，她把门打开了一条缝，透过闪电那撕裂的亮光，一个漆黑的男人身影挡在面前。

正如罪犯在正义面前屈服，她知道自己再也忍受不了这悬疑的折磨。孤注一掷地振作起勇气，她猛地打开了门。

令她高兴和欣喜的是，她看到了教授站在一个小衣柜前。一看到那令人熟悉而有修养的身影，一切又都变得安全正常。房子也不再摇晃开裂，墙壁也愈合封闭在了一起，仿佛又置身于安全的堡垒里。

她忍着噙住了泪水，再次有了理性的同伴几乎让她倍感解脱。但教授用他那冰霜般的眼神冷冷地审视着她那近乎歇斯底里的表情。

“哦，教授，”她叫出声来，“看到你又好了过来真是太高兴了。”

“我没意识到有什么不对劲，”教授冷冷地说道，“我仅仅得到了一些必要的睡眠而已。”

此时有些什么事情令他恼怒不已，因为当他打开另一个空抽屉时眉头皱在了一起。

“护士呢?”他问。

“走了。”海伦答道，感觉一时半会儿也解释不清。

“她去哪了?”

“我不知道。或许，藏在房子里什么地方。”

“她，或者其他什么人拿走了我的东西，我正急着要找到。不过目前暂时没关系了。”

好像回想起了什么，他转过身面对海伦。

“你怎么回到房子的?”他询问道。

海伦并不理解这个问题所指。

“什么时候?”她问。

“你穿过种植园的时候。我听到了你的脚步声。我就等着……可你没过来。”

听到这些话语，突然间海伦一切都明白了。

“你。”她说。

第三十一章　狩猎成功

海伦明白了一切。

恐怖的酸液涤荡了她脑海中的浮沫，让她感受到了一种全新的心理活动。大脑中的每一个细胞似乎都在燃烧，好似一连串电影情节，随着胶盘的转动，旋进了她的记忆，在一个惨白恐怖的觉醒时刻，她看到了整个故事画面。

沃伦教授掐死了那五个女孩，正如之前，他的父亲也已经杀害了两个仆人。只有沃伦夫人对这犯罪事件知情并且已诉诸法律。就在第二个女仆被害死后，她枪杀了自己的丈夫。

但是，从那时起，她也老了，大脑有了病症，所以总唠唠叨叨地说着什么树木之类的话。她相信开枪杀死儿子，然而她却迟迟未能动手。虽令人厌恶排斥，但是责任使然。每次谋杀发生后，她告诉自己，这是最后一个，然而却总有另一个。

但之后，每当一个新的女孩来到宅邸，沃伦夫人便会嗅到这危险的气息。她的怀疑被激起，并且试图保护海伦，她想要把海伦留在自己房间，在这里她是安全的。

当她要求教授为她点烟时，她看着他的眼睛，看到了再熟悉不过的灼热的光芒，他暗示她，他又犯下了一桩罪行。然而，尽管如此，她还是希望从警察那里把他救出并将其保全。她曾偷偷地站了起来，搜查了他的房间，寻找任何与罪行牵连的物件。

之后，她找到了那条围巾。

尽管此时不再重要，但海伦还是对那老妇泛起了一阵感激之情。

"我很高兴参与到她跟护士的对抗当中。"她心想。然而，拿新的眼光看待巴克尔护士，与其说令人怀疑不如说值得同情。对一个阴柔女人而言，那颗热切渴望而又令人羡慕的心灵被包裹在一个毫不起眼的信封里。巴克尔护士那质朴的本能被挫败了，堕落成了一个恃强凌弱的恶霸。

海伦忐忑不安，不知道自己会变成什么样。在这场危机中，她渴望着男性那阳刚之力的援助，而临到跟前自己却退缩了。

她用怀疑的眼神看着教授。表面上她看不出对方任何变化。他看起来是一个老态、阴郁而理智的文明世界的产物，习惯于穿着晨袍，而且就餐后用洗指碗①净手。他那正式的晚礼服完全就是幻象，而他的声音里保留了冷淡的学术口音。

她不会再害怕他。她的每根纤维和每块骨头所害怕的，是即将到来的转变。她想起帕里医生告诉过她，在他狂热之时，罪犯是正常状态。

---

① 餐桌上盛水供餐后洗指头用的碗。

她尽力克制着让对方处于这种熟悉的伪装之中。

“您在找什么?”她问，极力让自己的声音听起来如同平常一般。

“一条白色围巾。”

这一声回答几乎抽干了她心脏里的所有血液。

“我在沃伦夫人的抽屉里看到过,”她带着极快的语速说道，“我会把它找出来送给你。”

片刻之间，一个疯狂的希望骤然浮现，她或许能猛地冲进空旷的黑暗之中。可这想法立刻就消逝了，此时教授摇了摇头。

“别走，其他人呢?”

“奥兹女士喝醉了，沃伦小姐锁在卧室出不来。”海伦答道。

一丝不易察觉的满意微笑浮现在他的嘴角。

“很好,”他说，“最后我就只剩下你一个人了。”

他的声音还是如此超然和自控，以至于海伦尽了最大努力才让他对自己能说的话感兴趣。

“您计划了这些事?”她问。

“是的,”教授应道，“也可以说不是，我只是动了动弹簧片，让机器开动，我宁愿开心地坐着不动，看着别人给自己清理道路上的障碍。”

海伦记得吃饭时话题的转换。教授已证明了他的理论，一个聪明的男人会直接导演自己的手下们去行动，而把自己押给了上帝。

“您什么意思?”她问，仅仅焦虑不安地延缓着下一刻就可能到来的恐惧。

“这个。”教授答道，好似展示着一道论文命题。

“我可以通过运用我的聪明才智摆脱直接干预。它呈现出了相当优美的心理问题。但基于自己对人性的知识的了解，我提出了一个更为微妙而简单的方法。首先，我给赖斯一个有狗代售的小提示。当他把它带回家时，我就知道我的几个家庭成员中会存在一串与此关联的连锁反应。”

“继续，说完。”此时的海伦喘着气说道，脑中只有时光在流逝。

“还用我解释吗?”教授对她的迟钝显得不耐烦，“你看到了它是怎样顺着计划产生效果的。我利用妹妹的懦弱和对动物的憎恶和每个占主导地位的激情来一步步展现这件事情的。”

“听起来非常聪明，”海伦抿着干巴的嘴唇努力寻思着另一个问题，“那，那我猜想是你把钥匙留在了地下室是有目的的吧?”

教授再一次皱了皱眉头，情绪显得愤怒。

“那已经说明了一切，”他说，“显然，奥兹女士会找个法子摆脱自己的丈夫的。”

“是的，当然，你也算到巴克尔护士会逃跑了吗?”

教授面部扭曲。

“啊，好吧，我承认自己的计划流产了，”他说，“我算到了你会受自己那荒唐冲动的驱使把她从这舞台上清理出去。结果你太令我失望了，我就不得不从最初的工作开始着手了。”

他说话的腔调几乎就像一个学者在指责一个懒散的学生。

海伦知道有一个词她万不能提到。然而焦虑地想知道巴克尔护士的命运，她还是冒险给予暗示。

“怎么着手的?”她问，“你伤害她了吗?”

她松了一口气，教授开始镇静自若地开始解释。

“只是暂时把她的嘴堵上，捆绑起来塞进她的床下。她必须作为证人存在，证明自己被一些看不见的攻击者从背后袭击，期间我是丧失意识的，在……”

他言辞不清，思维似乎失去了控制。让海伦恐怖的是，她看到对方的手指开始抽搐。

“你为什么避开警方?”她带着孤注一掷的感情问对方，试图做着于事无补的挣扎。

“因为他们明天一大早就会造访。”教授的手指再一次抽搐弯曲。“他们那么做是在浪费时间，然而没有哪个聪明的男人会去低估其他人的智商。两次造访同一个房子期间，他们可能会注意一些我忽视了的琐碎细节。但我们此刻正在浪费时间。”

海伦知道这一刻来临了。不可避免。房子上锁了，因此对逃跑已经不抱希望。然而她却问了另一个问题。

“你为什么想要杀我?”

也许，教授的理论以一些无意的方式在紧张的插曲中呈现了。就像在海伦的天性里有探索，她自己的本能是去满足任何想要获取知识的愿望。

“我把它看作是自己的职责，”他跟她说，“在科学方面我害怕那持续不断增长的人口和日益萎缩的食品供应。过剩的妇女劳力就应该得到禁止。”

当结局如此明朗，海伦也并不知道在等待她自己的会是什么。

“为什么我是过剩的?”她鲁莽地问道。

“因为你既不漂亮也不智慧，也不具备明确的有用品质传给子孙后代。你是个废物。拙劣的劳力，只不过是在拥挤过度的劳力市场中另一张等待喂养的嘴。因此，我要杀掉你。”

“以什么方法?”海伦低语问道，“跟其他人一样?”

“是的，如果你不反抗，我就不会伤害你的。”

“但你伤害了赛立德温。”

“赛立德温?”他若有所思地皱了皱眉头，“我很失望。我一直等的是你。她给我惹了麻烦，因为我把她扛到了比恩的花园里。我不想警察过来这里。以免节外生枝。”

教授逼近一步，海伦站在原地未动。觉察到任何突发的行动都会触碰到那簧片，引发那惨白而恐怖的转变。

而对他而言，他似乎不急于开始动手。他环顾四周，带着一副满意的神情。

“我们在这里静极了，”他说，“我很高兴自己等待多时。今晚我三次都几乎要动手。一次在种植园，一次你在楼梯睡着的时候，还有一次你独自一人在自己房间的时候。但我记得似乎有人干扰。”

他反射般地搓揉着手指，好似在给他们做着按摩。

“这是世代遗传，”他解释道，“当我还是个小男孩的时候，我就看到父亲用一把餐刀割开了一个女孩的喉咙。那时我觉得毛骨悚然，内心充满着真正的恐惧。但是，若干年过后，抛下的种子孕育出了果实。”

一道绿光从他的眼睛深处射出。他的脸部消融在了一种陌生的线条里，在她眼前变化着形状。然而海伦认出了它！在她面前的是一张被邪恶欲望烤焦的脸。

“另外，”他又加了一句，“我喜欢杀戮。”

他们面对面站在那里，中间仅有数码之隔。随后，内心被狂乱的恐惧占据的海伦转身冲进了自己的卧室。

他紧随其后，容貌可憎，手指弯成鹰爪状。

“你逃不脱我的手心的,”他说，“门已经锁了。”

像一只被猎犬追逐的惊慌动物，海伦突然跑脱开来。她不知道自己是谁，在哪里，也不知道在做些什么的。周遭和内心都只是充斥着噪音和混乱，好似动荡眩晕的红雾，又似鞭稍抽出的爆裂。

突然间，她意识到末日真的来临了。她像只被关进围栏的动物一样被逼进了一个角落里，而亲手把她关进围栏的是教授。他是那么近，几乎可以看到他眼睛自己的倒影。

但是，未及触碰到海伦，他就直直地跌了下去，好似什么重要机关的簧片啪的一声断掉，教授的身体随即重重地跌倒在地毯上，躺着一动不动。

海伦抬起头张望，看见沃伦夫人站在门口，手里握着一把左轮手枪。此时的她，身上装饰着玫瑰丝带，是一位穿着白色羊毛夹克的美丽老妇人。一簇灰色头发末端悬扣着艳丽的粉色蝴蝶结。

女孩伸出双臂倒在了她的怀里。她努力挣扎之下打出的这一枪堪称伟大。尽管她最后一句话表达了某些后悔之意，然而，她却笑了笑，脸上带着严峻冷酷的满意之情，好似一个冒险家亲手根除了歹徒。

“我终于动手了……但，五十年终究太迟。”